古典文獻研究輯刊

六　編

曾　永　義　主編

第 5 冊

元大都文壇前期詩文活動考論（下）

辛夢霞著

國家圖書館出版品預行編目資料

元大都文壇前期詩文活動考論（下）／辛夢霞 著—初版—
新北市：花木蘭文化出版社，2012〔民101〕
目 6+162 面；19×26 公分
（古典文學研究輯刊　六編：第 5 冊）
ISBN：978-986-254-949-0（精裝）
1. 中國文學 2. 文學評論 3. 元代
820.8　　　　　　　　　　　　　　　　　101014837

ISBN-978-986-254-949-0

古典文學研究輯刊
六 編 第 五 冊　　　　　　　ISBN：978-986-254-949-0

元大都文壇前期詩文活動考論（下）

作　　　者　辛夢霞
主　　　編　曾永義
總 編 輯　杜潔祥
出　　　版　花木蘭文化出版社
發 行 所　花木蘭文化出版社
發 行 人　高小娟
聯絡地址　新北市永和區中正路五九五號七樓
　　　　　電話：02-2923-1455／傳真：02-2923-1452
網　　　址　http://www.huamulan.tw 信箱 sut81518@gmail.com
印　　　刷　普羅文化出版廣告事業
初　　　版　2012 年 9 月
定　　　價　六編 18 冊（精裝）新台幣 30,000 元　　　版權所有·請勿翻印

元大都文壇前期詩文活動考論（下）

辛夢霞　著

目

次

第三章 大都文壇的融合

第一節 西域人初入大都〔註1〕

一、東西交通：西域人進入中原

（一）蒙古軍西征〔註2〕

1215 年，金中都被成吉思汗率兵攻下，不僅導致金國政權南遷，同時對中亞的花剌子模亦是一大震動。花剌子模國是一個由突厥、康里部族軍事貴族支撐的國家。約在 1215 年底，以巴哈丁·剌只爲首的花剌子模使團到達中都，探聽蒙古與金國的交戰情況，開啓了蒙古與花剌子模的交往。蒙古派往花剌子模的商隊遭到屠殺，激起了成吉思汗的憤怒，掀起了兩國的戰爭。1219年，成吉思汗親征花剌子模。蒙古軍一路攻城略地，燒殺擄掠，於 1220 年攻佔不花剌、撒麻耳幹（河中府）等城。之後，蒙古大軍駐守撒麻耳幹及那黑沙不附近草原，消夏休整。

1220 年夏末秋初，成吉思汗派手下大將哲別、速不臺追擊花剌子模沙（統治者）摩訶末，沿途城池望風送款。摩訶末一路逃竄，於 1220 年底病死於寬

〔註1〕 有關西域人研究較爲豐富。陳垣先生《元西域人華化考》爲開山之作，而楊鐮師《元西域詩人群體研究》則從「元詩史」的角度進一步拓展了該研究領域。作爲元代四等人中的第二等，他們在元代的政治經濟文化領域都起到重要作用，同時，其在文學領域的成就，也不容忽視。前輩的研究已經相當充分，故而本文在這裏只是從大都文壇文學活動的角度，加以論述。
〔註2〕 此節概述係參考韓儒林《元朝史》，人民出版社，2008 年，第 126～153 頁。

田吉思海（今裏海）島上，臨終傳位其子札蘭丁。

花剌子模國命垂一線之際，康里部軍事將領與札蘭丁王室仍然爭權奪勢，札蘭丁逃離首都玉龍傑赤城。蒙古軍圍城數月，後在窩闊台率領下，火攻水灌，終將玉龍傑赤夷爲平地。

1221 年初，成吉思汗與拖雷分兵橫掃阿母河南北兩岸，拖雷軍出征呼羅珊屠殺無數。

札蘭丁退守哥疾寧繼續收拾殘部抵抗蒙古軍，獲得一系列勝利，但手下爲爭利而分崩離析。成吉思汗佔領塔里寒之後，會合察合臺、窩闊台諸部兵力，親征哥疾寧。札蘭丁棄城渡申河（印度河）逃亡印度。1222 年春，成吉思汗命八剌帥兵入印度追擊札蘭丁未果。

哲別、速不臺一路蒙古軍，並未因摩訶末之死而停止對波斯各地的踐踏，先後往返於阿哲兒拜占、谷兒只、蔑剌哈城、哈馬丹城境內，來回抄掠，徵索財物。攻取打兒班城後，攻入阿速、欽察部地盤，又攻入斡羅思南部，沿黑海北岸進入克里米亞半島，於 1223 年攻陷答黑城。

札蘭丁由印度返回波斯。憑藉舊部與昔日聲望，於 1224～1228 年重建花剌子模，但伊斯蘭國之間的勢力爭奪，使得國力很快衰弱。

1229 年，窩闊台即位。1230 年，窩闊台派遣綽兒馬罕率軍重征花剌子模，札蘭丁被追擊疲於奔命，1231 年死於迪牙別乞兒山中。

從此，這一地區歸入蒙古治下，成爲蒙古的藩屬國。

蒙古軍駐守波斯一帶，不時侵擾阿哲兒拜占、迪牙別乞兒、額兒比勒、谷兒只等地。

1235 年，窩闊台下令征討欽察、斡羅思諸國。1236 年春，西征大軍出發，攻破不里阿耳都城，1236 年冬至 1237 年春，欽察部亦被蒙哥軍征服。1237 年秋，蒙古諸王出征斡羅思，相繼攻滅諸多公國，1239 年，蒙哥、貴由統兵攻入阿速國，攻破都城蔑怯思。1240 年秋，大軍東歸，杭忽思駐守阿速國，阿速軍則從歸蒙古。同時，拔都率兵圍攻斡羅思乞瓦城，破伽里赤國。

欽察部、伽里赤王、契爾尼果夫王等在國破之後，紛紛逃入鄰邦馬札兒（匈牙利）、孛烈兒（波蘭）境內，將戰火引入，蒙古人的野心也驅使他們繼續西征。

1241 年春，拜答兒、兀良合臺率軍入侵孛烈兒，拔都、速不臺入侵馬札兒，蒙古鐵騎橫行無阻。兩軍會合後，夏秋兩季駐營禿納河（多瑙河）。七月，

遇奧地利公、波西米亞王合兵抵抗。其後，蒙古大軍聽聞窩闊台死訊，拔營東歸，未能繼續前行。

蒙哥即位後，派其弟旭烈兀率大軍征討木剌夷國和報達城。蒙古大軍於1252年出發，1255年滅木剌夷，1257年攻打報達城，黑衣大食王朝覆滅。1259年，進軍敘利亞，阿勒波城失陷。後因1259年，蒙哥戰死四川釣魚城，旭烈兀聞訊班師東回，留守將領怯的不花及其蒙古軍被埃及軍殲滅，敘利亞全境直至幼發拉底河爲埃及所有。

（二）東西交通

最初是商隊與使臣往來貫穿東西。如前文所述，1215年底，花剌子模使臣巴哈丁·剌只率使團到達金中都，隨後成吉思汗派遣花剌子模商人馬哈木、不花剌商人阿里·火者、訛答剌人玉素甫·坎哈率使團回訪，同時也組織回回商隊四百五十人前往貿易。然而1218年的訛答剌屠殺商人事件，卻點燃了蒙古與花剌子模間的戰火，並刺激了蒙古西征的野心。

蒙古人在西征途中，屠城無數，但會保留工匠藝人，並且驅迫降民從軍。如在不花剌城一役中，殘存丁壯被簽爲軍；撒麻耳干城淪陷後，曾從居民中簽括工匠三萬人分賜諸子、親屬，並選同樣數量的丁壯隨軍；玉龍傑赤城被攻破後，工匠十萬人被押送蒙古，其餘人分配各軍，僅有年輕婦女和兒童被擄爲奴隸而得以生還；馬魯、你沙不兒兩城中各有工匠四百人留存性命；攻佔阿速國都蔑怯思城之後，蒙古大軍曾將阿速軍帶回從征四川。〔註3〕

而許多西域國主爲了保全國家，向蒙古俯首稱臣，並前往東方朝拜大汗。如1240年，阿美尼亞王去蒙古朝見窩闊台汗；1245年，小阿美尼亞（西里西亞）王海屯一世前往和林朝見蒙哥汗。1246年，谷兒只兩位大衛王入和林朝見貴由汗。1256年底，木剌夷國主魯克奴丁被押往和林朝見蒙哥汗。

伴隨著戰爭，西域人逐漸進入東方，有機會進入中原。到了忽必烈時期，政治中心南移，蒙古行政中心由和林轉移至大都，各個藩屬國的朝拜地也成爲大都，大都成國際性大都市。

（三）西域人的構成

關於西域人的定義，陳垣先生《元西域人華化考》已有了詳細梳理與界定：「元人著述中所謂西域，其範圍亦極廣漠，自唐兀、畏兀兒，歷西北三藩

〔註3〕　韓儒林《元朝史》，人民出版社，2008年，第126～153頁。

所封地，以達於東歐，皆屬焉。質言之，西域人者色目人也。」而他書中所論述的西域人，就是「畏兀兒、突厥、波斯、大食、敘利亞」等國人，入居華地、改從華俗，「且於文章學術有聲焉」。〔註4〕

楊鐮師《元西域作家群體研究》中鉤沈統計的用漢語寫作詩歌作品流傳的西域人有：「乃蠻、畏吾、克烈、回回、康里、拂林、也里可溫、答失蠻、葛邏祿、唐兀、撒里、雍古、西夏、于闐、龜茲、大食、阿兒渾、欽察、塔塔兒等20種左右，100餘人。」〔註5〕

（四）西域人的華化過程

西域人儘管早在成吉思汗時代就陸續進入中原，但是他們學習中原文化、融入中原文化卻有一個過程。陳垣先生指出：「色目人之讀書，大抵在入中國一二世以後。其初皆軍人，宇內既平，武力無所用，而炫於中國之文物，視為樂土，不肯思歸，則唯有讀書入仕之一途而已」。〔註6〕蕭啓慶先生認為此說「未能說明色目人何以舍己從人而趨於漢化」，他分析蒙古人研習漢學有三個原因，一是環境影響，二是政府提倡，三是政治利益的追求。〔註7〕這也同樣適用於解釋西域人華化。在前期科舉尚未興起之時，西域人華化還處於起步階段，具體分析如下：

首先，國子學的建立起到了重要的推動作用。

窩闊台汗時期，燕京就已建立了國子學，蒙漢貴族子弟在其中接受教育。國子學的一項重要目標，就是培養翻譯人才。「蒙古人最初多以契丹及畏兀兒人擔任通事，燕京市學也有通事速成班」，〔註8〕契丹人是漢人，畏兀兒人則屬於西域色目。可見，一部分西域人最初接觸中原文化，是充當通事，翻譯語言。

憲宗蒙哥汗初年，由於忽必烈掌管漢地，重視對儒家文化的利用，國子學也偏重於儒家教育，「控制權由全眞道士轉入儒者之手」。〔註9〕到了 1270

〔註4〕陳垣《元西域人華化考》，上海古籍出版社，2000年，第1～2頁。

〔註5〕楊鐮師《元西域作家群體研究》，新疆人民出版社，1998年，第13頁。

〔註6〕陳垣《元西域人華化考》，上海古籍出版社，2000年，第17頁。

〔註7〕蕭啓慶《元代蒙古人的漢學》，《蒙元史新研》，允晨文化實業股份有限公司，1994年，第104頁。

〔註8〕蕭啓慶《大蒙古國的國子學——兼論蒙漢菁英涵化的濫觴與儒道勢力的消長》，《蒙元史新研》，允晨文化實業股份有限公司，1994年，第87頁。

〔註9〕蕭啓慶《大蒙古國的國子學——兼論蒙漢菁英涵化的濫觴與儒道勢力的消長》，《蒙元史新研》，允晨文化實業股份有限公司，1994年，第90頁。

年，重建國子學，許衡任國子祭酒，近侍子弟十一人入學。1287 年，擴大規模，招生百人。1304 年，實行國子貢試法。除了中央以外，各斡耳朵、諸王投下及蒙古、色目軍人爲主的衛軍都設有儒學。〔註 10〕

　　隨著儒學的推廣，燕京的西域人開始系統學習儒家文化。其中，可知的西域士人有高嘉甫，〔註 11〕即高克恭的父親，力學不苟媚事權貴，娶六部尙書之女。高嘉甫朝夕講肄，深究《易》、《詩》、《書》、《春秋》及關洛諸先生著作，曾被忽必烈召見，但不願做官，歸老房山。

　　不忽木，從小服侍太子眞金，並先後師從太子贊善王恂、國子祭酒許衡。聰穎異常，深受忽必烈賞識。年十六，獨書《貞觀政要》數十事以進。至元十三年（1276），不忽木二十一歲，與同舍生堅童、太答、禿魯等上疏，勸忽必烈興學校、倡儒學、育人才。

　　其次，西域人定居中原，也促使了漢化的過程。「兩個族群同化的快慢與相對人口數目及居住環境具有密切的關係」，〔註 12〕同樣，西域人長期居住漢地，自然會受到漢人文化的影響。

　　顧嗣立曾指出：「元興西北，諸部仕中朝者，多散處內地」，〔註 13〕趙翼在此觀點基礎上進一步歸納出：「元時蒙古色目人隨便居住」。〔註 14〕西域人中的一部分，主要是因爲做官而留居大都。他們的後代在留居中原的過程中，逐漸接觸儒家文化，與儒士交往。

　　如布魯海牙。布魯海牙於太宗三年（辛卯，1231）被任命爲燕南諸路廉訪使的時候，次子廉希憲恰好降生，於是便以官爲姓，由此成爲廉氏家族。〔註 15〕

〔註 10〕關於國子學對西域人華化的作用，可以比照蕭啓慶《論元代蒙古人之漢化》一文中的背景分析，詳見《蒙元史新研》，允晨文化實業股份有限公司，1994 年，第 224～228 頁。

〔註 11〕按鄧文原《行狀》稱「父亨」，又「公之父嘉甫」。《新元史》卷一八八載「父亨，字嘉甫」。楊鐮師推測「高嘉甫爲其西域名字的音譯，而高亨則是他另起的漢語名字」。見《元西域詩人群體研究》第 59 頁。

〔註 12〕蕭啓慶《論元代蒙古人之漢化》，《蒙元史新研》，允晨文化實業股份有限公司，1994 年，第 227 頁。

〔註 13〕顧嗣立編《元詩選・初集》「編修迺賢」，中華書局，1987 年出版，2002 年印，第 1437 頁。

〔註 14〕趙翼《陔餘叢考》卷十八，《續修四庫全書》（據乾隆五十五年湛貽堂刻本影印），上海古籍出版社，第一一五一冊，第 568 頁。

〔註 15〕關於廉氏家族的研究，目前有楊鐮師先生《元西域詩人群體研究》第二部、第六章「『廉孟子』和廉氏家族」（新疆人民出版社，1998 年。）王梅堂《元

「布魯海牙性孝友，造大宅於燕京，自畏吾國迎母來事之，得祿不入私室。幼時叔父阿里普海牙欺之，盡有其產。及貴，築室宅旁，迎阿里普海牙居之，弟益特思海牙以宿憾為言，常慰諭之，終無間言。」〔註16〕其子廉希憲奉忽必烈命，與闊闊五人跟隨王鶚學習。〔註17〕

又有唐古直，畏吾氏。畏吾舉國效順，唐古直時年十七，侍奉成吉思汗，成吉思汗對拖雷說：唐古直可任大事。莊聖皇后將唐古直提拔為札魯火赤。其子孫後以唐為氏。其子唐驥，豪爽好射獵，忽必烈即位，任命其為裕宗潛邸必闍赤，升達魯花赤。

其孫唐仁祖自幼聰穎，父親去世後，由母親教之讀書，通曉多種語言，尤其精通音律。中統初，忽必烈令唐仁祖習蒙古字，在這個過程中，唐仁祖也接觸到了漢人文化，有可能就是從他母親那裡，「族群間之通婚為促成蒙古、色目子弟肆力於漢學的一個因素」。〔註18〕至元六年，中書省選充蒙古掾。十八年，授翰林直學士。轉工部侍郎，除中書右司郎中，拜參議尚書省事。屢稱觸怒權相桑哥，桑哥敗，至元二十八年，任翰林學士承旨、中奉大夫。大德五年，授翰林學士承旨、咨善大夫、知制誥兼修國史，因病去世，年五十三。諡號文貞。〔註19〕

禿忽魯，字親臣，康里人，忽必烈命其與也先鐵木兒、不忽木一同跟隨許衡學習，曾對忽必烈回答說所學為「三代治平之法」，被不忽木稱作「康秀才」。任蒙古學士、奉議大夫、客省使，進兵部郎中，遷僉太史院。至元二十年，遷中書右司郎中、吏部尚書。後任資德大夫、湖廣右丞。至元三十一年，成宗即位，遷江浙右丞。不忽木去世後，被徵召，任樞密副使，大德七年卒，年四十八。諡號文肅。〔註20〕

再次，與蒙古人相比，色目人中靠近中原地區的部族，如西夏人，由於地緣優勢，很早就接觸到了漢族文化，並且其原先的國家本身就具備很高的文化積累，這使得他們在華化過程中佔有優勢。

代內遷畏兀兒族世家——廉氏家族考述》（《文史論叢》第七輯，江西教育出版社，1999年。）
〔註16〕《元史》卷一百二十五《布魯海牙傳》，第3070～3072頁。
〔註17〕《元史》卷一百二十六《廉希憲傳》，第3085頁。
〔註18〕蕭啟慶《元代蒙古人的漢學》，《蒙元史新研》，允晨文化實業股份有限公司，1994年，第105頁。
〔註19〕《元史》卷一百三十四《唐仁祖傳》，第3253～3254頁。
〔註20〕《元史》卷一百三十四《禿忽魯傳》，第3251～3252頁。

朵兒赤，字道明，西夏寧州人。其父斡紮簀，世掌西夏國史。朵兒赤年十五，通古注《論語》、《孟子》、《尚書》。〔註21〕

劉容，字仲寬，西寧青海人。高祖阿華，任西夏國王尚食。劉容喜讀書，中統初，以國師薦，入侍皇太子真金。退直後，常常拜訪國子祭酒許衡。至元七年，任中書省掾。至元十五年，奉旨使江西，載書籍數車，獻之真金。後為太子司議，改秘書監。不久，出為廣平路總管。去世時，年五十二。〔註22〕

綜上所述，西域人隨著蒙古西征進入中原，由於忽必烈及其太子真金提倡儒學，以及西域人定居漢地，促使一批西域人學習中原儒家文化，開始了華化的過程，為其漢語文學創作奠定了基礎。

二、西域文士：不忽木、廉希憲在大都與文人的交往

（一）不忽木與趙孟頫的「文字交」

趙孟頫有《投贈刑部尚書不忽木公》一詩：「冑子何多士，明公特妙年。詩書師法在，簪紱相門傳。曳履星辰上，分光日月邊。帝心知俊彥，群望屬英賢。大木明堂器，朱絲清廟弦。吉人詞自寡，君子德為先。斷獄陰功厚，優儒禮數偏。我非天下士，人謂地行仙。山好雙遊屐，溪清一釣舡。賦詩時遣興，好客恨無錢。政爾韋編絕，俄聞束帛戔。風塵驅馹騎，霜雪灑鞍韉。別婦經春夏，離鄉整四年。〔註23〕家書愁展讀，旅食困憂煎。郎位蒙超擢，官曹幸接聯。屢聞哦鄙句，信或有前緣。知己誠難遇，捫心益自憐。樊中淹澤雉，春晚怨啼鵑。驥病思豐草，鴻冥羨遠天。仁言如借便，白首向林泉。」

不忽木（1255～1300），一名時用，字用臣，世為康里部大人。祖海藍伯，事克烈王可汗，王可汗滅，海藍伯棄家出走，其子十人均被成吉思汗俘虜，小兒子燕真時年六歲，被賜給莊聖皇后，後被莊聖皇后派給忽必烈作侍從。其後隨忽必烈南征北戰，立下戰功，並擁護忽必烈稱帝，但很快去世。不忽木即燕真二子。

至元十四年（1277），不忽木授利用少監。至元十五年，出為燕南河北道

〔註21〕《元史》卷一百三十四《朵兒赤傳》，第3254～3256頁。
〔註22〕《元史》卷一百三十四《劉容傳》，第3259～3260頁。
〔註23〕此用元建陽張氏梅溪書院本《皇元風雅》卷四收詩，《四部叢刊》影元本《松雪齋集》作「離鄉整四千」。按若是「四年」，則此時當為至元二十七年；而趙孟頫於四年五月，由兵部郎中升任集賢直學士，故詩中「郎位蒙超擢，官曹幸接聯」之句。

提刑按察副使。至元十九年，升提刑按察使。至元二十一年，召參議中書省事。至元二十二年，擢吏部尚書。至元二十三年，改工部尚書。九月，遷刑部尚書。至元二十四年，桑哥奏立尚書省。至元二十七年，拜翰林學士承旨、知制誥兼修國史。至元二十八年，誅桑哥，罷尚書省。二月，丁丑，以翰林學士承旨不忽木平章政事。五月，改平章政事不忽木爲中書平章政事。至元三十一年，忽必烈去世。四月，平章政事不忽木住持忽必烈喪事，發引、升袝、請諡等諸項大事。〔註24〕

此詩開篇點明了不忽木國子生的出身，指出不忽木家有詩書傳統與顯赫門第。用「曳履」之典稱讚不忽木爲官清正，敢於諫爭，深受皇帝賞識。此時的不忽木已是朝廷重臣，並且重儒學。隨後趙孟頫表明了自己與不忽木的交往。趙孟頫悠遊山水的閒適生活在被徵召北上之後戛然而止，背井離鄉、北上做官。趙孟頫的大都生活並不如意，思鄉之苦、羈旅之思令他倍覺煎熬。不忽木卻對趙孟頫欣賞有加，令趙孟頫有知己之感。然而趙孟頫似乎仍然嚮往無拘束的在野生活，希望得到不忽木的幫助，能有機會歸隱山泉。

按此詩當作於至元二十七年前後。至元二十四年，桑哥奏立尚書省，誣殺參政楊居寬、郭祐。不忽木爭之不得，桑哥深忌之。〔註25〕「曳履星辰上」就是指不忽木敢於和桑哥論爭。至元二十七年，不忽木拜翰林學士承旨、知制誥兼修國史，詩題仍稱「刑部尚書」，則此詩當作於此之前。

趙孟頫詩中稱不忽木爲「知己」，主要是由於不忽木對趙孟頫的詩歌頗爲欣賞，「屢聞哦鄙句」。同時也應該注意到，二人在書法方面亦有深交。

不忽木在書畫方面頗有造詣，他曾經於中統四年（1263），與邁里古思、周正平一同欣賞米芾的《雲山》卷。《味水軒日記》卷二：「又米南宮雲山卷近層作四段，三橋一渡，林木枝梢撐勁，煙葉堆墮有法，遠層山靄出沒，亦極其趣。款云：襄陽米芾作於海岱樓。行書拇頂大。然余驗其爲臨本也。後八分細題云：『中統四年七月望，不忽木公、邁里古思、周正平同觀。』」〔註26〕

按邁里古思暫無考。

周正平，至元二十四年任國子學祭酒，〔註27〕曾任郎中，〔註28〕又曾任

〔註24〕生平見趙孟頫《追封魯國公諡文貞康里公碑》，《松雪齋文集》卷七。《元朝名臣事略》卷四。《元史》卷一百三十《不忽木傳》，第3163～3173頁。
〔註25〕《元史》卷二百五《桑哥傳》，第4570～4576頁。
〔註26〕李日華《味水軒日記》卷二，吳興劉氏嘉業堂刊本。
〔註27〕王頲點校《廟學典禮》卷二，浙江古籍出版社，1992年，第29頁。

翰林集賢學士，資歷較老。年七十二，抗章乞致仕，後榮歸故里。〔註29〕大概爲山東聊城人，故又號「壩陵」。其離京之時，趙孟頫、胡祇遹、魏初、張之翰等人均有詩送行。〔註30〕

趙孟頫北上大都後，曾經爲不忽木書金字《道德經》。《遊居柿錄》卷八載：「登雲浦書樓，閱趙子昂泥金書《道德經》，爲刑部尙書不忽木公作，有子敬並虞伯生跋。」〔註31〕又《遊居柿錄》卷十：「再閱趙子昂金書《道德經》，刑部尙書不忽木公酷愛泥金書《老子》，故爲書一過。後有子敬跋，元潤印章，下有冠鐵翻銀印，書法甚佳。至正二年五月二十八日虞集跋云：『感所知而書，孫過庭謂之一合。子昂與不忽木公，想相知之深者也，書《道德經》，不覺泥金之滯。』」〔註32〕

此處稱不忽木爲刑部尙書，顯然是在趙孟頫投贈詩歌的同時。不忽木酷愛泥金書《道德經》，固然因爲趙孟頫書法絕倫，但值得注意的是，《道德經》是一部道家經典，而用泥金書寫，具有一種虔誠的宗教意義。康里人原本信奉基督教，〔註33〕然而經過數代人，出身康里部大人的不忽木，早已經變得與蒙古人一樣，宗教多元；經過中華文化的熏染，具濃厚的儒家色彩，更是醉心於中國的書法繪畫藝術。

事實上不忽木本人也擅長書法。《山左金石志》卷二十一有《雲門山不忽木等題名二種》：「至元二十三年七月刻，正書，崖高四尺三寸，廣三尺五寸，在益都縣雲門山陰洞東石壁。右刻一題『樞府斷事官東安縣讓□、益都路同知奧屯茂府□、東原張德溫、經歷焦傳□，至元丙戌中元日，同來大元人不忽木題。』凡三行，字徑三寸，刻於前段之後。」〔註34〕由此知不忽木曾於至元二十三年（1286）到過山東益都雲門山，並且那時的他已經擅長擘窠大字。

又《山右石刻叢編》卷二十八載《陝西等處都轉運鹽使司新作孔子廟記》

〔註28〕胡祇遹《紫山大全集》卷五有《答周正平郎中韻》。
〔註29〕張之翰《西岩集》卷三《送周學士致政南歸》：「壩陵抗章乞致仕，年去七十猶有二。」
〔註30〕趙孟頫《松雪齋集》卷二有《送周正平學士致仕還里》，魏初《青崖集》卷二《送周集賢正平致仕東歸》，張之翰《西岩集》卷三《送周學士致政南歸》。
〔註31〕袁中道《珂雪齋集》，上海古籍出版社，1989年，第1303頁。
〔註32〕袁中道《珂雪齋集》，上海古籍出版社，1989年，第1337頁。
〔註33〕楊鐮師《元西域詩人群體研究》，新疆人民出版社，1997年，第38頁。
〔註34〕阮元：《山左金石志》（儀征阮氏小琅嬛仙館刊版），《石刻史料新編》初輯第十九冊，新文豐出版公司印行，1982年，第14731頁。

一文，其中署名有「昭文館大學士榮祿大夫平章軍國事行御史中丞領儀司事不忽木篆額。」此碑爲大德三年四月廿七日立石。其後曾有胡聘之考證云：不忽木「元貞二年春拜昭文館大學士、平章軍國事，大德二年行中丞，三年兼領侍儀司事，與碑所列官合。傳又言博果密（不忽木）至元年上書請閶闔大都國學，極推崇聖教，是亦元初色目人知尊儒者。故碑以得其篆額爲榮。」〔註35〕又由此可見，不忽木在當時已經精通書法，並能篆額。而他的兩個兒子，回回與巎巎均以書法名家。

回回，字子淵，康里人，生於至元二十年。官至中書平章政事。正書宗顏魯公，甚得其體。巎巎，生於元貞元年，回回弟，號正齋、恕叟，官至翰林學士承旨。風流儒雅，博涉經史，刻意翰墨，正書師虞永興，行草師鍾太傅、王右軍。筆畫遒媚，轉折圓勁，名重一時。評者稱巎巎爲僅次於趙孟頫之後的元朝大書法家。〔註36〕

回回、巎巎二人的書法成就，並非平地突起，應當是受其父不忽木的影響，而憑藉不忽木與趙孟頫的交往，或許曾受到趙孟頫的指點。

（二）廉園雅集

1、廉園賓客

廉園是元大都內一處著名園林，也是文人雅士經常聚會之地。其中較早的一次，當是至元三十一年的一次聚會。

> 王惲《秋澗集》卷二十二《秋日宴廉園清露堂》：「右相康公奉詔分陝，七月初一日宴集賢翰林兩院諸君留別。中齋有詩，以記燕衎。因繼嚴韻作二詩，奉平章相公一粲。時座間聞有後命，故詩中及之。」詩曰：「何處新秋樂事嘉，相君絲竹宴芳菲。風憐柳弱婆娑舞，雨媚蓮嬌次第花。照眼東山人未老，舉頭西日手空遮。賓筵醉裏聞佳語，喜動金桮五色瓜。領聯一作：高雲錦席翻涼吹，翠蓋紅妝簇藕花。朝野歡娛到靖嘉，五年經制見金華。先聲遠動秦川樹，後命光融紫禁花。歸騎不妨沙路晚，留中恐爲國人遮。暗用司馬端明留臺西洛事。自慚忝列

〔註35〕胡聘之輯：《山右石刻叢編》（光緒元年（己亥，1875）付梓二十七年（辛亥，1901）詑工）。《石刻史料新編》初輯第十九冊，新文豐出版公司印行，1982年，第 15605～15606 頁。

〔註36〕陶宗儀《書史會要》卷七。陳垣《元西域人華化考》，上海古籍出版社，2000年，第 85 頁。

絲綸地，憔悴秋風一繋爪。」〔註37〕

按此「右相康公」，疑即不忽木。〔註38〕

　　王惲詩序稱「奉詔分陝」，或指至元三十一年（1294）七月，不忽木因受朝廷大臣的排擠，被授予陝西行省平章政事。而太后對成宗指出，不忽木乃朝廷正人、忽必烈臨終託付的大臣，不可外出任官。於是成宗又挽留不忽木，並於癸酉，以陝西行省平章不忽木爲中書平章政事。故詩中稱「先聲遠動秦川樹，後命光融紫禁花」。然而不忽木因爲與同列政見不合，稱疾不出。〔註39〕

　　「賓筵醉裏聞佳語，喜動金枰五色瓜」，「五色瓜」即東陵瓜，漢初有召（邵）平，本秦東陵侯，秦亡爲民，種瓜於長安城東，故稱。這此句當點明不忽木時有歸隱之志。

　　「歸騎不妨沙路晚，留中恐爲國人遮」一句後有王惲自注「暗用司馬端明留臺西洛事」，司馬端明即司馬光。神宗熙寧三年（1070），司馬光被委任爲樞密副使，時値王安石施行青苗法，司馬光與之政見不和，六上奏章，拒絕接受樞密副使一職，保留侍從身份，繼續抨擊王安石新政，除非廢除青苗法，否則絕不就任樞密副使。「沙路」指宰相車馬專行之沙道。這句當暗指不忽木與當時朝中執政大臣不合，極有可能就是與完澤、麥術丁、塞咥旃〔註40〕等人的分歧。

　　麥術丁曾請復立尚書省，專領右三部，不忽木庭責之，將這一舉動與阿合馬、桑哥等人的誤國罪行相提並論；忽必烈曾稱讚塞咥旃有才幹，不忽木則指出他私接親王有二心，不能稱之爲忠臣；忽必烈臨終前，非蒙古親貴不能入臥室，不忽木卻以特例入侍，並且與月魯那顏、伯顏一同接受遺詔，丞相完澤爲此深感不服，認爲自己官在不忽木之上待遇卻不同，這番抱怨卻遭到伯顏的指責：「使丞相有不忽木識慮，何至使吾屬如是之勞哉！」〔註41〕

〔註37〕 王惲《秋澗先生大全文集》卷二十二，《元人文集珍本叢刊》，新文豐出版公司印行，1985 年。

〔註38〕 孟繁清《元大都廉園主人考述》一文中，亦徵引此詩，但引文作「廉公」，並且認爲「平章相公」爲廉希憲。此爲將「康」訛引作「廉」之誤，查《元人文集珍本叢刊本》《秋澗先生大全集》、《四部叢刊》本《秋澗集》，均作「康」。

〔註39〕 《元史》卷十八《成宗本紀》，第 386 頁。卷一百三十《不忽木傳》，第 3172 頁。

〔註40〕 錢大昕撰、陳文和、張連生、曹明升校點《廿二史考異》卷九十五、元史卷十《不忽木傳》中指出塞咥旃「疑即賽典赤」，鳳凰出版社，2008 年，第 1059 頁。

〔註41〕 《元史》卷一百三十《不忽木傳》，第 3171 頁。

　　由此可見，和西域同僚相比，不忽木更加正直、忠誠，並且有著明顯的儒臣風範，也因此而顯得另類。遭受排擠也是很自然的。不忽木有套數一曲〔仙呂‧點絳唇〕《辭朝》傳世，歷來爲研究者重視。〔註42〕此曲反映了不忽木辭官隱居、嚮往自由田園生活、厭倦官宦生涯的心態。從文本上來看，此曲絲毫反應不出其西域人背景，可見華化之深。

　　詩中提及的「中齋」，當爲留夢炎，是他最先作詩，王惲才有此詩相和。〔註43〕然而留夢炎詩未見。王惲集中曾多次與留夢炎唱和。

　　除了這次雅會之外，廉園還曾聚集多位文人，趙孟頫、盧摯、張養浩、姚燧、袁桷、陳孚、貢奎、許有壬、貫雲石等都曾參與廉園盛會。

> 《青樓集》「解語花」：「姓劉氏，尤長於慢詞，廉野雲招盧疏齋趙松雪飲於京城外之萬柳堂，劉左手持荷花，右手舉杯，歌《驟雨打新荷》曲，諸公喜甚。趙即席賦詩云：『萬柳堂前數畝池，平鋪雲錦蓋漣漪。主人自有滄洲趣，遊女仍歌白雪詞。手把荷花來勸酒，步隨芳草去尋詩。誰知咫尺京城外，便有無窮萬里思。』」〔註44〕

按趙孟頫在京期間，爲至元二十四年至至元二十九年，隨後外任。成宗即位後，元貞初，修《世祖皇帝實錄》，召回京城，不久回鄉。大德元年，進京書金字《藏經》，後請歸。大德三年八月，改集賢直學士、行江浙等處儒學提舉。秩滿，至大二年（1309），升中順大夫、揚州路泰州尹，兼勸農事。未上。這一段時間，他不在京城。仁宗任太子時，遣使招趙孟頫。至大三年十月，拜翰林侍讀學士、

〔註42〕詳見劉明《多元文化背景下的不忽木——解讀〔仙侶‧點絳唇〕〈辭朝〉》，《湖北民族學院學報》，2008 年第四期，第 74～117 頁。

〔註43〕王梅堂先生將「中齋」點作室名：「右相康公奉詔分陝，七月初一日宴集賢翰林兩院諸君留別中齋。有詩以記燕衍，因繼嚴韻作二詩，奉平章相公一粲。」孟繁清先生句讀爲：「右相康公奉詔分陝，七月初一日宴集賢翰林兩院諸君，留別中齋，有詩以記。燕衍，因繼嚴韻作二詩，奉平章相公一粲。」此處或可商榷。按「留別」一詞指以詩文作紀念贈給分別的人，可單獨使用，亦可接贈予的物件，除了較大的地名如「京師」外，大多數情況是接人名。王惲詩中出現「留別」一詞約十六處，如《秋澗先生大全集》卷十四《佑德觀早起留別道人陳彥達》、卷十五《留別節齋公因次嚴韻》、卷十六《夏日燕集田氏林亭御史諸公留別》、卷十七《留別忽治中英甫》等，均表示贈予的之人。因而，此處將「留別」單獨點斷，「中齋」作爲人名啓下，或許更爲符合全句意思。

〔註44〕夏庭芝撰、孫崇濤、徐宏圖箋注《青樓集箋注》，中國戲劇出版社，1990 年，第 76～82 頁。。

知制誥、同修國史。仁宗即位，至大四年五月，升集賢侍講學士、中奉大夫。曾謁告回鄉上墳，半年後，召回京師。皇慶二年，六月，改翰林侍講學士、知制誥、同修國史。十一月，轉集賢侍讀學士、正奉大夫。延祐元年（1314）十二月，升集賢學士、資德大夫。延祐三年七月，拜翰林學士承旨、榮祿大夫、知制誥、兼修國史。延祐六年五月，謁告歸鄉。至治元年，英宗即位，傳旨令趙孟頫書《孝經》。至治二年（1322），趙孟頫於家中去世。〔註45〕

盧摯在京時間，為大德元年（1297）入為集賢學士。〔註46〕大德三年出京，大德八年，還朝為翰林學士，遷承旨，貳憲燕南河北道。大德十一年（1307），客寓宣城，後去世。〔註47〕

由此可知，二人此次廉園聚會，最有可能是在大德元年（1297）的夏天，此時趙孟頫四十三歲，盧摯五十六歲。

> 張養浩《廉園秋日即事》：「雲物經秋慘，陂塘過雨渾。身閒顒簡策，意得略琴尊。強聒蟬多事，輕離燕寡恩。吾詩雖數語，喜欲筆諸門。」
> 《廉園會飲》：「悾憁常終歲，從容偶此閒。霧松遮老醜，雪石護蒼頑。池小能容月，牆低不礙山。殷勤問沙鳥，肯與廁其間。」
> 《寒食遊廉園》：「湖天過雨淡春容，輦路迢迢失軟紅。花柳巧為鶯燕地，管弦遙遞綺羅風。群仙出沒空明裏，千古銷沉感慨中。免俗未能君莫笑，賞心吾亦與人同。」
> 《題廉野雲城南別墅》：「鍾鼎山林果孰優，羨公騎鶴上揚州。田園獨佔人間勝，懷抱尚餘天下憂。公之父有堂名『德樂』。好為習池留故事，未應綠野羨前修。半生乾沒塵埃底，羞向滄浪照白頭。」〔註48〕

按張養浩（1270～1329），字希孟，號雲莊，山東濟南人。1289年，山東按察使焦遂薦為東平學正。至元二十九年（1292），張養浩二十二歲，遊京師，獻書平章不忽木，闢為禮部令史，陳儼、姚燧、劉敏中均引為知己。至元三十一年，張養浩二十四歲，在學士院拜見姚燧。〔註49〕成宗大德元年（1297），

〔註45〕楊載《大元故翰林學士承旨榮祿大夫知制誥兼修國史趙公行狀》。
〔註46〕虞集《河圖仙壇之碑》，《道園學古錄》卷二十五。
〔註47〕生平詳見李修生先生《盧疏齋集輯存》，「前言」、「盧摯年譜」，北京師範大學出版社，1984年，第2～11頁。
〔註48〕四首詩見張養浩《歸田類稿》卷十八，卷十九，周永年、毛弨刻本。李鳴、馬振奎點校《張養浩集》，吉林文史出版社，2008年，第42、56、59頁。
〔註49〕張養浩《牧庵姚文公文集序》，《牧庵集》卷首，《歸田類稿》卷三。

轉御史臺令史，大德四年（1300），又為丞相院知管差。大德九年（1305），授東昌堂邑縣令，官七品。大德十一年（1307），仁宗為太子，召為太子司經，階奉訓大夫，後改太子文學，往來於姚燧門下。〔註50〕

至大元年（1308），張養浩與郭思貞同拜監察御史，二人常常聯名上書。〔註51〕張養浩因不滿尚書省專權，稱病不出，上書痛斥時政，被當權者奏改翰林待制，後羅織罪名罷黜，永不敘用。為避免政治迫害，張養浩逃離京城。後尚書省罷，還朝。仁宗皇帝即位，任命張養浩為中書右司都事，升翰林直學士，不久代秘書少監。延祐二年（1315），科舉行，轉禮部侍郎。〔註52〕

張養浩個性耿直，很不合群，自稱「平生交遊甚鮮，性且不喜瓦合，非其人，雖貴且富，不以屑，坐是零丁於世，行焉而無伍，倡焉而莫之和者，二十餘年於茲矣」。〔註53〕然而他集中卻有四首與廉園相關的詩歌，且分別寫於春、秋不同時節，足見其為廉園常客，與廉園主人交情不一般。

而「倥傯常終歲，從容偶此閒」、「免俗未能君莫笑，賞心吾亦與人同」表明張養浩亦非常喜歡廉園優美的風景與輕鬆自在的氛圍。「半生乾沒塵埃底，羞向滄浪照白頭」，對廉園主人隱居不仕的態度表示贊許。

> 袁桷《集廉園》：「芳菲廉家園，換我塵中春。古樹不受采，白雲為之賓。中列萬寶枝，天娜瑤池神。背立飲清露，耿耿猩紅新。幽蜂集佳吹，炯鶯搖精銀。層臺圍松蓋，其下疑有人。奕罷忽仙去，飛花點枰茵。高藤水蒼佩，再摘誰為紉。濯纓及吾足，照映鬚眉真。暝色起孤鳥，寒光蕩青蘋。信美非故居，整馬來城闉。」〔註54〕
> 又《廉右丞園號為京城第一名花幾萬本右丞有詩次韻》：「閉戶春深詩祟侵，捲簾新燕掠清陰。亭亭梅月能消酒，肅肅松風獨和琴。新筍未容穿石徑，落花時許補雲林。主人妙手隨機轉，萬本姚黃磨紫金。」〔註55〕
> 《禊日與剛中待制至廉園閉門不納駐馬久之復次韻》：「雲鑣亭臺煙

〔註50〕張養浩《送李溉之序》，《歸田類稿》卷三。
〔註51〕張養浩《送郭幹卿序》，《歸田類稿》卷三。
〔註52〕張起岩《大元敕賜故西臺御史中丞贈攄誠宣惠功臣榮祿大夫陝西等處行中書省平章政事柱國追封濱國公諡文忠張公神道碑銘》。
〔註53〕張養浩《送郭幹卿序》，《歸田類稿》卷三。
〔註54〕《清容居士集》卷三，《四部叢刊》影元本。
〔註55〕《清容居士集》卷十，《四部叢刊》影元本。

霧侵，難將禊迹擬山陰。花飛竹外疑紅袖，水度松間自玉琴。駐馬客回迷遠路，倚闌人在隔清林。誰言洞口無消息，一見應須直萬金。」〔註56〕

袁桷（1266～1327）字伯長，鄞縣人。年二十餘，憲府薦茂異於行省，授麗澤書院山長，不就。大德初，閻復、程文海、王構交相薦於朝，擢翰林國史院檢閱官。秩滿，升應奉翰林文字，同知制誥兼國史院編修官。遂遷修撰。歷兩考，遷待制。又再任，進拜集賢直學士。久之，因病返故鄉。後遣使召入集賢，仍直學士。不久，改翰林直學士，知制誥，同修國史。至治元年（1321），遷拜侍講學士，積階奉議大夫。泰定初辭歸，泰定四年（1327）卒，年六十二。諡號文靖。〔註57〕

陳孚（1259～1309），字剛中，至元二十九年，忽必烈命梁曾出使安南，選南士為介，朝臣推薦陳孚，調翰林國史院編修官，攝禮部郎中，隨梁曾使安南。至元三十年八月還朝，任翰林待制，兼國史院編修官。由於廷臣嫉妒，以及其南人身份，很快外任建德路總管府治中，再遷衢州治中，授奉直大夫、台州路總管府治中。大德七年，因賑災致疾，至大二年卒，年五十一。〔註58〕

而袁桷、陳孚二人於禊日同遊廉園，或在至元三十一年春。

貢奎《集廉園》：「宿雨洗炎燠，聯車越城關。廣疄臨深潦，飛棟棲連闤。行經水石勝，稍見華竹環。陰靜息影迹，窈窕紛華丹。兢兢是非責，侃侃賓友閒。蔬食常苦饑，世榮竟何攀。學仙本無術，即此超塵寰。」

「抱局迸囂俗，荊扉戶常關。新沐散腰髀，縱騎逾通闤。列袂瀹雲茗，叩琴墮瑤環。群樹藹新綠，孤華粲微丹。拭目咸展趣，曠心自逾閒。東山豈云遠，駕言事躋攀。焉能踵重迹，擾擾走區寰。」〔註59〕

貢奎（1269～1329），字仲章，號雲林，宣城人。以文學舉為池州齊山書院山長，後謁選吏部。大德六年（1302），任太常奉禮郎兼檢討，大德九年遷翰林國史院編修官。至大元年（1308），轉應奉翰林文字，階將仕郎，預修成

〔註56〕《清容居士集》卷十，《四部叢刊》影元本。

〔註57〕生平見蘇天爵《元故翰林侍講學士知制誥同修國史贈江浙行中書省參知政事袁文清公墓誌銘》，《滋溪文稿》卷九，陳高華、孟繁清點校，中華書局，1997年，第133～137頁。

〔註58〕生平見《元史》卷一百九十《陳孚傳》，第4338～4339頁。

〔註59〕貢奎《雲林集》卷一，明弘治三年范吉刻本。

廟實錄。因父喪回鄉。延祐元年（1214），任承事郎江西等處儒學提舉，延祐二年就任。延祐五年，遷翰林待制。至治元年（1321），謁告歸里第。三年，任翰林待制、進承直郎。四年，秋七月，拜集賢直學士、奉訓大夫，秩從三品。天曆元年，文宗即位，冬十月祠北嶽淮濟南鎮。二年春，還自會稽，至吳中，因病歸臥家中，後去世。〔註60〕

> 許有壬《木蘭花慢》：「至大戊申（元年，1308）八月二十五日，同疏仙萬戶遊城南廉園，園甲京師，主人野雲左丞，未老休致。清露堂扁命予二人分賦長短句，予得『清』字，皆即席成章，喜甚，榜之堂上。疎仙，其甥也，後史號『酸齋』云。」疏仙，即貫雲石，號酸齋。其詞云：「渺西風天地拂吟袖，出重城正秋滿閒園。松枯石潤，竹瘦霜清，扁舟採菱歌斷。但一泓寒碧畫橋。平放眼，奇觀臺上，太行飛入，簾櫳主人。聲利一毫輕。愛客見高情，便爇剝驪珠，蓮分冰繭，酒注金鉼，風流故家文獻。況登高作賦，有諸甥清露堂前，好月多情，照我題名。」〔註61〕

許有壬（1287～1364），字可用，湯陰人。大德間，年二十，暢師文薦入翰林，不報，授開寧路學正，升教授，未上，辟山北廉訪司書吏。〔註62〕

貫雲石（1286～1324），本名小雲石海涯，號酸齋，畏吾人，阿里海牙孫、貫只哥子，以父名爲姓。好文學，工散曲。襲兩淮萬戶府達魯花赤，鎮永州。至大間以爵位讓弟，退與文士遊。入京師，從姚燧學。皇慶元年（1312），仁宗即位，特拜翰林侍讀學士。未幾辭官，浪遊江南，晚寓錢塘，自號蘆花道人。泰定元年卒，年三十九。追諡文靖。〔註63〕

貫雲石與姚燧的交往當在至大元年左右，此時姚燧七十一歲，仁宗爲太子，開宮師府，由賓客授咨善爲承旨，又授太子少傅，姚燧辭不拜。至大二年（1309），拜榮祿大夫、集賢大學士、翰林學士承旨，知制誥同修國史。〔註64〕

2、廉園主人

上述聚會大多是在至元后期，以及大德、至正間舉行，故其中大多數人

〔註60〕馬祖常《集賢直學士貢文靖公神道碑銘》，《石田文集》。
〔註61〕許有壬《至正集》卷七十八，《北京圖書館古籍珍本叢刊》本。
〔註62〕《元史》卷一百八十二《許有壬傳》，第4199～4203頁。
〔註63〕歐陽玄《元故翰林學士中奉大夫知制誥同修國史貫公神道碑》，《圭齋文集》卷九，《四部叢刊》景明成化本。
〔註64〕生平見劉致《年譜》，《牧庵集》附錄。

都不可能與廉希憲有交往。

廉希憲（1231～1280）字善甫，號廉泉，[註65] 畏吾人。1244 年，忽必烈召王鶚至漠北，廉希憲與闊闊五人奉命從學。1250 年，廉希憲十九歲，宿衛世祖王邸。1253 年，二十二歲，從世祖忽必烈征大理，1254 年留爲京兆宣撫使。1257 年，二十六歲，罷河南關右諸宣撫司，希憲返回忽必烈王府。1259 年，二十八歲，世祖攻鄂州，蒙哥死，希憲首陳大計。中統元年（1260）至中統三年（1263），廉希憲一直宣撫京兆（今陝西西安），期間因王文統案，廉希憲受到世祖忽必烈的猜疑，被詔京師。至元元年（1264），希憲母親去世，希憲率親族行古喪禮，可知其在家族中，已是起統率作用的人物了。

布魯海牙去世時（至元二年，1265），廉希憲剛剛由山東行省任上被召還。廉希憲辭官守孝，忽必烈強行起用，解決中書省滯留公務，其能力令史天澤大加稱道：「廉相方爾，振理機要，天下賴之，我輩既回，殆將沮撓。」[註66] 據學者考證，廉希憲前往山東，是因爲阿合馬擅權，至元二年二月，廉希憲、商挺罷。[註67] 此時廉希憲是在忽必烈與諸臣在上京期間，代理中書省事，因而史天澤才會感歎說「殆將沮撓」，實是暗示阿合馬。

至元四年（1267），改中書左丞。至元八年（1271），與耶律鑄同罷相。至元十一年（1274），起爲北京行省平章政事。至元十二年（1275），行省江陵。至元十四年（1277），以疾召還上都。至元十五年（1278），設門下省，擬以希憲任侍中，爲阿合馬沮。至元十六年（1279），詔復入中書，疾篤不就。至元十七年（1280），卒於正寢之後樂堂。[註68]

廉希憲有「後樂堂」，取范仲淹「先天下之憂而憂，後天下之樂而樂」之意。胡祇遹有《哭廉相平章》：「深嚴後樂堂，寤寐思經綸。」[註69] 又有《後樂堂爲廉相題》：「虛堂名後樂，舉目成感激。范公心可師，異世幸親炙。范

〔註65〕劉因《廉泉眞贊》：「公本車部人，因官命氏爲廉公。嘗鎮秦中，既去，而秦人思之，呼其濯纓之水曰『廉泉』，後以爲號云。」《靜修集》續集卷二，《四庫全書》本。

〔註66〕元明善《平章政事廉文正王神道碑》，《清河集》卷五，清光緒刻藕香零拾本。

〔註67〕匡裕徹《元代維吾爾族政治家廉希憲》，《元史論叢》第二輯，中華書局，1983年。

〔註68〕廉希憲生平詳見元明善《平章政事廉文正王神道碑》，《清河集》卷五。《元史》卷一百二十六《廉希憲傳》。

〔註69〕胡祇遹《紫山大全集》卷二，《景印文淵閣四庫全書》本。

公才可學，烈烈踵高迹。」〔註70〕而張養浩《題廉野雲城南別墅》詩有「田園獨佔人間勝，懷抱尚餘天下憂。」小注「公之父有堂名『德樂』」，大概此「德樂」即爲廉希憲正寢之「後樂」，而廉野雲當爲廉希憲之子。

廉希憲去世時，姚燧有《平章廉公挽章》：「名園平泉比，若石不可性。門前施行馬，外物軒冕盛。相過盡慈伯，聞至倒履迎。清風佳月夕，劇談雜觸詠。」〔註71〕可知廉希憲生前禮賢下士，家中已有園林勝景，賓朋滿座。按「平泉」爲唐宰相李德裕別墅平泉山莊，以奇花異草、珍木怪石聞名。而廉希憲亦位高權重，故以「平泉」作比。

> 姚燧又有《滿江紅・廉野雲左揆求賦南園案慶雲都城善謳者》：「面勢林塘，縈橫睫，舼稜如削。還更比、城南韋杜。去天盈握。便有名園能甲乙，他山剗剗先尊嶽。甚一花一石總都將，平泉學。雖鬢髮流光覺。渾未厭，朋來數。有慶雲善譜，新聲天樂。正爾關弓鴻鵠至，可知棄屍麟麟閣。只北山逋客，負塵纓，滄浪濯。」〔註72〕

按此詞標題稱「求賦」，則可知此時姚燧已是德高望重之人。這首詞描摹廉園勝景，將之與長安城南韋曲、杜曲相提並論，「甚一花一石，總都將平泉學」，與「名園平泉比」相呼應。

「正爾關弓鴻鵠至，可知棄屍麟麟閣」，句中「麒麟閣」用典，爲漢代閣名，在未央宮中，漢宣帝時曾圖霍光等十一功臣像於閣上，以表揚其功績。後多以畫像「麒麟閣」表示卓越功勳和最高的榮譽。拉滿弓而鴻鵠至，可謂易如反掌之功，然而卻不以功勳爲意。詞中將廉野雲比作「北山逋客」，隱居遁世。

程文海《遺音堂記》載，皇慶二年（1313）過左司唐兀公之廬，曾出示「遺音堂」三字，「名左丞野雲廉公之堂，且爲書之，群賢見之歌詠」，而程文海也對廉野雲有所耳聞，「夫廉公，吾聞其人矣，以勳伐世家致位凝丞，政平恕，行公清，無貪媚，無刻苛。親賢而下士，方盛而已辭。歸而友木石，狎魚鳥，玩天地之盈虛，閱寒暑之往來，泊然若無與於世，得古人之高，吾敬之。」〔註73〕則知廉野雲爲人。

據元明善《平章政事廉文正王神道碑》載，廉希憲有子六人，分別爲：

〔註70〕胡祗遹《紫山大全集》卷二，《景印文淵閣四庫全書》本。
〔註71〕胡祗遹《紫山大全集》卷二，《景印文淵閣四庫全書》本。
〔註72〕姚燧《牧庵集》卷三十六，清武英殿聚珍版叢書本。
〔註73〕程文海《遺音堂記》，《程雪樓文集》卷十三。

廉孚，正議大夫、僉遼陽行省事；廉恰，通議大夫台州路總管；廉恂，榮祿大夫、中書平章政事；廉忱，同知沔陽府事；廉恒，資德大夫、御史中丞；廉惇，太中大夫、西蜀四川道肅政廉訪使。

元明善是在廉恂的請求下，作此《神道碑》，其文稱：「成宗皇帝制贈清忠粹德功臣、太傅、開府儀同三司、追封魏國公、諡文正，兩夫人追封魏國夫人。仁宗皇帝制加贈推忠佐理翊運功臣、太師開府儀同三司、上柱國、追封恒陽王、仍諡文王。兩夫人加封恒陽王夫人。皇上既御宸極，一新庶政，由御史中丞相恂平章敬遵家範，克奏父績，天子嘉之，詔中書曰：其命翰林學士明善製恂父恒陽王碑文。」〔註74〕按元明善卒於至治二年（1322），文中提及成宗、仁宗追加封號，則此文當作於英宗至治元年（1321），時元明善任翰林學士。

楊鐮師指出，「至大元年時，廉希憲的子侄輩尚無一人位至中書（或行省）左丞，而且久已告老退居林下」。〔註75〕

近年來多有學者對廉氏聯姻情況及家族成員一一詳細考證，資料翔實，〔註76〕但從目前六子生平來看，無一人能夠符合廉野雲的情況。因而廉野雲究竟是誰，至今尚無定論。

3、園林雅集

陳垣先生曾指出：「惟名園別墅則有之，此唐風也。自唐以來，莊園之風極盛，離宮別館，榱棟相望，風氣所趨，西域人亦競相仿傚，此其故半因豪富，半因愛慕華風。迨乎建置既繁，題榜署名，輒相因襲」。〔註77〕陳垣先生在文中列舉十六處，而實際上，廉園可謂首開西域人居處效華俗之先河。

單由廉氏家族對園林的經營，即可看出其華化程度之深。

首先，其對居所的安排布置，完全具備中原傳統園林的特色：亭臺樓閣建築，如袁桷「雲鑱亭臺煙霧侵」、許有壬「但一泓寒碧畫橋。平放眼，奇觀臺上，太行飛入，簾楹主人」。又有竹石作點綴，張養浩「霧松遮老醜，雪石護蒼頑」，貢奎「行經水石勝，稍見華竹環」，許有壬「松枯石潤，竹瘦霜清」。

〔註74〕元明善《平章政事廉文正王神道碑》，《清河集》卷五，清光緒刻藕香零拾本。
〔註75〕楊鐮師《元西域詩人群體研究》，新疆人民出版社，1998年，第228頁。
〔註76〕楊鐮師《元西域詩人群體研究》第六章，新疆人民出版社，1998年，第219～245頁。王梅堂：《元代內遷畏兀兒族世家——廉氏家族考述》，《元史論叢》第七輯，江西教育出版社，1999年，第123～136頁。
〔註77〕陳垣《元西域人華化考》，上海古籍出版社，2000年，第120頁。

　　其次，廉園雅集的活動內容，也充滿了中原士大夫的雅致情趣。賓主開展品茶、彈琴、對弈等活動，還常常有絲竹音樂伴奏，有慶雲、解語花等知名藝人的演唱。如王惲詩「相君絲竹宴芳華」、貢奎詩「列袂淪雲茗，叩琴墮瑤環」、姚燧詞「慶雲善譜，新聲天樂」、趙孟頫詩「遊女仍歌白雪詞」。

　　第三，廉園內的居室的命名都有深刻的中原文化內涵。〔註78〕

　　有「清露堂」，王惲及翰林諸公在此作詩。許有壬、貫雲石還分別以「清」「露」為韻賦詞，且被主人廉野雲榜之堂上，以詩詞字畫作裝飾。

　　廉希憲燕京宅邸又有「後樂堂」，胡祇遹作有《後樂堂為廉相題》，取「先天下之憂而憂，後天下之樂而樂」的寓意。

　　又有「遺音堂」，為左司唐兀公題名並書，程文海作《遺音堂記》，闡釋「遺音」命名緣由及意義：「古人之所以為古人者，何絕人遠甚，遺言遺行具在，可效可師，而卒莫之由，何哉？豈今不古若耶。吾行古之道亦古人，已而必曰古之人古之人乎哉？」「夫音者，出於虛入於寂，鏘然而起，杳然而止，古之音寥寥不可聞已，可聞者，非其遺言遺行乎？考其言求其行，若有聞焉，若耳提面命焉，遺音從可知已。」〔註79〕遺音，即效倣古人言行，求古人之道。此處，唐兀公是西域人，廉野雲也是西域人。

　　其實早在廉希憲任職陝西時，他便已有樊川別墅，姚燧、許衡、楊奐、商挺等人在此樽酒論文、彈琴煮茗、雅歌投壺。其別墅有廉泉，李庭作有《廉泉記》，記敘「廉泉」來歷：「廉泉者，陝西大行臺平章政事廉公樊川別墅所有之泉也。曷為名之？惟公有卓然異績於民，去已久而民猶思之，遂取公之姓以名其泉，示不忘也。」〔註80〕以「廉泉」之名體現廉希憲廉政愛民。

　　又有「讀書堂」，後改作「讀書岩」，劉岳申作有《讀書岩記》：「惇幼從伯兄平章、仲兄中丞讀書其中，後頗修理故處，益市書萬卷，名曰『讀書岩』，承先志也。集賢侍講學士商君琦為之圖，中朝士大夫各為文字，子幸記之。」〔註81〕

　　廉希憲及其後人不僅大肆興建具有中原特色的園林，還為之命名，並且請

〔註78〕關於廉氏家族具體宅邸堂號考證，詳見楊鐮師《元西域詩人群體研究》第六章，新疆人民出版社，1998年，219～245。王梅堂：《元代內遷畏兀兒族世家——廉氏家族考述》，《元史論叢》第七輯，江西教育出版社，1999年，第123～136頁。

〔註79〕程文海《遺音堂記》，《程雪樓文集》卷十三。

〔註80〕李庭《廉泉記》，《寓安集》卷五，清宣統刻藕香零拾本。《全元文》第二冊第144頁。

〔註81〕劉岳申《申齋集》卷六，《景印文淵閣四庫全書》本。

知名文士以「詩」「詞」「記」等體裁申發其意義，足見其爲中原文化所同化。

　　從另一方面來看，文人們在廉園中題詩唱和，屢屢提及「滄州趣」、「騎鶴下揚州」，實際上這反映出園林雅集所代表的歸隱山林、忘情世外的生活狀態的嚮往之情。這些詩人都是在廟堂之上佔據一席之地的政治人物，卻享受園林與世隔絕之感，對廉野雲能夠「未老致仕」表示欣羨，可以說，園林雅集是詩人內心隱逸情結的外化。

三、小　結

　　不忽木、廉希憲、高克恭是前期西域人華化的代表，他們的祖先跟隨蒙古人西征的軍隊來到漢地，並在此定居，在忽必烈、眞金的倡導下學習儒家文化，與漢人、南方儒士廣泛交往。並且由於其西域人的特殊地位在政治上佔據要職、位高權重，成爲眾多儒士歸附的對象，而他們也在提拔儒士、保存漢文化方面做出貢獻。在文學創作方面，他們漢化程度相當深，以致於和其他漢人儒士並無區別。

第二節　南人送別

一、儒道中輟：忽必烈後期統治與政治的延續

（一）忽必烈晚年重財、任用「奸臣」

　　元朝在入主中原之後，由於常年軍事征伐、鉅額賞賜、造成了財政緊張。而爲了解決這一矛盾，忽必烈先後任用了阿合馬、盧世榮、桑哥爲其斂財。

　　阿合馬，回回人，中統三年（1263）領中書左右部，兼諸路轉運使，專任財賦。至元元年（1264）八月，任中書平章政事，進階榮祿大夫。至元三年，立制國用使司，以平章政事兼領使職。至元七年，立尚書省，罷制國用使司，以阿合馬爲平章尚書省事。至元九年，並尚書省入中書省，以阿合馬爲中書平章政事。至元十年，阿合馬子忽辛爲大都路總管，兼大興府尹。至元十二年，阿合馬奏立都轉運司。至元十六年，中書奏立江西榷茶運司，及諸路轉運鹽使司、宣課提舉司。忽辛任中書右丞。至元十九年，王著、高和尚盜殺阿合馬。〔註82〕

〔註82〕《元史》卷二〇五《阿合馬傳》，第 4558～4564 頁。

　　盧世榮，名懋，以字行，大名人。曾任江西榷茶運使。後賄賂桑哥而進，至元二十一年（1284），任中書右丞。在位期間，整治鈔法、增加課稅、立市舶都轉運司、罷行御史臺、立規措所，後於至元二十二年，遭監察御史陳天祥彈劾，伏罪受誅。〔註83〕

　　桑哥，膽巴國師弟子，通諸國語言，曾爲西蕃譯史。至元中爲總制院使，總管佛教，兼治吐蕃事。至元二十四年（1287），復置尚書省，以桑哥與鐵木耳爲平章政事。改行中書省爲行尚書省，六部爲尚書六部。

　　桑哥當政，變更鈔法，審查中書省及行省財政，干預監察御史職能，專權任免，賣官鬻爵，至元二十八年，也先帖木兒、徹里等彈劾桑哥，最終桑哥獲罪伏誅。〔註84〕

　　桑哥手下楊璉眞加，曾任江南釋教總統，發掘錢塘、紹興等處的故宋趙氏諸陵、大臣塚墓一百一所，戕殺平民四人，收受美女寶物等賄賂無數，盜取搶掠大量財物。而他的這一行徑，激起了南方士人的憤怒。〔註85〕前文所言釋子溫就曾當面罵他「掘墳賊」。

（二）桑哥敗落後元廷政策的調整與文人眾生相

　　在這個期間，忽必烈也嘗試過調整政策，他曾於至元二十四年南下訪賢，在這個過程中，太子眞金及其周圍儒臣也力圖打壓權臣勢力。〔註86〕

　　桑哥被罷黜後，元朝政府清算了桑哥黨羽要束木、唆羅兀思、答麻剌答思、八吉等人，調整了桑哥執政時的政策，將尚書省重新併入中書省，平反了桑哥製造的冤獄。

　　同時，開始陸續徵召桑哥執政期間被排擠的儒臣。如至元二十八年五月，以集賢學士徵前太子贊善劉因還朝，劉因屢辭不赴；至元二十九年三月，御史大夫月兒魯等陳述監察御史商琥建議，認爲應該讓過去擔任詞垣風憲、眾望所歸卻被排擠在朝廷之外的文臣，如胡祗遹、姚燧、王惲、雷膺、陳天祥、楊恭懿、高道、程文海、陳儼、趙居信等士人，重新召回翰林，以備顧問。〔註87〕

〔註83〕陳天祥《論盧世榮奸邪狀》，《元文類》卷十四。《元史》卷二〇五《盧世榮傳》，第4564～4570頁。
〔註84〕《元史》卷二〇五《桑哥傳》，第4570～4576頁。
〔註85〕生平見《元史》卷二〇二《釋老傳》，第4521頁。
〔註86〕詳見第二章第三節。
〔註87〕《元史》本紀第十六、世祖十三，第347頁。《元史》本紀第十七、世祖十四，第361頁。

而對那些比附桑哥的文臣，則開始了指責與打擊。至元二十八年七月，揚州路學李淦上書稱，人人都知道桑哥任用群小之罪，卻無人指責尚書右丞葉李妄舉桑哥之罪，要求朝廷斬葉李以謝天下。朝廷下旨李淦乘傳赴京師，任命其爲江陰路教授；而葉李在李淦到來之際便去世了。〔註88〕

葉李妄舉桑哥之罪，當在至元二十四年十月，當時忽必烈曾詢問翰林諸臣：「以丞相領尚書省，漢、唐有此制否？」翰林諸臣都回答說有。而時任左丞的葉李以翰林、集賢諸臣所對奏，並推薦道：「前省官不能行者，平章桑哥能之，宜爲右丞相。」桑哥由此任尚書右丞相，兼總制院使，領功德使司事，進階金紫光祿大夫。而葉李也因此升任右丞。〔註89〕不料這一事件卻被人指責，並最終導致葉李頗不光彩地死去。

至元二十九年三月，馮子振、劉道元等人指陳與桑哥地位相當的官員失職，朝廷下令中書省臺臣及董文用、留夢炎等人調查，而翰林院曾爲桑哥撰寫《輔政碑》的文人，如廉訪使閻復已免官。〔註90〕同年五月，中書省臣則指責馮子振曾經寫詩讚譽桑哥，誇大其詞；而桑哥失勢，馮子振又立刻告發詞臣撰寫《輔政碑》引論失當。國史院編修官陳孚斥責馮子振小人行徑，希望能夠撤除馮子振官職，令其返鄉。而忽必烈則稱：「詞臣何罪！使以譽桑哥爲罪，則在朝廷諸臣，誰不譽之！朕亦譽之矣。」〔註91〕桑哥在位時，詞臣競相阿諛；倒臺後，詞臣又彼此攻訐。這番景象，足以令人喟歎。

總而言之，元朝社會當時的根本矛盾是國用不足，忽必烈本人也傾向於斂財政策，他對儒生的治國方案已經不感興趣。隨著眞金的離世，儒士對元朝政治的影響力進一步降低。因而文人在其中的境遇，十分尷尬。

（三）成宗繼位後修《世祖實錄》聚集文人

至元三十一年春正月，忽必烈去世。四月皇孫鐵穆耳即位。鐵穆耳爲已故太子眞金第三子。他接掌了由崔彧敬獻的傳國玉璽，在大安閣接受諸王宗親、文武百官朝賀。

鐵穆耳初掌國事，對他所擁有的權力與職責還很陌生。他大量的封賞宗親、官員，而中書省只得在一旁不斷提醒：賞賜有定制、官職有區分。鐵穆

〔註88〕《元史》本紀第十六、世祖十三，第349頁。
〔註89〕《元史》卷二百五、列傳第九十二、《奸臣·桑哥傳》，第4572頁。
〔註90〕《元史》本紀第十七、世祖十四，第360頁。
〔註91〕《元史》卷十七《世祖本紀》，第362頁。

耳則顯出蒙古人的豪爽，國家財政如流水般支出。〔註92〕

初上任的鐵穆耳詔翰林國史院修《世祖實錄》，以完澤兼修國史。而在這項任務下，不少文人聚集大都。目前可知的有：

李之紹，字伯宗，東平平陰人，自幼穎悟聰敏，從東平李謙學。家貧，教授鄉里，學者咸集。至元三十一年，纂修《世祖實錄》，徵名儒充史職，以馬紹、李謙薦，授將仕佐郎、翰林國史院編修官。〔註93〕

王惲，前已涉及。至元二十八年桑哥敗亡後，又被作爲御史臺舊臣召至京師，至元二十九年授翰林學士、嘉議大夫。成宗即位，獻《守成事鑒》一十五篇。元貞元年，加通議大夫、知制誥同修國史，奉旨纂修《世祖實錄》，因集《聖訓》六卷上之。〔註94〕

趙孟頫，前已涉及。至元二十四年，桑哥當政時，趙孟頫任兵部郎中，曾與劉宣馳驛至江南，問鈔法不行之罪。趙孟頫因不笞官員，而招致桑哥不滿。桑哥還曾因趙孟頫遲到，而要鞭笞趙孟頫。至元二十七年，趙孟頫任集賢直學士，與阿剌渾撒里勸忽必烈蠲除賦稅以消除天災，引起了桑哥的不滿。趙孟頫還曾勸徹里揭露桑哥罪行，最終使桑哥就戮。至元二十九年，趙孟頫出同知濟南路總管府事。至元三十一年，修《世祖實錄》，召趙孟頫還京師。〔註95〕

姚燧，前已涉及。字端甫，由伯父姚樞撫養長大。楊奐女婿，年十三見許衡於蘇門，年十八受學長安。至元七年，許衡以國子祭酒教貴冑，奏召舊弟子十二人，姚燧年三十八，自太原至京師。始爲秦王府文學，不久，授奉議大夫，兼提舉陝西、四川、中興等路學校。十七年，任陝西漢中道提刑按察司副使。後調山南湖北道。二十三年，自湖北奉旨趨朝。二十四年，爲翰林直學士。二十七年，授大司農丞。元貞元年，以翰林學士召修《世祖實錄》。初置檢閱官，查核史實，姚燧與侍讀高道凝總裁。〔註96〕

高凝，字道凝，河內人。爲許衡弟子，許衡任國子祭酒時，被召至都下伴學。〔註97〕至元十六年任南臺御史，〔註98〕二十五年累遷南臺治書，〔註99〕

〔註92〕《元史》卷十八《成宗本紀》，第388頁。
〔註93〕《元史》卷一百六十五《李之紹傳》，第3862頁。
〔註94〕《元史》卷一百六十七《王惲傳》，第3935頁。
〔註95〕《元史》卷一百七十二《趙孟頫傳》，第4020～4021頁。
〔註96〕《元史》卷一百七十四《姚燧傳》，第4057～4059頁。
〔註97〕歐陽玄《元中書左丞集賢大學士國子祭酒贈正學垂憲佐運功臣太傅開府儀同三司追封魏國文正許先生神道碑》，《圭齋文集》卷九。
〔註98〕張鉉《(至大)金陵新志》卷六，《景印文淵閣四庫全書》本。

元貞元年，任翰林侍讀，與姚燧總裁《世祖實錄》。〔註100〕

張昇，字伯高，其先定州人，後徙平州。幼警敏過人，學語時輒能辨字音，應對異於常兒。既長，力學工文辭。至元二十九年，用薦者授將仕郎、翰林國史院編修官，預修《世祖實錄》。後任應奉翰林文字，不久，任修撰，歷興文署令，遷太常博士。〔註101〕

以上既有在朝已久的官員，又有新近徵召的文士，而纂修《世祖實錄》無疑是提供了一個機會，讓許多離開的文人重返大都。然而也要看到，北方文人依然佔據了主流。

二、大都送別：異質文化的排除

（一）吳澄南還

吳澄在大都作了短暫停留，的確如當時程文海所言，見識了北國風光，其有《燕城》一詩：「燕絡中原東北去，吳通上國古今奇。五千里外只如此，數百年來幸見之。弔望諸墳吾有淚，擊漸離筑世無知。西山綿互三關險，日日氈車鐵馬馳。」〔註102〕

他從江南北上，感受了南北貫通的雄奇，然而看到中原風物，想起先王諸墳睽違已久，山河割裂數百年，不由得傷心。燕國自古英雄輩出，高漸離當年刺殺秦王，然而如今自己卻以徵召之臣的身份北上，情何以堪。西山綿延起伏、長城關隘重重，卻怎麼也擋不住北方騎兵的金戈鐵馬。陸游有《夜聞湖中漁歌》：「悲傷似擊漸離築，忠憤如撫桓伊箏。」劉辰翁有《柳梢青·春感》：「鐵馬蒙氈，銀花灑淚，春入愁城。笛裏番腔，街頭戲鼓，不是歌聲。那堪獨坐青燈，想故國、高臺月明。輦下風光，山中歲月，海上心情。」吳澄身臨大都城中，一定百感交集。此詩滲透了濃厚的故國之思、亡臣之悲。

吳澄又有《立春日寓北方賦雪詩》：「臘轉洪鈞歲已殘，東風剪水下天壇。剩添吳楚千江水，壓到秦淮萬里山。風竹婆娑銀鳳舞，雲松偃蹇玉龍寒。不知天上誰橫笛，吹落瓊花滿世間。」〔註103〕作為一個南方人，在立春之日還

〔註99〕張鉉《（至大）金陵新志》卷六，《景印文淵閣四庫全書》本。
〔註100〕《元史》卷一百七十四《姚燧傳》，第4057~4059頁。
〔註101〕《元史》卷一百七十七《張昇傳》，第4126頁。
〔註102〕吳澄《吳文正集》卷九十四。
〔註103〕吳澄《吳文正集》卷九十四。

能看見雪花飛舞，頗感奇特。北方的雪自有一種迫人氣勢，壓倒吳楚秦淮之水，然而漫天雪花，卻令人想起江南瓊花。

「瓊花」在元代詩歌中是一個頻繁出現的意象，周密《齊東野語》載：「揚州后土祠瓊花，天下無二本，絕類聚八仙，色微黃而有香。仁宗慶曆中，嘗分植禁苑，明年輒枯，遂復載還祠中，敷榮如故。淳熙中，壽皇亦嘗移植南內，逾年憔悴無花，仍送還之。其後宦者陳源命園丁取孫枝移接聚八仙根上，遂活，然其香色則大減矣，杭之褚家塘瓊花園是也，今后土之花已薪，而人間所有者，特當時接本彷彿似之耳。」〔註104〕瓊花眷戀故土，移植即枯。吳澄詩中以雪花比瓊花，意味深遠。

> 吳澄又有《呈留丞相三首》：〔註105〕「峻望晴簪插碧空，幾年四海
> 想流風。雪霜薺麥冬春一，日月蓬蒿晝夜同。天欲託箕傳九法，人
> 能知惠略三公。吾儒實用存經濟，事事論量及物功。」

留夢炎為狀元宰相，在宋時聲望極高。然而宋朝被滅，往日繁華已化作薺麥蓬蒿。留夢炎出仕新朝，執掌治國大法，的確堪稱經世致用的事功之學。

這首詩中，吳澄實際上對留夢炎的行為很不認同。吳澄是元代著名理學家，他是饒魯的再傳弟子，饒魯受學於朱熹門人黃幹，可謂朱熹理學的正統。〔註106〕朱熹一向反對陳亮、葉適的事功之學。故「吾儒實用存經濟，事事論量及物功」一句，暗含諷刺。

> 第二首「春風座上誨渠渠，萍水相逢納拜初。生復得知前日事，聞
> 多端勝十年書。正人以道自出處，直道於人何毀譽。或是堯夫奇叔
> 弼，敢云太史證無且。」

此寫二人相見之時的情景，用邵雍見歐陽棐之典故，後歐陽棐為邵雍定諡號，評其終身。「正人以道自出處，直道於人何毀譽」，這裡提及儒家「道」與「出處」，似是暗示留夢炎身後名。

> 第三首「與世相違分陸沉，半生藏息寄書林。只今沂水春風樂，千
> 古寒江秋月心。芥紫外遺尋尺利，草玄賓送寸分陰。此行大有遭逢
> 處，岱嶽高高河瀆深。」

〔註104〕周密著、黃益元點校《齊東野語》卷十七，上海古籍出版社編《宋元筆記小
　　　　說大觀》，上海古籍出版社，第五冊，第5648～5649頁。
〔註105〕吳澄《吳文正集》卷九十四。
〔註106〕陳高華《元代陸學》，《元史研究論稿》，中華書局，1991年，第355頁。

此自明心志。國家淪亡，只願埋首書中，不願追尋功名微利，淡於勢利，潛心著述，度過時光。此番北上遊歷山川大河，的確令自己增長見識、大開眼界。

由此三詩，可知吳澄無意做官，他的朱學出身，使他對於留夢炎出仕新朝、講求實用的做法不能認同，很快，吳澄於二十四年南還，「朝廷老成及宋之遺士在者，皆感激賦詩餞之。」〔註107〕

宋宗室趙孟頫時任兵部郎官，有《送吳幼清南還序》一文，在文中，表達了對程文海南下訪賢事件的看法，以及對儒士進退出處的思考：「士少而學之於家，蓋亦欲出而用之於國，使聖賢之澤，沛然及於天下，此學者之初心。然而往往淹留偃蹇，甘心草萊岩穴之間，老死而不悔，豈不畏天命而悲人窮哉？誠退而省吾之所學，於時為有用耶、為無用耶？可行耶、不可行耶？則吾出處之計，了然定於胸中矣。非苟為是棲棲也。近年以來，天子遣使者巡行江左，搜求賢才，與圖治功。而侍御史程公亦在行。程公思解天子渴賢之心，得臨川吳君澄與偕來。吳君博學多識，經明而行修，達時而知務，誠稱所舉矣。而余亦濫在舉中。既至京師，吳君翻然有歸志，曰：『吾之學無用也。迂而不可行也。』賦淵明之詩一章，朱子之詩二章而歸。吳君之心，余之心也。以余之不才，去吳君何啻百倍。吳君且往，則余當何如也。吾鄉有敖君善者，吾師也，曰錢選舜舉，曰蕭和子中，曰張復亨剛父，曰陳愨信仲，曰姚式子敬，曰陳康祖無逸，吾友也。吾處吾鄉，從數子者遊，放乎山水之間，而樂乎名教之中，讀書彈琴足以自娛，安知造物者不吾舍也。而吾豈有用者哉？吳君行有日，謂余曰：『吾將歸遊江浙，求子之友。』余既書所賦詩三章以贈行。又列吾師友之姓名，使吳君因相見而道吾情。至杭見戴表元率初者，鄞人也。鄧文原善之者，蜀人也。亦吾友也，其亦以是致吾意焉。」〔註108〕

趙孟頫與吳澄同是程文海徵召北上，而吳澄驟然返鄉，令趙孟頫深受觸動。趙孟頫書朱子與劉屏山所和詩三章贈予吳澄，虞集稱「一時風致，識者歎之」。閻復有詩：「群材方用楚，一士獨辭燕。」〔註109〕

吳澄自稱「吾之學無用也，迂而不可行也」，他尚未從亡國之痛中恢復，

〔註107〕虞集《故翰林學士咨善大夫知制誥同修國史臨川先生吳公行狀》，《道園類稿》卷五十。
〔註108〕趙孟頫《松雪齋文集》卷六，《四部叢刊》影元本。
〔註109〕危素《臨川吳文正公年譜》，《四庫全書存目叢書》（據北京圖書館藏明成化二十年方中等刻《臨川吳文正公集》附）史部第八十二冊，齊魯書社，1996年，第428頁。

其理學主張亦使他不能夠認同儒學的「經濟」之法，當時還存在朱陸之爭，使得吳澄只能選擇離去。

（二）送別汪元量

汪元量在大都盤桓數年之後，請求南歸，故舊紛紛送別。據迺賢《讀汪水雲詩集序》稱，「南歸時，幼主瀛國公、福王平原郡公趙與芮、駙馬右丞楊鎮、故相吳堅、留夢炎、參政家鉉翁、文及翁、提刑陳傑、青陽夢炎、與宮人王昭儀清惠以下廿有九人，分韻賦詩以餞其行。」〔註110〕

今所見汪元量《湖山類稿》後附有《亡宋舊宮人詩》與《亡宋舊宮人詞》，收王清惠等十四人十七首詩，章麗眞等三人三首詞。其中《亡宋舊宮人詩》前有序：「水雲留金臺一紀，琴書相與無虛日。秋風天際，束書告行，此懷愴然，定知夜夢先過黃河也。一時同人以『勸君更盡一杯酒，西出陽關無故人』分韻賦詩爲贈。他時海上相逢，當各說神僊人語，又豈以世間聲律爲拘拘耶！」〔註111〕

1、送行人員

據迺賢序，參與送行的有「幼主瀛國公、福王平原郡公趙與芮、駙馬右丞楊鎮、故相吳堅、留夢炎、參政家鉉翁、文及翁、提刑陳傑、青陽夢炎，與宮人王昭儀清惠以下廿有九人」。

瀛國公，即宋恭帝趙㬎，度宗皇帝子，母爲全皇后，咸淳七年（1271）生，咸淳十年（1274）即皇帝位，年四歲，謝太后臨朝稱詔。德祐二年（至元十六年，1276）二月，趙㬎率百官拜表祥曦殿，詔諭郡縣使降。遣賈餘慶、吳堅、謝堂、劉岊、家鉉翁充祈請使。三月北上。汪元量詩「謝了天恩出內門，駕前喝道上將軍。白旄黃鉞分行立，一點猩紅似幼君」，「東南半壁日昏昏，萬騎臨軒趣幼君。三十六宮隨輦去，不堪回首望吳雲」，〔註112〕即是對歷史的記述。

五月朝於上都。降封開府儀同三司、瀛國公。〔註113〕汪元量詩「僧道恩

〔註110〕迺賢《金臺集》卷二，壬戌仲春武進董氏誦芬室刊本。

〔註111〕汪元量撰、孔凡禮輯校《增訂湖山類稿》，附錄一，中華書局，1984 年，第 204 頁。

〔註112〕汪元量《湖州歌》、《越州歌》，《水雲集》。

〔註113〕脫脫等撰《宋史》卷四十七本紀第四十七瀛國公，中華書局，1977 年，第 921～939 頁。

榮已受封，上庠儒者亦恩隆。福王又拜平原郡，幼主新封瀛國公」〔註 114〕相互印證。

　　大概瀛國公在大都時，都是由王昭儀負責照料，因而汪元量詩有「萬里修途似夢中，天家賜予意無窮。昭儀別館香雲暖，自把詩書授國公。」〔註 115〕

　　至元十九年（1282）十二月，趙顯十二歲。中書省臣建言，要平原郡公趙與芮、瀛國公趙顯、翰林直學士趙與檩居上都。忽必烈稱趙與芮年老，留大都。後給瀛國公衣糧發遣，趙與檩未行。也就是當月，文天祥被殺。〔註 116〕至元二十五年（1288）二月，江淮總攝楊璉眞加言以宋宮室爲塔一，爲寺五，已成，詔以水陸地百五十頃養之。以杭州西湖爲放生池。是年，趙顯十八歲，十月丙寅，賜鈔百錠。丙子，學佛法於土番。〔註 117〕至元二十八年（1291）十二月己巳，趙顯二十一歲，宣政院臣建言，「宋全太后、瀛國公母子以爲僧、尼，有地三百六十頃，乞如例免徵其租」，〔註 118〕可知此時瀛國公趙顯已入釋。

　　王堯《宋少帝趙顯遺事考辨》一文，除引用上述《元史》材料外，又根據《佛祖歷代通載》以及藏文史料《紅史》、《青史》等文獻，考索出了趙顯前往西藏學佛以後的事迹：長期住於西藏薩迦大寺，更名合尊法寶，曾任總持，「木波」爲「本波」之形誤，是藏語「長官之意」。他習藏語文，從事佛經翻譯工作，有《明因入正理論》、《百法明門論》等譯品傳世。英宗至治三年（1323），被賜死河西。〔註 119〕

　　李勤璞《瀛國公史事再考》一文則進一步補充了瀛國公的相關資料，引用拉施特《史集》中的記載，認爲瀛國公曾經做過忽必烈的駙馬，且有兒子趙完普，《元史·順帝本紀》中有兩條關於趙完普的資料。而「木波」是瀛國公在大都期間已使用的名字，不應爲藏語「長官」，而應爲藏語「侄子」之意，表示對忽必烈的臣服。〔註 120〕

　　按「木波」一語，見於汪元量詩《瀛國公入西域爲僧號木波講師》：「木

〔註 114〕汪元量《湖州歌》，《水雲集》。
〔註 115〕汪元量《湖州歌》，《水雲集》。
〔註 116〕宋濂《元史》卷十二本紀第十二世祖九，中華書局，1976 年，第 245 頁。
〔註 117〕宋濂《元史》卷十五本紀第十五世祖十二，中華書局，1976 年，第 309、315、316 頁。
〔註 118〕宋濂《元史》卷十六本紀第十六世祖十三，中華書局，1976 年，第 353 頁。
〔註 119〕王堯《宋少帝趙顯遺事考辨》，《西藏研究》，1981 年第一期，第 65～76 頁。
〔註 120〕李勤璞《瀛國公史事再考——兼與王堯〈宋少帝趙顯遺事考辨〉一文商榷》，《西藏研究》，1999 年第一期，第 38～40 頁。

老西天去，袈裟說梵文。生前從此別，去後不相聞。忍聽北方雁，愁看西域雲。永懷心未已，梁月白紛紛。」〔註121〕

　　則此詩應作於至元二十五年十月，「北方雁」即點明了季節。「梁月白紛紛」一句應是化用杜甫《夢李白》「落月滿屋梁，猶疑照顏色」意境，表明二人交情很深，而瀛國公入西域在汪元量看來就猶如被流放。祇是這一年瀛國公才十八歲，而汪元量稱之「木老」，或爲尊稱。

　　瀛國公從六歲北上，到十八歲學佛西域，與汪元量應該有較多接觸。《南村輟耕錄》載，瀛國公曾有詩「寄語林和靖，梅花幾度開。黃金臺下客，應是不歸來。」爲在大都所作。「始終二十字，含蓄無限，淒戚意思，讀之而不興感者幾希。」〔註122〕《古今禪藻集》亦收錄此詩，題爲元合尊《適興吟》。〔註123〕《西湖遊覽志餘》載：「少帝之寓燕京也，淒涼無賴，時汪水雲以黃冠放還，少帝作詩送之云：『寄語林和靖，梅花幾度開。黃金臺下客，應是不歸來。』」〔註124〕而鮑廷博本《湖山類稿》附錄中收此詩，即題作《恭宗皇帝送汪大有南還詩》。

　　趙與芮，度宗父，瀛國公祖父。歷大理少卿，累除武康軍節度使，加中書令，封福王。德祐元年判紹興府，恭帝降元，隨同北上，於至元十三年二月十一日出發，閏三月二十四日抵達燕京。至元十五年（1278）被封爲平原郡公。〔註125〕

　　　　汪元量有《平原郡公夜宴月下待瀛國公歸寓府》：「春事闌珊夢裏休，
　　　　他鄉相見淚空流。柳搖楚館牽新恨，花落吳宮憶舊遊。渴想和羹梅已
　　　　熟，饑思進飯麥初收。瀛洲歸去琅玕長，月朗風熏十二樓。」〔註126〕

「楚館」應是代指暫時居住之地，「吳宮」或是指南宋杭州的宮殿。「和羹」語出《尚書》：「若作和羹，爾惟鹽梅」，喻大臣輔助君主綜理國政，「麥飯」則是在君主艱難之際臣子的救濟。「瀛洲」與「十二樓」均指神仙居所，似乎是指入道。或許汪元量此時已經是黃冠師的身份，並藉此身份希冀能對故主

〔註121〕汪元量《湖山類稿》卷三。
〔註122〕陶宗儀《南村輟耕錄》卷二十「宋幼主詩」一條，中華書局，1959年，第246頁。
〔註123〕正勉編《古今禪藻集》卷十七，《景印文淵閣四庫全書》本。
〔註124〕田汝成《西湖遊覽志餘》卷六。
〔註125〕王構《趙與芮降封平原郡公制》，蘇天爵編《元文類》卷十二，《國學基本叢書》本，商務印書館，1936年出版，1958年重印本，第144頁。
〔註126〕汪元量《湖山類稿》卷二。

有所幫助。

後趙與芮去世，汪元量作《平原郡公趙福王挽章》：「大王無起日，草木盡傷悲。生在太平世，死當離亂時。南冠流遠路，北面幸全屍。舊客行霜霰，呼天淚濕麾。」〔註127〕

詩中「南冠流遠路，北面幸全屍」一句，應該有所針對。《元史》載，至元二十一年九月丙申，「以江南總攝楊璉眞加發宋陵塚所收金銀寶器修天衣寺」，〔註128〕……楊璉眞加發宋陵，對南方士人是一個巨大的精神打擊，他們搜集散落的宋王室屍骨埋葬，植宋舊宮冬青樹爲標誌，並作《冬青引》詩歌，長久以來，詩人歌詠不絕。〔註129〕由此也就能理解汪元量對趙與芮在大都去世得以「全屍」的慶幸，而體會「舊客行霜霰，呼天淚濕麾」的悲憤之情。又由此可以推斷，趙與芮的去世，應該是在至元二十一年以後。

楊鎮，字子仁，嚴陵人，自號中齋。節度使蕃孫之子，恭聖仁烈楊太后侄孫，〔註130〕尚理宗女周漢國公主，官至左領軍衛將軍駙馬都統，慶遠軍節度使。楊鎮曾隨益王、廣王、楊淑妃一同南逃，至婺州，被范文虎追及，楊鎮爲了掩護二王，被范文虎抓住。〔註131〕平居少飲，喜觀圖史，書學張即之，工丹青墨竹，在鄆王員大夫間，蘊藉可觀，凡畫，賦詩其上，卷軸印記，清致異常，用「駙馬都尉」印。〔註132〕入元后，任江西行省左丞，多在杭州一帶進行詩文活動。〔註133〕

楊淑妃的父親楊纘，字繼翁，自號守齋，本鄱陽洪氏，恭聖太后侄楊石之子麟孫早夭，遂祝爲嗣，即太師楊次山之孫。官列卿。好古博雅，善琴，倚調製曲，有《紫霞洞譜》傳世，時作墨竹。〔註134〕則由此可知，楊鎮與楊纘同爲楊太后侄孫，則彼此爲堂兄弟。

〔註127〕汪元量《湖山類稿》卷三。

〔註128〕宋濂《元史》卷十三《世祖本紀》，中華書局，1976年，第269頁。

〔註129〕田汝成《西湖遊覽志餘》卷六，浙江人民出版社，1980年。

〔註130〕《宋史》卷二百四十三《恭聖仁烈楊皇后傳》。

〔註131〕陳桱《通鑑續編》卷二十四，《景印文淵閣四庫全書》本。

〔註132〕夏文彥《圖繪寶鑒》卷四，《國學基本叢書簡編》，商務印書館，1936年，第70頁。

〔註133〕魏初《奉答楊左丞並序》，《青崖集》卷一。

〔註134〕夏文彥《圖繪寶鑒》卷四，《國學基本叢書簡編》，商務印書館，1936年，第70頁。周密著、孔凡禮點校《浩然齋雅談》卷下，中華書局，2010年，第53頁。

　　楊太后爲寧宗後，曾與史彌遠聯手廢除太子竑，改立理宗爲皇帝。在這場宮廷政變的鬥爭中，史彌遠爲了探聽太子竑的動靜，投其所好，安插一名善琴的美人在太子身邊；而楊太后兄弟楊次山的兩個兒子，楊谷、楊石都曾參與其中，力勸楊太后矯詔。理宗得以登上皇帝之位，是憑藉楊氏一族在南宋的地位與影響，琴師甚至在政治鬥爭中起到了重要作用。〔註135〕

　　楊纘精於琴藝，其門下有徐宇（字雪江），徐天民，毛遜（字敏仲）等琴師，探討琴理。而徐雪江、毛敏仲與汪元量有唱和往來，有研究者據此推測，汪元量與楊纘相熟。〔註136〕雖然沒有直接證據證明汪元量與楊纘有往來，但是從汪元量《別楊駙馬》一詩來看，汪元量與楊氏家族關係密切。或許，汪元量就是楊氏家族中培養的眾多琴師之一，也正因爲這個緣故，他才能夠侍奉南宋皇室，並最終以琴師身份隨三宮北上。

　　汪元量《湖州歌》：「兩下金襴障御階，異香縹緲五門開。都人罷市從容立，迎接南朝駙馬來。」又有《別楊駙馬》：「去去馬空冀北，行行鶴度遼東。彈鋏三千客裏，囊錐十九人中。杜子肯依嚴武，孔融不下曹公。南八男兒如此，殺身方是英雄。」〔註137〕「馬空冀北」，典出韓愈《送石處士序》，喻執政者善選賢才，無所遺漏。頷聯，鶴度遼東，則指丁令威化鶴歸故鄉。彈鋏，指孟嘗君門客馮諼；囊錐，指平原君門客毛遂。第三句，將杜甫與嚴武的交往與孔融與曹操的關係作對比。末句，用南霽雲舍生取義之典。此詩多舉門客之典，似乎汪元量與楊鎮有著依附關係。而末句有勸勉殺生成仁之意。

　　吳堅，字彥愷，號實堂，天台人，淳祐四年（1244）進士。寶祐五年（1257）十月，以太常博士除秘書郎，德祐元年十二月命僉樞密院事，德祐二年正月拜左丞相，後降元，以祈請使身份北上。〔註138〕

　　　汪元量有《黃金臺和吳實堂韻》：「把酒上金臺，傷心淚落杯。君臣難再得，天地不重來。古木巢蒼鶻，殘碑枕碧苔。倚闌休北望，萬里起黃埃。」〔註139〕

　　留夢炎，前已述及。汪元量有《庚辰正月旦早朝呈留忠齋》：「庭燎明如

〔註135〕《宋史》卷二百四十三《恭聖仁烈楊皇后傳》。

〔註136〕陸瓊《汪元量生平及交遊研究》，華東師範大學2005年碩士論文。

〔註137〕汪元量《湖山類稿》卷一。

〔註138〕生平見楊譓《（至正）昆山郡志》卷二，元至正元年修成豐元年據錢大昭藏本刻。

〔註139〕汪元量《湖山類稿》卷二。

畫，金壺漏水平。爐煙搖曉色，欄□□□（缺）聲。三祝聖人壽，一忠臣子情。新元奏封事，□□□（缺）蒼生。」〔註140〕

家鉉翁，前已述及。

文及翁，字時學，號本心，綿州（今四川綿陽）人，徙居吳興（今浙江湖州）。寶祐元年（1253）進士，為昭慶軍節度使掌書記。景定三年（1262），以太學錄召試館職，除秘書省正字，四年（1263）正月任校書郎，景定五年（1265）八月任秘書郎，咸淳元年（1265）四月任著作郎，六月，出知漳州。四年（1268），以國子司業，為禮部郎官兼學士院權直兼國史院編修官、實錄院檢討官。年末，以直華文閣知袁州。德祐初，官至資政殿學士、簽書樞密院事。元兵將至，棄官遁去。入元，累徵不起。有文集二十卷。不傳。〔註141〕

劉將孫《湖山隱處記》：「下題『水雲隱處』，本心文樞密書也。樓後船亭十一間，本心公書「西湖一曲」在焉，乃昔者奉親所。」〔註142〕此處 “本心” 即文及翁。湖山隱處，為汪元量歸隱西湖之所，有小樓五間，文及翁曾為題辭，可見二人交往。

陳傑，字壽父，幹陂人，淳祐十年（1250）進士，授贛州薄，累官工部郎中，江西憲使參謀，轉朝散大夫，召赴行在，未行。宋亡，隱居東湖。有《自堂存稿》。〔註143〕

汪元量有《東湖送春和陳自堂》詩：「十年南北競，故舊幾人存。兵後誰知我，城中獨見君。東湖徐孺宅，北海孔融尊。宛轉留春意，吟詩到夜分。」孔凡禮考證此詩中「東湖」為陳傑隱居南昌之地，〔註144〕「徐孺宅」既是用徐孺子隱居之典，又是實寫南昌名勝，則此詩應作於南昌。「十年南北競」，按此「南北競」，應是指蒙宋戰爭而非汪元量南北奔走，與「兵後」相呼應。按「城中獨見君」一句，似乎極盡孤寂、知音匱乏，然汪元量交友甚多，與陳傑唱和只此一首，卻推許至重，殊為可怪。

青陽夢炎，前已涉及。汪元量有《青陽提刑哀些》：「提刑辭宋國，奉使到燕都。入貢能全璧，懷歸不獻圖。看羊居北海，化鶴返西湖。楚客歌哀些，

〔註140〕汪元量《湖山類稿》卷二。

〔註141〕生平見《南宋館閣續錄》卷七、卷九，《景印文淵閣四庫全書》本。

〔註142〕劉將孫《養吾齋集》卷二十二，《景印文淵閣四庫全書》本。

〔註143〕見厲鶚《宋詩紀事》乾隆十一年刻本，卷六十六。王家傑等編：《（同治）豐城縣志》卷十六「文苑傳」《陳傑傳》，第五版，豐城縣署。

〔註144〕孔凡禮《增訂湖山類稿》，中華書局，1984 年，第 125 頁。

臨棺奠酒壺。」〔註145〕《鎮江志》載:「元翰林學士青陽夢炎墓在府定波門外鳳凰山」,〔註146〕即詩中「化鶴返西湖」之意,死葬杭州。「臨棺奠酒壺」,說明汪元量曾爲青陽夢炎送葬。

王昭儀,名清惠,號沖華。度宗時選爲昭儀。王國維先生認爲王昭儀即《宋史‧江萬里傳》中提及的王夫人。又引《隨隱漫錄》中所載昭儀王秋兒能屬文,「批答畫聞式克欽承皆出其手」。並據《湖州歌》「昭儀別館香雲暖,手把詩書授國公」,認爲其北上後,元廷待遇尊隆。〔註147〕汪元量與王昭儀有較多往來,琴詩交流,引爲知己。其唱和詩歌有《幽州秋日聽王昭儀琴》《秋日酬王昭儀》《盧溝橋王昭儀見寄迴文次韻》。〔註148〕

另有送行宮女十四人,其姓名見《亡宋宮人詩詞》,除王昭儀外,其餘人爲陳眞淑、黃慧眞、何鳳儀、周靜眞、葉靜慧、孔清眞、鄭慧眞、方妙靜、翁懿淑、章妙懿、蔣懿順、林順德、袁正淑、金德淑、章麗眞、袁正眞。

據孔凡禮新輯《宋舊宮人贈汪水雲南還詞》,載有宮女連妙淑、黃靜淑、陶明淑、柳華淑、楊慧淑、華清淑、梅順淑、吳昭淑、周容淑、吳淑眞。〔註149〕

這些宮女大部分都湮沒無聞,名字僅依賴這兩卷詩詞而得以保存,且無文獻可考。

> 有關金德淑,《金姬傳別記》載:「嘉謨孫以鄉役部發歲運至元都,常夜對月獨歌曰:『萬里倦行役,秋來瘦幾分。因看河北月,忽憶海東雲。』夜靜聞鄰婦有倚樓泣者,明日訪其家,則宋舊宮人金德淑也。因過叩之。德淑曰:「客非昨暮悲歌人乎?」李答曰:「昨所歌詩實非己作,有同舟人自杭來,每吟此句,故能記之爾。」德淑泣曰:「此亡宋昭儀黃惠清寄汪水雲詩,我亦宋宮人也。昭儀舊同供奉極相親愛,今各流落異鄉,彼且爲泉下人矣。夜聞君歌其詩,不勝淒感,因言當日吾輩皆有詩贈水雲,乃自舉所作《望江南》詞,歌畢又泣下。」〔註150〕

〔註145〕汪元量《湖山類稿》卷三。

〔註146〕俞希魯編纂、楊積慶,賈秀英等校點《(至順)鎮江志》卷十二,江蘇古籍出版社,1999年,第496頁。

〔註147〕王國維《書宋舊宮人詩詞湖山類稿水雲集後》,《觀堂集林》卷二十一,《王國維遺書》第三冊,上海古籍書店印行,1983年。

〔註148〕汪元量《湖山類稿》卷二、卷三。

〔註149〕孔凡禮《增訂湖山類稿》,中華書局,1984年。

〔註150〕楊儀《金姬傳》附《金姬傳別記》,《叢書集成初編》據借月山房彙抄本排印,

按文中「黃惠清」，當爲王清惠即王昭儀。〔註151〕李嘉謨所吟詩，又見《湖山類稿》附錄收王清惠詩，題爲《秋夜寄水月水雲二昆玉》。

2、宋宮人送行詩歌

目前可見的宋宮人送汪元量詩十四首、詞十首。分別如下：

王清惠《「勸」字韻》：「朔風獵獵割人面，萬里歸人淚如霰。江南江北路茫茫，粟酒千鍾爲君勸。」

陳眞淑《「君」字韻》：「天山雪子落紛紛，醉擁貂裘坐夜分。明日馬頭南地去，琴邊應是有文君。」

黃慧眞《「更」字韻》：「萬疊燕山冰雪勁，萬里長城風雨橫。君衣雲錦勒花驄，此酒一杯何日更。」

何鳳儀《「進」字韻》：「十年燕客身如病，一曲剡溪心不競。憑君寄語愛梅仙，天理現時人事盡。」

周靜眞《「一」字韻》：「燕山雪花大如席，馬上吟詩無紙筆。他時若遇隴頭人，折寄梅枝須一一。」

葉靜慧《「杯」字韻》：「塞上砧聲響似雷，憐君騎馬望南回。今宵且向穹廬醉，後夜相思無此杯。」

孔清眞《「酒」字韻》：「瘦馬長吟寒驢吼，坐聽三軍擊刁斗。歸人鞍馬不須忙，爲我更釃葡萄酒。」

鄭惠眞《「西」字韻》：「琵琶撥盡昭君泣，蘆葉吹殘蔡琰啼。歸見林逋煩說似，唐僧三藏入天西。」

方妙靜《「出」字韻》：「萬里秦城風淅淅，一望薊州雲冪冪。君今得旨歸故鄉，反鎖衡門勿輕出。」

翁懿淑《「陽」字韻》：「金門夜醉紫霞觴，乞得黃冠還故鄉。一似陳摶歸華嶽，又如李泌過衡陽。」

章妙懿《「關」字韻》：「一從騎馬逐鈴鑾，過了千山又萬山。君已歸裝向南去，不堪腸斷唱陽關。」

蔣懿順《「無」字韻》：「十年牢落醉穹廬，不用歸榮駟馬車。他日儻思人在北，音書還寄雁來無。」

林順德《「故」字韻》：「歸舟夜泊西興渡，坐看潮來又潮去。江草江

中華書局，1985 年，第 12 頁。

〔註151〕《宋詩紀事》卷八十四「楊儀《金姬別傳》作黃惠清，當是傳聞之誤。」

花春復春，山青水綠原如故。」

袁正淑《「人」字韻》：「抱琴歸去海東濱，莫逐成連覓子春。十里西湖明月在，孤山尋訪種梅人。」

金德淑《望江南》：「春睡起，積雪滿燕山。萬里長城橫玉帶，六街燈火已闌珊，人立薊樓間。　空懊惱，獨客此時還。彎壓馬頭金錯落，鞍籠駝背錦斕班。腸斷唱門關。」

連妙淑《望江南》：「寒料峭，獨立望長城。木落蕭蕭天遠大，□（缺）聲羌管過雲行。歸客若為情。　樽酒盡，勒馬問歸程。漸近蘆溝橋畔路，野牆荒驛夕陽明。長短幾郵亭。」

黃靜淑《望江南》：「君去也，曉出薊門西。魯酒千杯人不醉，臂鷹健卒馬如飛。回首隔天涯。　雲黯黯，萬里雪霏霏。料得江南人到早，水邊籬落忽橫枝。清興少人知。」

陶明淑《望江南》：「秋夜永，月影上闌干。客枕夢回燕塞冷，角聲吹徹五更寒。無語翠眉攢。　天漸晚，把酒淚先彈。塞北江南千萬里，別君容易見君難。何處是長安。」

柳華淑《望江南》：「何處笛，覺妾夢難諧。春色惱人眠不得，捲簾移步下香階。呵凍卜金釵。　人去也，畢竟信音乖。翠鎖雙蛾空宛轉，雁行箏柱強安排。終是沒情懷。」

楊慧淑《望江南》：「江北路，一望雪皚皚。萬里打圍鷹隼急，六軍刁斗去還來。歸客別金臺。　江北酒，一飲動千杯。客有黃金如糞土，薄情不肯贖奴回。揮淚灑黃埃。」

華清淑《望江南》：「燕塞雪，片片大如拳。薊上酒樓喧鼓吹，帝城車馬走駢闐。羈館獨淒然。　燕塞月，缺了又還圓。萬里妾心愁更苦，十春和淚看嬋娟。何日是歸年。」

梅順淑《望江南》：「風漸軟，暖氣滿天涯。莫道窮陰春不透，今朝樓上見桃花。花外碾香車。　圍步帳，羯鼓雜琵琶。壓酒燕姬騎細馬，鞦韆高掛彩繩斜。知是阿誰家。」

吳昭淑《望江南》：「今夜永，說劍引杯長。坐擁地爐生石炭，燈前細雨好燒香。呵手理絲簧。　君且住，爛醉又何妨。別後相思天萬里，江南江北永相忘。真個斷人腸。」

周容淑《望江南》：「春去也，白雪尚飄零。萬里歸人騎快馬，到家

時節藕花馨。那更憶長城。　　妾薄命，兩鬢漸星星。忍唱乾淳供

奉曲，斷腸人聽斷腸聲。腸斷淚如傾。」

　　細究此十四首詩，當爲深秋初冬季節，因爲分別出現了「朔風」、「雪子」、
「冰雪」、「雪花」等景物描繪。然而這十四首詩其實是有深層聯繫的：第一
首寫朔風起，備酒送別。第二首寫雪子落，言及南還之事，「琴邊應是有文君」，
體現了女性微妙獨特的心理，既有羨慕，又有酸楚。第三首寫冰雪風雨大作，
「君衣雲錦勒花驄」，以眼前之景出發，離別在即，進而勸酒。第四首回顧留
燕歲月，「剡溪」，用賀知章賜還故鄉之典。第五首雪勢漸大，化用「折梅逢
驛使，寄與隴頭人。江南無所有，聊贈一枝春」一詩，既表達對友人的深情，
又表達自己對江南故鄉的思念。第六首、第七首同寫夜深酒酣之際，勸酒盡
興，暫忘離別傷感之情。第八首寫離別之悲，又語及時事，「歸見林逋煩說似，
唐僧三藏入天西」，王國維先生認爲，此句指瀛國公入西藏學佛事件。而林逋，
則與瀛國公送汪元量詩同用一典。第九首是對歸客的勸告，「反鎖衡門」，化
用杜甫《秋雨歎》一詩「長安布衣誰比數，反鎖衡門守環堵」，用《詩‧國風》：
「衡門之下，可以棲遲」之典。此詩前兩句寫自然之景，風雨如晦，暗無天
日，當隱喻當時社會環境。宋元政權更迭，亡國之臣，原本就身份複雜，遭
多方猜忌，更應該小心從事。而「反鎖衡門」之句，典中有典，杜甫《秋雨
歎》亦是慨歎受秋雨困擾，不得展翅之鬱悶，而衡門棲遲，則意在勸人安貧
樂道，寡欲免禍。第十首亦用典，陳摶、李泌，均是歷史上知名道士，與汪
元量黃冠歸故里的情況相符。第十一首，則想像歸途中情景；第十二首囑咐
歸客南還後勿忘故人；第十三首則想像南歸杭州之後的情景，西興渡即杭州
錢塘江渡口，而到達江南之後已是多去春來，但物是人非；第十四首則用成
連、方子春之典，成連教伯牙學琴不成，尋訪方子春於東海之事，契合汪元
量琴師身份，他與宮女琴詩往來，既爲師友，又爲知己；「孤山尋訪種梅人」，
化用林逋典故。

　　綜觀這十四首詩，從寫景來看，由朔風起、到雪子再到風雨橫，及至雪
花大如席，是一個漸變的過程；而時間也逐漸推移，由「坐夜分」到「擊刁
斗」，夜漸深。從內容上來看，敘離別之悲，憶往昔之情，對歸途的想像，對
歸客的囑咐，其感情層層相遞，並不重複。換言之，這十四首詩從邏輯上構
成一個主體，也就是王國維先生「若出一手」的判斷。

　　宋舊宮人贈汪水雲南還詞《望江南》則更加明顯。

第一首言「春睡起」，「積雪滿燕山」，「獨客此時還」，當爲初春啓程，離愁別緒，與汪元量「秋風天末」南還季節明顯不符。第二首「寒料峭」，「木落蕭蕭天遠大」，「野牆荒驛夕陽明」，則已爲秋日傍晚，人在歸途。第三首「料得江南人到早，水邊籬落忽橫枝」，則遙想人已歸家，冬去春來。第四首「秋夜永」，「客枕夢回燕塞冷」，又到秋天，因思念而輾轉難眠。第五首「春色惱人眠不得」，「人去也，畢竟信音乖」，又到春天，因歸客音信全無而新生懊惱。第六首，「江北路，一望雪皚皚」，「客有黃金如糞土，薄情不肯贖奴回」，似又是冬天，而抱怨自己獨自羈留北方。第七首，「燕塞雪」，「薊上酒樓喧鼓吹，帝城車馬走駢闐，羈館獨悽然」，「十春和淚看嬋娟，何日是歸年」，當爲年末之際，寫盡羈留淒苦。第八首，「風漸吹，暖氣滿天涯」，冬去春來又一年，且描摹燕地風俗，「圍步帳，羯鼓雜琵琶。壓酒燕姬騎細馬，秋韆高掛彩繩斜。」第九首，「坐擁地爐生石炭」，爲秋冬之交，「君且住，爛醉又何妨」，爲離別勸酒場景。第十首，「春去也，白雪尚飄零。萬里歸人騎快馬，到家時節藕花馨，」又是春天時節，遙想歸人回家，則已是夏天。

十首送別詞所描繪的季節不一，情感多變，隨著時間的變遷，人的心情也逐漸複雜。送別時的傷感，分隔兩地的相思，音信全無時的抱怨，獨留北方的孤寂與自傷，從不同的側面，揭示出女子送別時的幽怨。而成於眾手之作，往往是同時同地就同一事件生發，情感儘管因人而異，卻不會完全不同。應該是就離別之情平面展開，而非縱向深入。

綜上所述，目前可見的宋宮人送汪元量詩、詞，從作品上來看，極有可能是王國維先生所言「如出一手」。

3、後世流傳

目前所見汪元量集有《湖山類稿》五卷，〔註152〕《水雲集》一卷。〔註153〕《詩淵》亦收錄汪元量詩三百六十三首，其中與《湖山類稿》五卷本重合有約九十六首，與《水雲集》重合約一百一十六首，《湖山類稿》與《水雲集》重合約六十五首。今人孔凡禮搜羅整理最全，有《增訂湖山類稿》。〔註154〕

文天祥、馬廷鸞、章鑒、周方、劉辰翁、鄧光薦、曾子良、趙文、李珏、

〔註152〕鮑廷博知不足齋刊本。

〔註153〕鮑廷博知不足齋刊本《水雲集》爲陸嘉穎采薇堂抄本，陸本又得自史伯辰本，史伯辰借自錢謙益本，流傳有自。刊刻之時，鮑廷博借吳焯繡谷亭藏《水雲集》抄本相校勘。

〔註154〕此本所據底本爲汪森本。

黃與言等都曾爲汪元量集作序，汪元量還作自序。〔註155〕聶守眞、方回、陳泰等四十三人作《題汪水雲詩卷》詩，〔註156〕對汪元量生平資料有了極大補充。黃與言的序作於壬寅九月，即大德六年（1302）；又陳泰《送錢塘琴士汪水雲》一詩，楊樹增認爲此詩作於延祐五年（1318），〔註157〕均不曾提及汪元量南歸、宮人送行賦詩一事。

關於汪元量南歸送行，最早見於《續琴操哀江南》序：「及歸，舊宮人會者十八人，釃酒城隅，與之別。援琴鼓再行，淚雨下，悲不自勝。」〔註158〕詩後另有一段吳萊跋：「右《續琴操哀江南》者四章，章四解，或傳粵人謝翱作。讀其辭甚悲，因其辭以推其心，則其所悲又有甚於此辭者，謂非翱作不可也。」〔註159〕可知並不一定是謝翱所作，祗是後人相傳。文中提及舊宮人十八人送行。吳萊生於元成宗大德元年（1297），卒於惠宗後至元六年（1340），在這數十年間，汪元量南歸舊宮人送行一事就有流傳。

> 迺賢《讀汪水雲詩集》云：「南歸時，幼主瀛國公、福王平原郡公趙與芮、駙馬右丞楊鎭、故相吳堅、留夢炎、參政家鉉翁、文及翁、提刑陳傑、青陽夢炎、與宮人王昭儀清惠以下廿有九人，分韻賦詩以餞其行。水雲之詩，多紀其國亡時事，與文丞相獄中倡和之作，文丞相又與馬丞相廷鸞、章丞相鑒、鄧禮部光薦、謝國史枋得、劉太傅辰翁序其詩集。劉公又爲批點。余間聞危太史言曰：『水雲長身玉立，修髯廣顙，而音若鴻鐘，北歸數來往匡廬彭蠡之間，若飄風行雲，世莫能測其去留之迹。江右之人以爲神仙，多畫其像以祠之。像至今有存者。其諸公所賦墨迹，嘗見於臨川僧舍云』。及予至京師，因徐君敏道得《水雲集》，讀而哀之，偶成二律以識其後。」其詩云：

〔註155〕其中汪元量、章鑒、鄧光薦、曾子良、黃與言五人序，爲後人從《永樂大典》卷九百九「詩」字韻「題汪水雲詩」條下輯出，見孔凡禮《關於汪元量研究的一些新資料》，收入《宋代文史論叢》，學苑出版社，2006 年，第 213～215 頁。祝尚書《汪元量〈湖山類稿〉佚跋考》，原載《書品》1995 年第三期，收入《宋代文學探討集》，大象出版社，2007 年，第 456 頁。錢鍾書《宋詩紀事補正》，遼寧人民出版社遼海出版社，2003 年，第十冊，第 5064～5075 頁。

〔註156〕見孔凡禮《增訂湖山類稿》附錄一，第 210～225 頁。

〔註157〕楊樹增《汪元量祖籍生卒行實考辨》，《中華文史論叢》1983 年第四輯，上海古籍出版社，1983 年，第 218～219 頁。

〔註158〕謝翱《晞髮集》卷一，明萬曆四十六年郭鳴林刻本。

〔註159〕吳萊《淵穎集》卷八，《四部叢刊》影元至正本。

「三日錢塘海不波，子嬰繫組納山河。兵臨魯國猶弦誦，客過殷墟獨嘯歌。鐵馬渡江功赫奕，銅人辭漢淚滂沱。知章喜得黃冠賜，野水閒雲一釣蓑。」「一曲絲桐奏未休，蕭蕭笳鼓禁宮秋。湖山有意風雲變，江水無情日夜流。供奉自歌南渡曲，拾遺能賦北征愁。僊人一去無消息，滄海桑田空白頭。」〔註160〕

據陳高華先生《元代詩人迺賢生平事迹考》一文，迺賢分別於後至元六年（1340）、至正六年（1346）、至正二十三年（1363）三入大都。其卷二部分的詩，「主要作於至正九年（1349）到至正十二年（1352）間。」〔註161〕也就是說，迺賢看到汪元量《水雲集》是在至正九年到至正十二年間。而此時距汪元量南歸已經有六十餘年的時間了。

再就是陶宗儀《南村輟耕錄》載：「宋幼主詩」一則，「『寄語林和靖，梅花幾度開。黃金臺下客，應是不歸來。』此宋幼主在京都所作也。始終二十字，含蓄無限淒戚意思，讀之而不興感者幾希。」然並未言此詩為汪元量送行而作。

瞿佑《歸田詩話》中載「水雲汪元量，宋亡以善琴召赴大都，見世祖不願仕，賜黃冠遣還。幼主送詩云：『黃金臺上客，底事又思家。歸問林和靖，寒梅幾度花。』宋宮人多以詩送行者，有云：『客有黃金共璧懷，如何不肯贖奴回。今朝且盡穹廬酒，後夜相思無此杯。』意極淒惋。」〔註162〕此處所引詩已與《輟耕錄》中詩有異文，並稱為送別之詩，且錄宋宮人送別詩一首，佚名。按此處宋宮人詩前兩句，與上文所述宋宮人送別詞楊慧淑《望江南》中「客有黃金如糞土，薄情不肯贖奴回」一句相類；後兩句，則與上文所述宋宮人送別詩葉靜慧《「杯」字韻》「今宵且向穹廬醉，後夜相思無此杯」一句相同，有拼湊之嫌。

田汝成《西湖遊覽志餘》卷六載：「（汪元量）遂哀懇乞為黃冠，世皇許之。瀕行，與故宮人十八人釃酒城隅，鼓琴敘別，不數聲，哀音哽亂，淚下如雨。張瓊英送之詩云：『客有黃金共璧懷，如何不肯贖奴回。今朝且盡穹廬酒，後夜相思無此杯。』」〔註163〕此處則已言宋宮人送行詩為張瓊英所作，而

〔註160〕迺賢《金臺集》卷二，壬戌仲春武進董氏誦芬室刊本。
〔註161〕陳高華先生《元代詩人迺賢生平事迹考》，《元史研究新論》，上海社會科學院出版社，2005年，第262～287頁。
〔註162〕瞿佑《歸田詩話》中卷，清知不足齋叢書本。
〔註163〕田汝成《西湖遊覽志餘》卷六。

張瓊英並未在以上所述宋宮人中。

蔣一葵《堯山堂外紀》卷六十三載：「與故宮人十八人釃酒城隅，鼓琴敘別，不數聲，哀音哽亂，淚下如雨。張瓊英送之詩云：『客有黃金共璧懷，如何不肯贖奴回。今朝且盡穹廬酒，後夜相思無此杯。』」〔註164〕與《西湖遊覽志餘》全同。

釋正勉輯《古今禪藻集》卷十七有合尊《適興吟》一首：「寄語林和靖，梅開幾度花。黃金臺上客，無復得還家。」按合尊即瀛國公，則此詩題爲「適興吟」，並非爲送別之作。

經過以上的簡單梳理可知，汪元量南歸送行事件，後世多本《續琴操哀江南序》及酒賢序，而在至元、延祐前後與汪元量同時代的人均不曾言及。有兩種可能，一是同時人爲汪元量集作序跋題詩之時，不曾見過此詩；二是同時人均認爲此事不值得書寫，然而這種可能性很小，因爲送行涉及到南宋恭帝，且後世的吳萊、酒賢都曾提及。

同時之人未見宋宮人送行詩詞，有三種可能：一是汪元量故意祕藏不示人，二是當時這些詩詞仍未搜集整理出來，三是這些詩詞當時根本就不存在。

然而元明之際，汪元量南歸送行一事流傳不衰，版本眾多；汪元量也因南歸後行蹤不定，而被當做神仙供奉，反映了後人對其跌宕命運的同情。這批宮人原本養尊處優，因國亡而被驅遣北上，又被迫分嫁北方匠人，大多老死他鄉。而汪元量以琴師身份供奉皇室，陪同三宮北上，羈留異域十數年。

個人生活的巨大落差，往往反射出一個時代社會的變革。

（三）謝枋得大都絕食

謝枋得，字君直，號疊山，信州弋陽人。登宋寶祐四年（1256）第。景定五年（1264），因得罪賈似道，謫居興國軍。咸淳三年（1267），赦還。德祐元年（1275），任江東提刑、江西詔諭使，知信州，德祐二年（1276），投降元朝的呂師夔進攻信州，謝枋得戰敗，棄家入閩，他的妻子兄弟兒女被囚獄中，僅兒子謝熙之、謝定之被釋，其餘均死。南北統一之後，謝枋得寓居福建建陽，講學爲生。

至元二十三年（1286），集賢學士程文海薦宋臣二十二人，謝枋得爲首，謝枋得以母孝在身推辭。至元二十四年（1287），行省丞相忙兀臺以聖旨徵召謝枋

〔註164〕蔣一葵《堯山堂外紀》明萬曆舒一泉刻本，卷六十三。

得，謝枋得稱「上有堯舜，下有巢由，枋得姓名不詳，不敢赴詔」，[註165] 再次拒絕。至元二十五年（1288），江浙行省左丞管如德領旨訪求江南人才，尚書留夢炎推薦謝枋得，謝枋得上書留夢炎，稱「今吾年六十餘矣，所欠一死耳，豈復有他志哉！」福建行省參政魏天祐欲邀功請賞，派趙孟逢勸謝枋得，遭到嚴詞拒絕，魏天祐惱羞成怒，便強迫謝枋得北上。於至元二十六年（1289）四月一日，抵達大都。

謝枋得到大都後，首先詢問謝太后臨時安葬地點及瀛國公所在，再拜慟哭。後病居憫忠寺，見壁間曹娥碑，哭泣道：「小女子猶爾，吾豈不汝若哉。」拒絕留夢炎醫藥飲食，四月五日死。[註166]

謝枋得在大都僅有短短五天，卻充分顯示出南宋讀書人的氣節。

在他北上前夕，就已抱定必死之心。其《魏參政執拘投北行有期死有日詩別二子及良友》：「雪中松柏愈青青，扶植綱常在此行。天下久無龔勝潔，人間何獨伯夷清。義高便覺生堪捨，禮重方知死甚輕。南八男兒終不屈，皇天上帝眼分明。」[註167] 龔勝，字君賓，楚彭城人，曾爲諫大夫、光祿大夫等職。及王莽篡漢，隱居不仕，再徵不起，自稱「豈以一身事二姓，下見居主哉？」

然而此時已是至元二十六年（1289），距離南宋小朝廷的滅亡已有十年，文天祥去世也有七年，謝枋得在此時絕食身亡，有其獨特性。

謝枋得對於元朝的統治並不是十分牴觸，他和地方官相處不錯，並且十分懷念過去的朋友，如留夢炎、謝昌元、趙必俊、家鉉翁、吳堅、青陽夢炎等。其《送史縣尹朝京序》中曾追憶故交：「余老且病矣，只欠一死。回思少年遇知己，如忠齋留公、敬齋謝公、梅石趙公、則堂家公、實堂吳公、泉石青陽公，皆待以國士，期以邃業。入仕二十一年，居官僅八月，宰相薦拔者十一人，皆議論不合，絕意浮世事，退而尙友安期生、梅子眞，遂爲窮壤間無用之物。予之負知己多矣。不知諸老先生存者幾人？子游中原，過齊魯燕

〔註165〕謝枋得《上程雪樓御史書》，《疊山集》卷四。熊飛、漆身起、黃順強《謝疊山全集校注》，華東師範大學出版社，1994 年。

〔註166〕生平詳見《宋史》卷四百二十五《謝枋得傳》。《疊山先生行實》，熊飛《謝疊山全集校注》，華東師範大學出版社，1994 年，第 158 頁。崔驥原《謝枋得年譜》。

〔註167〕謝枋得《疊山集》卷二，《四部叢刊》續編景明刊本。

趙，當歷歷爲予問之。」〔註168〕

　　這篇文章約寫於至元二十一年。文中的史縣尹，爲金朝將家子，任建陽縣尹，至元二十年（1283），閩浙地區曾有農民起義，而史縣尹「不殺一人而定」。任滿後由新官代替，自己則前往京師，謁吏部，求祿養母。而當時有一群朋友爲之餞行，多達五十人，約定各自作詩贈別。謝枋得也曾經拜見過史尹，一見如故，並諮詢金朝舊事，反思南宋滅亡「始知東南科舉士，誤天下蒼生者百年」，贊許史尹「可與談天下事」。

　　文中所用典故，安期生，號千歲翁，爲秦時得道高人，見晉皇甫謐《高士傳》；梅子眞即梅福，壽春人，曾爲南昌尉。西漢元始年間，王莽篡漢，梅福便棄妻子隱居宜豐山中。均表明謝枋得不問世事歸隱之心。

　　作此文時，謝枋得似乎不知道留夢炎、謝昌元、青陽夢炎均已仕元，還因爲自己的隱居而感到慚愧，「予之負知己多矣」，並且囑咐史縣尹代爲訪問。

　　然而到了至元二十五年時，謝枋得作《上丞相〔劉〕（留）忠齋書》，言語間盡是激憤諷刺。「江南無人才，未有如今日之可恥矣。」「先生少年爲掄魁，晚年作宰相，功名富貴，亦可以酬素志矣。奔馳四千里，如大都，拜見皇帝，豈爲一身計哉！將以問三宮起居，使天下後世知君臣之義，不可廢也。」並針對元朝徵賢聖旨「根尋好人，根尋不虧皮面正當底人」指出，「江南無好人，無正當人久矣」，而認爲徵召之舉，「大抵皇帝一番求賢，不過爲南人貪酷吏開一番騙局，趁幾錠銀鈔，欺君誤國莫大焉。」〔註169〕其詞激烈如此。

　　謝枋得就義之地憫忠寺，即今天的北京法源寺。〔註170〕

（四）家鉉翁南歸

　　至元三十一年（1294），家鉉翁終於結束了長達十九年的羈留生涯，被放歸江南。楊鐮師指出，「家鉉翁離京南還時，在大都的江南籍人士（包括出遊者、出仕者以及宋亡謫居者）紛紛以詩文送行，成爲當年的一件大事」。〔註171〕

　　其中，就有釋英《家則堂大參南歸》：「故國衣冠已變遷，靈光此際獨依然。一身幽薊三千里，兩鬢風霜十九年。歸去午橋非舊日，夢飛秋塞隔遙天。

〔註168〕謝枋得《疊山集》卷六，《四部叢刊》續編景明刊本。
〔註169〕謝枋得《疊山集》卷四，《四部叢刊》續編景明刊本。
〔註170〕趙翼著、王樹民校證《廿二史箚記校證》卷二十八「憫忠寺故事」：「京師宣武門外法源寺，最宏敞，本唐憫忠寺也」，中華書局，1984年第一版，2005年印，第643頁。
〔註171〕楊鐮師《元代文學編年史》，山西教育出版社，2005年，第186頁。

江南遺老如公少，青史名高萬古傳。」〔註172〕

釋英，字實存，別號白雲，錢塘人。俗姓厲，為唐詩人厲玄之後。少有詩名，有家室，歷貴仕，曾因仰慕詩僧貫休、齊己，跟隨知交舊友遊歷閩、浙、江、淮、燕、汴等地，對俗世心生倦意，一日登杭州徑山聞鐘聲悟道，出家為僧，隱居天目山中。〔註173〕

釋英遊歷大都時，結識趙孟頫，並與海雲寺西菴惠長老有交往，為其師真禪道行卷題詩，〔註174〕在北方度重陽節。〔註175〕

今本《白雲集》不全，楊鐮師指出，《四部叢刊》中收錄的張羽《靜居集》四卷係偽書，而其中就隱藏有收詩150首的原本《白雲集》。〔註176〕

「午橋」本為洛陽境內一橋名，陳與義《臨江仙》「憶昔午橋橋上飲，坐中多是豪英」，一詞就是南渡後追憶洛中舊遊，從而感慨「二十餘年如一夢，此身雖在堪驚」，對故國滄桑巨變的興歎。此詩中「歸去午橋非舊日」，與首句「故國衣冠已變遷」，均指南宋國亡，然而用典之後，語意更深一層，令人興發今昔同調、歷史循環之感。「江南遺老如公少」，更是對南宋末年大臣多不能報國的悲憤，突顯家鉉翁獨守北方的堅貞與可貴。

（五）留夢炎南歸

元貞元年（1295）二月，翰林學士承旨留夢炎告老，成宗以其在先朝言無所隱，厚賜遣之。而張九思在家中遂初亭設宴，翰林諸人雅集，為其餞別。

留夢炎，號中齋。

> 王惲有《送忠翁南歸併序》：「元貞乙未春，翰長忠翁年七十七，致仕南歸。行有日，平章張侯同諸僚寀祖道於遂初亭館，予亦忝陪席次。明日賦律詩廿四韻，非敢以為詩，庶幾表吾皇元崇儒重道，跨越前人。相府春懷，始終盡禮。張大續鹿菴之眂，詠歌見楊尹之榮。豈惟上國之光華，永作翰林之故事。」
>
> 其詞曰：「供帳都門燕，非緣歲例過。（右相城南別墅，每歲春，例一燕諸公。）時清連勝日，簪盍半鑾坡。酒美凌金谷，歌酣掩豔娥。

〔註172〕釋英《白雲集》卷三，武林往哲遺著本。

〔註173〕生平見牟巘、趙孟頫、胡長孺、林昉所作《白雲集序》。

〔註174〕釋英《題海雲寺西庵惠長老令師真禪道行卷後》，《白雲集》卷三。

〔註175〕釋英《燕山九日》，《白雲集》卷三。

〔註176〕楊鐮師《元佚詩研究》，《文學遺產》，1997年，第三期，第57頁。

盛於清洛禊，用裴晉公上巳同劉、白泛舟洛水。奈此別筵何。愛客終青顧，
傷離賦綠波。散花簪席帽，泥飲卷鸚螺。人世眞流梗，年光易擲梭。
瑣軒涼吹急，綺席落花多。蕩粉霑裯繡，吹香入袖羅。暫留春色住，
莫戀去程搓。峻秩慚同列，醺容慘弗酡。新亭收老淚，官舸送長河。
聖代吾儒重，詞林寵數頗。諾從丞相允，義見相臣番。祖餞賢踈傅，
衣冠似永和。生還梁庾信，臚重魯鄒軻。盛事傳千古，儒流聳四科。
丹青前日盡，歎息路人歌。有客孤吟悄，臨風兩鬢皤。圖南鵬運海，
繞樹鵲依柯。早晚同長往，徜徉隱澗阿。此懷從落寞，起舞且婆娑。
道在無南北，朝家立賢無方，果才，何間南冠北士。材非謾琢磨。醉歸扶
路晚，里巷認鳴珂。」〔註177〕

序中的平章張侯，即張九思，前已涉及。他家的遂初亭一向是文人聚會的場
所。〔註178〕

　　留夢炎出仕元朝，身份一直很尷尬。忽必烈曾經問趙孟頫，葉李和留夢
炎孰優孰劣。趙孟頫稱留夢炎乃是父執輩，爲人厚道，有謀略，具備大臣的
器度；葉李則才華一般。忽必烈卻說，留夢炎在宋爲狀元，位至宰相，而賈
似道誤國之時，留夢炎卻只能夠趨炎附勢；然而葉李一介布衣，卻敢於伏闕
上書，因而葉李優於留夢炎。忽必烈要趙孟頫作詩譏諷留夢炎。趙孟頫因此
而作詩：「狀元曾受宋家恩，國困臣強不盡言。往事已非那可說，且將忠直報
皇元。」〔註179〕

　　這一首詩寫於至元二十七年前後，可謂無奈至極。時桑哥當政，葉李阿
附桑哥。忽必烈卻因爲留夢炎不斥賈似道，看輕留夢炎而擡高葉李，並要其
晚輩趙孟頫作詩譏諷。這本身就是一種歷史與現實的對比諷刺。然而身爲南
宋士人，對這種怪異情狀卻無法直言。是以趙孟頫只能對徹里勸道「桑哥罪
甚於似道，而我等不言，他日何以辭其責！然我疏遠之臣，言必不聽」，趙孟
頫對自己的身份看得很清楚。而南士在元廷的地位，又由此可見一斑。過去
在南宋被尊崇的士大夫的氣節，至此蕩然無存。讀書人已毫無尊嚴可言，對
忽必烈而言，這一幫文臣，不過是可以隨意奚落、嘲笑的弄臣。

〔註177〕王惲《秋澗先生大全文集》卷十二，《四部叢刊》景明弘治本。
〔註178〕詳見第二章第三節。
〔註179〕楊載《大元故翰林學士承旨榮祿大夫知制誥兼修國史趙公行狀》，陳高華《元
　　　　代畫家史料彙編》，第55頁。

　　王惲作此詩記留夢炎致仕南歸，群臣送別的情景，盛讚「表吾皇元崇儒重道，跨越前人。相府眷懷，始終盡禮。張大續鹿菴之既，詠歌見楊尹之榮。」

　　「鹿菴」即王磐，字文炳，號鹿菴，廣平永年人。

　　王磐年老致仕時，丞相和禮霍孫上奏朝廷，進資德大夫，仍給半俸終身。太子眞金聞其去，召入宮，賜食。將行之日，公卿百官皆設宴餞行。第二天，皇太子眞金賜宴聖安寺，公卿百官出送麗澤門外，縉紳以爲榮。〔註180〕顯然王惲將留夢炎的送行宴，與王磐致仕時的殊榮相提並論。

　　宴會的參與者主要是翰林文士，所謂「簪盍半鑾坡」。而宴會的規模很大，甚至堪比金谷園與綠野堂的盛會，「酒美凌金谷」、「盛於清洛禊」，分別用典，以古喻今。

　　「愛客終青顧，傷離賦綠波」一句，表明與留夢炎感情非同一般，總是青眼相待，而不得已別離，此處化用江淹《別賦》：「春草碧色，春水綠波，送君南浦，傷如之何」，點明送別主題。

　　王惲與留夢炎唱和較多，其《甲午秋七月九日扈山約赴李君水芝之會予以事不克往明日例徵詩因繼中齋韻》：「陪京秋早物華清，杖屨迎秋出綺城。蓮社與吟千葉白，盤餐非爲五侯鯖。眼中閣老何瀟灑，意外浮名任易更。唯有柯山山上月，歸心同照石梁橫。」「飛蓋追隨野興清，冷煙疏雨濕層城。兩舷踏足空蓮唱，大嚼過門得鼎鯖。錦席高雲增爽朗，秋風殘暑喜交更。竹西歸晚留餘思，詩在夕陽淡處橫。」《再繼前韻贈中齋承旨》：「先生襟韻氣之清，開府歸來客薊城。雅集不知河朔飲，名談有味德麟鯖。歸心落日常躑躅，世事浮雲任變更。夢到柯山山上月，流光還愛石梁橫。」〔註181〕這組詩作於至元三十一年（甲午，1294），「陪京秋早物華清」，則似乎作於上京。王惲因故未能參與盛會，大概是從留夢炎詩中得知此次聚會的情形，王惲同一韻而連作三首，可見唱和興味之濃。

　　不過數月，王惲就爲留夢炎作詩送別，二人再無唱和機會。在春光明媚之時，宴會歡樂之際，卻怎樣也拂不去離愁，其間又夾雜著惜春傷時的情緒，回想在京爲官的十餘年，都衹是彈指一瞬。在朝爲官者，都是將自己最好的年華、最盛的青春奉獻給了這裡，但是最終落葉歸根，年老之時都不得不離京回鄉。「人世眞流梗，年光易擲梭」，這一對時光流逝的感歎，意味深長。

〔註180〕《元史》卷一百六十，列傳第四十七，《王磐傳》，第 3755 頁。
〔註181〕王惲《秋澗先生大全文集》卷二十二，《四部叢刊》景明弘治本。

　　然而緊接著又勸勉道「聖代吾儒重，詞林寵數頗」，留夢炎是光榮退休，備受皇帝恩寵，這份榮耀足以照亮離別的暗淡。在張九思主持下的翰林送別宴會，更是錦上添花，文人雅會，堪比蘭亭集詠。留夢炎作爲南宋士人北上仕元，此番歸去，正如庾信還江南，而他所得到的大元皇帝的賞賜，更是重於孟軻所得於宋，可謂衣錦還鄉。

　　詩歌隱含了對留夢炎離開後的纏綣懷念不捨之情，自己終將有一天也會歸隱山林，似乎對留夢炎鳴珂歸故里頗爲欣羨。

　　詩中王惲指出「道在無南北」，詩注「朝家立賢無方，果才，何間南冠北士」，其實從另一面反映了當時北人心中依然有南北之介，因而對於留夢炎的優待與重視，反而讓王惲格外感慨。

三、小　結

　　南人的離去，意味著一個時代的終結。文化的交流過程中，不僅有同質的交融涵化，更有對異質的排斥消除。

　　作爲陪臣、使臣、降臣、徵召之臣、遊歷之臣而來到大都的南方士人，他們進入大都的方式各異，所面臨的結局卻相似，最終都是離開。當初他們所背負的南宋王朝的身份，在離去時已經被置換成了大元子民。

第三節　佛、道人士對大都文壇的推動作用

一、佛道並重：宗教文化背景下的大都文壇

　　元代宗教多元，其中佛教和道教在前期影響較大。佛教徒與道教徒在整個社會階層中，也佔據著獨特的地位。他們不用繳納賦稅，在皇帝的旨意下開闢寺觀、道院，廣納門徒。類似於特權階層。

（一）佛教對前期元代政治的影響

　　中原佛教自唐宋以來有禪、教、律各派。禪宗有「五家七宗」，其中曹洞宗與臨濟宗在元代的影響較大；教指華嚴、淨土諸宗；律即律宗。而禪宗佔據主流。〔註182〕

〔註182〕詳見陳高華、張帆、劉曉《元代文化史》，廣東省出版集團，2009 年，第 59 頁。

　　蒙古統治者逐漸入主中原的過程中，接觸到了中原的佛教，其中一批佛教徒對統治者產生了重要影響。

　　海雲（1202～1257），即釋印簡，嵐谷寧遠人，俗姓宋。是臨濟宗的代表人物。蒙古下嵐州，以印簡歸，賜號寂照英悟大師，歷主諸大剎，度弟子千餘人。海雲禪師雖是方外之人，但與元廷聯繫密切。1219 年，成吉思汗在西域傳詔，命海雲及其師中觀統漢地僧人，免其差發。1221 年入燕京，依慶壽寺中和章為記室。1231 年窩闊台遣使臣阿先脫兀憐賜以「稱心自在行」之詔，皇太弟國王遣使任命海雲為燕趙國太禪師。〔註183〕1237 年，成吉思汗二皇后奉為「光天鎮國大士」，窩闊台六皇后脫列那哥賜號「祐聖安國大禪師」。1242 年，海雲北上覲見忽必烈，說佛法大意。〔註184〕1243 年，忽必烈兒子眞金出生，海雲摩頂訓名。1247 年，貴由皇帝即位，命統僧。1251 年，蒙哥皇帝即位，命領天下僧事，蠲免差役。晚年退居燕京普濟寺。憲宗七年（1257）去世，年五十六。1267 年，建元大都，忽必烈特命大都城南牆在靠近慶壽寺雙塔的地方向外彎曲，繞開雙塔。〔註185〕延祐元年（1314），加封海云為「光天普照佛日圓明海雲祐聖國師」。〔註186〕

　　在海雲北上覲見忽必烈途中，曾路經雲中，聽說劉秉忠博學多才，邀他一起前往，劉秉忠大受忽必烈賞識，因留潛邸。〔註187〕

　　劉秉忠（1216～1274），字仲晦，初名侃，出家為僧後，又名子聰。授官後始更名秉忠。號藏春散人，邢臺人。劉秉忠風骨秀異，八歲日誦百言。年十三，為邢州元帥府質子。年十七，為邢臺節度使府令史。後隱居武安山中。天寧虛照禪師遣徒招致為僧，掌書記。後遊雲中，留居南堂寺。

　　見忽必烈於潛邸，留備顧問。1253 年，跟隨忽必烈征大理；1254，隨征雲南；1259，從征伐宋。中統元年，忽必烈即位，劉秉忠製定典章制度。至元元年，劉秉忠授光祿大夫，位太保，參領中書省事。下旨令他娶翰林侍讀

〔註183〕《大蒙古國燕京大慶壽寺西堂海雲大禪師碑》，見蘇天鈞《燕京雙塔慶壽寺與海雲和尚》，《北京史研究》，北京燕山出版社，1986 年。

〔註184〕釋祥邁《大元至元辨偽錄》卷三。釋念常《佛祖歷代通載》卷二十一，《海雲傳》。《北京圖書館古籍珍本叢刊》，書目文獻出版社，1998 年。

〔註185〕《元一統志》卷一《中書省·大都路》。陳高華《元大都》第 45～46 頁。第109 頁。

〔註186〕生平見程文海《海雲簡和尚塔碑》，《雪樓集》卷六。陳高華、張帆、劉曉《元代文化史》，廣東教育出版社，2009 年，第 62～63 頁。

〔註187〕《元史》卷一百五十七《劉秉忠傳》，第 3688 頁。

學士竇默之女爲妻，賜第奉先坊，並且派遣少府宮籍監戶前去服侍。至元十一年八月，劉秉忠於上都去世，年五十九。禮部侍郎趙秉溫護喪葬大都。至元十二年，贈太傅，封趙國公，諡號文貞。成宗時，贈太師，諡文正。仁宗時，進封常山王。〔註188〕

劉秉忠對元代初期政治文化影響重大，他舉薦了大量人才，如張文謙、李德輝、馬亨、王顯祖、王恂、王文統、程思廉、陳元凱、尙文、關思義、周鐸、於伯儀、劉執中、岳鉉、郝至溫、張易、王構、王倚、徐世隆、賈居貞、張耕、劉蕭、靳進德、潘澤、田忠良、伯顏等人；推行中原政策，建言定「大元」爲國號，創立官製禮儀，營建大都上都。這一系列的措施都足以證明這個和尙的巨大影響力。〔註189〕

除了海雲禪師，當時在燕京的有名和尙還有萬松行秀，與早期重要的政治人物耶律楚材交往密切，前已涉及。〔註190〕

但是在元朝，眞正盛行的是藏傳佛教。「元起朔方，固已崇尙釋教。及得西域，世祖以其地廣而險遠，民獷而好鬥，思有以因其俗而柔其人，乃郡縣土番之地，設官分職，而領之於帝師。」「元興，崇尙釋氏，而帝師之盛，尤不可與古昔同語。」〔註191〕

對藏傳佛教在元代地位奠定起了關鍵作用的是窩闊台之子闊端與吐蕃烏思藏高僧薩斯迦班智達‧貢噶堅贊。闊端以武力攻入吐蕃烏思藏地區，並大力支持薩斯迦班智達‧貢噶堅贊，借由他的宗教影響力來使吐蕃地區眾多僧俗首領歸附蒙古。而薩斯迦教派也因此得以取得獨尊的地位。這二者的合作，「既爲藏傳佛教在蒙古社會的傳播打下了堅實基礎，也爲吐蕃地區最終併入中國版圖作出了不朽貢獻，以後的元朝歷代皇帝大都繼承和發展了闊端的既定方略，利用薩斯迦派勢力建立並鞏固其對吐蕃地區的統治」。而薩斯迦派的教主傳人、班智達的侄子八思巴取得了國師的地位，吐蕃佛教徒極具榮耀。〔註192〕

〔註188〕蘇天爵輯《元朝名臣事略》卷七《劉文正公》，中華書局，1996年，第111～114頁。

〔註189〕關於劉秉忠的政治成就，詳見袁冀《元太保藏春散人劉秉忠評述》，第四章「對中原與元代之軍政貢獻——論劉氏完成其偉大抱負之方法與效果」，臺灣商務印書館發行，1974年12月初版，第126～166頁。

〔註190〕詳見第一章第一節。

〔註191〕《元史》卷二百二《釋老傳》，第4520頁，第4517頁。

〔註192〕關於藏傳佛教，詳見陳高華、張帆、劉曉《元代文化史》，廣東教育出版社，2009年，第73～79頁。

八思巴（1235～1280），吐蕃薩斯迦人，族款氏。七歲而誦經數十萬言。少長，學富五明。1253 年，八思巴年十五，拜見忽必烈於潛邸，日受尊崇。中統元年（1260），忽必烈即位，尊爲國師，授以玉印。曾製蒙古新字，至元六年（1269），頒佈天下。至元十一年，請告西還吐蕃，其弟亦憐眞嗣爲國師。至元十六年，八思巴卒。〔註193〕

帝師擁有無上的權力，帝后妃主，也都因受戒爲之膜拜。「爲其徒者，怙勢恣睢，日新月盛，氣焰熏灼，延於四方，爲害不可勝言」，〔註194〕前文所述楊璉眞加、桑哥等徒，均是藏傳佛教的信徒，可見其對元朝政治影響之大。

在元代，華嚴宗與薩斯迦派同屬教門，教義也有相通之處，華嚴宗僧人主持藏傳佛教寺院，兩派關係密切。〔註195〕大概正是因爲這個緣故，忽必烈本人傾向教派，厭惡禪宗。〔註196〕至元二十五年，元廷曾集「江南教、禪、律三宗諸山至燕京問法」，且教冠於禪上。〔註197〕

又有大頭陀教（糠禪）。1231 年，燕京行臺劉敏請頭陀女禪師寂照入京，尊奉爲七祖、臨猗大宗師。其宗派的代表人物爲李溥光。

李溥光，字玄暉，號雪菴，大同人，俗姓李氏。頭陀教宗師，賜號玄悟大師，封昭文館大學士、榮祿大夫。書法出眾，尤其擅長大字，一些宮廷殿宇的匾額都是出自李溥光之手；其詩歌沖澹粹美，喜與士大夫交遊。〔註198〕大德二年，曾南下闡揚教事，與南方士人亦多交往。

李溥光主要是憑藉他的書法贏得了統治者的青睞，由此帶來頭陀教的發展，「以翰墨之遇行釋氏之學，儒名而墨行者乎費」〔註199〕士大夫與他的交往也多是書法方面的，王惲就多次與李溥光談論書法，〔註200〕「有時論書翰，兩耳聞未聞。自笑以技進，斨輪非郢斤。」〔註201〕所以李溥光在書法、繪畫、

〔註193〕《元史》卷二百二《八思巴傳》，第4517～4518頁。

〔註194〕《元史》卷二百二《釋老》，第4520頁。

〔註195〕陳高華、張帆、劉曉《元代文化史》，廣東教育出版社，2009年，第66頁。

〔註196〕姚燧《董文忠神道碑》：「上崇教抑禪」，《牧庵集》卷十五。

〔註197〕釋志磐《佛祖統紀》卷四十八，大正新修大藏經本。關於這一點，詳見韓儒林主編《元朝史》，第723頁。

〔註198〕陶宗儀《書史會要》卷八。

〔註199〕任士林《頭陀福地甘露泉記》，《松鄉先生文集》卷二，明永樂三年任勉重刻本。

〔註200〕王惲《玉堂嘉話》卷四，中華書局，楊曉春點校，2006年。

〔註201〕王惲《有懷雪庵禪師》，《秋澗先生大全文集》卷五。

詩歌等方面的影響要大於在宗教上的影響。

（二）道教對前期元代政治的影響

丘處機雪山講道，在成吉思汗的庇護下，全眞教取得了迅速的發展，前已涉及。

然而蒙哥、忽必烈期間的佛道論爭，使得道教的發展遭到重創。憲宗蒙哥五年（1255），開展了一場針對全眞道教有貶低傾向性的辯論。蒙哥七年（1257），由忽必烈主持佛道之爭，在開平舉行了第二次，由海雲的弟子福裕、那摩、八思巴、劉秉忠等三百餘人佛教代表，張志敬等全眞教代表，共二百餘人參加，斷事官孟速思、廉希憲、張文謙等官員，竇默、姚樞等儒士二百多人列席。〔註202〕至元十七年，又一次佛道爭產，全眞教遭到重創，道家經典險遭焚毀，甚至「禍及南方道流」。〔註203〕而此次道家之厄，在正一道等人的挽救下，道藏免於全部焚毀。

正一道是南方道教。隨著南宋滅亡，至元十三年（1276），正一教天師張宗演、張留孫北上覲見忽必烈，張留孫及其弟子得到忽必烈寵信而地位尊崇，而張留孫也憑藉忽必烈的寵信，建立了道教新派玄教。張留孫、吳全節先後入主集賢院，與文士交往密切，使得玄教的儒化程度越來越深，他們也常常利用接近皇帝的便利條件，積極參與政治。〔註204〕

張宗演（1244～1291），字世傳，號簡齋，貴溪人。正一教第三十六代天師。至元十三年入覲，賜號演道靈應沖和玄靜眞人，令主江南道教事，二十八年卒，年四十八。〔註205〕

張留孫（1248～1321），字師漢，貴溪人。早入龍虎山爲道士，宋亡，從張宗演入覲，至元十五年授玄教宗師，大德中加號大宗師，武宗立，升大眞人，知集賢院事。至治元年卒，年七十四。〔註206〕

吳全節（1269～1346），字成季，號閒閒，又號看雲道人，饒州安仁人。年十三學道於龍虎山，至元二十四年至大都，從玄教宗師張留孫入覲。至元三十

〔註202〕釋祥邁《大元至元辨僞錄》卷三。
〔註203〕詳見韓儒林《元朝史》，第727頁。
〔註204〕陳高華、張帆、劉曉《元代文化史》，廣東教育出版社，2009年，第200～207頁。
〔註205〕劉壎錄劉辰翁《嗣漢三十六代天師簡齋張眞人誌銘》，見《隱居通議》讀畫齋叢書丙集本，卷十六。
〔註206〕虞集《張宗師墓誌銘》，《道園學古錄》卷五十。

一年（1294），成宗即位召見，賞賜優渥，且敕每歲侍從行幸。元貞初，制授冲素崇道法事南嶽提點，尋加授玄德法師崇眞萬壽宮提點。大德十一年（1307）授玄教嗣師。至大三年（1310）封贈其祖、父。至治元年（1321）張留孫卒，二年（1322）制授特進上卿、玄教大宗師、崇文弘道玄德眞人，總攝江淮荊襄等處道教、知集賢院道教事。至正六年（1346）卒，年七十八。〔註207〕

玄教對元代政治的干預，主要表現在幾個方面：一是用儒學思想來影響元代統治者；二是與朝廷大臣來往密切，當朝中大臣相互傾軋時，從中調停；三是利用代祀的機會，在全國搜訪人才。〔註208〕正是因為玄教的巨大影響力，使得張留孫、吳全節成了文人的方外領袖，唱和不絕。

二、寺觀雅集：僧人、道士與文人的交流

（一）雪堂雅集

1、雪堂其人

雪堂上人為釋普仁，字仲山，號雪堂，俗姓張。許昌人（今河南許昌）。父親張世榮，官至豐州錄參軍。母夾谷氏。

普仁佛學造詣很高，系出名門。他先後師從壽峰湛老、竹林雲和尚、永泰贇公諸位高僧。其中，永泰贇公佛學出自禪宗五家宗派之一，臨濟宗。「贇派出臨濟，第而上之，師乃慧照十九代孫也。過鎮陽，樹碑表行，濬源接派，以昭其本。於尊祖追遠，光又赫焉。」〔註209〕釋從倫《洞林大覺禪寺第一代西堂寶公大宗師林溪錄序》一文中對這一派系有簡單介紹：「自飲光傳衣以來，可祖安心之後，名喧宇宙者，代不乏賢。故臨濟下出二大宗師，曰慈明圓，曰琅琊覺。覺下出洞林寶望，琅琊第六世。洞林下出安閒望，洞林第三世。安閒出雪堂望，洞林第五世也。」〔註210〕洞林就是雪堂五世師祖。

普仁先在天德修行，經戒嚴、機鋒峻，修為高深，名動京師。後有駙馬高唐郡王，聽說普仁的名聲，前往拜會，並得到普仁的指點。高唐王因此而

〔註207〕《元史》本傳誤作「八十二」。生平見《元史》卷二〇二、《元詩選·二集》小傳。中華書局，1987 年，第 1344 頁。

〔註208〕詳見陳高華、張帆、劉曉《元代文化史》，廣東教育出版社，2009 年，第 79～86 頁。

〔註209〕王惲《大元國大都創建天慶寺碑銘》，《全元文》卷一九〇，六冊 492 頁。

〔註210〕《洞林大覺禪寺第一代西堂寶公大宗師頌古序》，《全元文》卷六四四，二十冊 515 頁。

請普仁前往豐州法藏院。當時還有文人爲其作《送豐州行》詩九篇。〔註211〕
不久，忽必烈也聽說了普仁的道行，普仁前往大都。

至元九年（1272），高唐王重金買下金永泰寺別院彌陀寺舊址，普仁在此
結菴。至元二十一年（1284），皇孫甘麻剌因普仁護持有功，出鉅資令大都留
守段禎、太子詹事張九思在普仁居住的地方興建廟宇，於二十二年（1285）
春開工，二十三年（1286）秋完工。在興建過程中，發現了地下一口廢鐘鑄
有「天慶」二字，實爲遼朝年號，因此命名該寺爲天慶寺。至元二十六年
（1289），雪堂受甘麻剌的委託而南下江浙名寺，訪求佛經二萬八千餘卷，歸
藏大都開泰寺、天慶寺、河南開封惠安寺、洛陽法祥寺及永豐法藏院。後請
翰林待制王子維爲普仁作事狀，王惲爲作《大元國大都創建天慶寺碑銘並
序》。〔註212〕

《一二九六年重陽洞林寺藏經記》中曾詳細敘述普仁訪經事迹：「初，今
上在潛邸，師嘗奉命持香禮江浙名藍。法航所至，州府僚屬作禮供養，日積
幣賁。購所謂五千餘卷滿二十藏，爲函一萬有奇。浮江踰淮，輦運畢至。凡
所統十大寺率以全藏授，仍請衛法璽書，寺給一通。其用心博哉。」〔註213〕
按此碑文爲元貞二年（1296）野齋記，即李謙所作。

普仁在佛教界的影響很大，「諸方同派法屬傾仰依向，若京師之開泰、大
名之臨濟、汴梁之慧安、嵩陰之羅漢、豐州之法藏、洛陽之發祥、潞邑之勝
覺、京兆之開元、西京之護國、鄭州之洞林皆禮請住持，書疏迭至，輒忻然
受之。」〔註214〕可見雪堂地位之高，影響之大，統領全國十個寺廟。

至元三十年（1293），普仁「詔受江淮福建隆興等處釋教總統，力辭不就。」
〔註215〕但顯然雪堂的釋教總統地位，已經確立，並得到了官方的承認。他所
統轄的十座寺廟之一，鄭州洞林大覺禪寺依然保留八塊元代白話碑，時間分
別爲元貞元年（1295）、大德五年（1301）、至大二年（1309）、皇慶元年（1312），
分別爲成宗鐵木耳、帝師吃剌思巴斡節兒、皇太后答吉、太子愛育黎拔里八

〔註211〕姚燧《跋雪堂雅集後》，《牧庵集》卷三十一。
〔註212〕《秋澗先生大全文集》卷五十七。
〔註213〕《一二九六年重陽洞林寺藏經記》，蔡美彪《元代白話碑集錄》，第120頁，
　　　　北京科學出版社，1955年。
〔註214〕《一二九六年重陽洞林寺藏經記》，蔡美彪《元代白話碑集錄》，第120頁，
　　　　北京科學出版社，1955年。
〔註215〕《一二九六年重陽洞林寺藏經記》，蔡美彪《元代白話碑集錄》，第120頁，
　　　　北京科學出版社，1955年。

達、晉王也孫鐵木耳、小薛大王所頒旨意，其中均稱「雪堂總統」，亦可見雪堂地位尊崇以及皇室對滎陽洞林寺的重視。

元貞二年（1296），雪堂重新刊刻了師祖寶公大宗師的《頌古》與《林溪語錄》，並由王構、釋從倫相繼作序，弘揚臨濟一派佛法。〔註216〕

普仁交遊很廣，「所交皆藩維大臣，文武豪士」，如甘麻剌、高唐郡王。

甘麻剌（1263～1302），裕宗真金長子，至元二十七年封梁王，鎮雲南，至元二十九年改封晉王，移鎮北邊。至元三十一年，忽必烈去世，甘麻剌擁護其弟鐵木耳即位。大德六年卒，年四十。宗長子也孫鐵木兒，即泰定帝，追封廟號顯宗。甘麻剌崇尚佛教，命僧作佛事，歲耗財不可勝計。〔註217〕

駙馬高唐王，即闊里吉思，汪古氏，愛不花子，娶忽答的迷失公主，又娶愛牙失里公主。成宗即位，封高唐王，大德元年請出討北邊叛王，二年以深入無援被執，不屈而死。九年，追封高唐忠獻王。闊里吉思喜歡儒學，曾經在家中築萬卷堂，日與諸儒探討經史、性理、陰陽、術數，很是精通。〔註218〕

闊里吉思本基督徒，《馬可波羅行紀》中曾載：「天德（Tenduc）是東方的一個州，其境內有很多被牆垣圍護著的城鎮村莊，最主要的城市是天德。它是大汗的臣邦，就和王罕的所有後裔都是大汗的屬臣一樣。該州的地方統治者是王罕的後裔闊里吉思（George），所受封地來自於大汗的賞賜分封，不過，他所接受的封地並不是從前王罕統治下的全部疆土，而祇是其中的一部分。然而，有一點值得說明的是，王罕的後裔都忠誠於大汗，不是娶大汗的女兒，就是娶皇族的公主為妻。」「過去，王罕統治轄韃靼時，就定都於天德城。現在，王罕的後裔也還居住在此，就是上面提到的闊里吉思，他其實是王罕之後的第六位君主。」〔註219〕陳垣先生在《元西域人華化考》中，將闊里吉思列為基督教世家之儒學，詳細考證其基督教世家背景，以及儒學造詣。〔註220〕

普仁之所以被闊里吉思器重，除了因為佛學的緣故，大概還因為普仁也生活在天德，是闊里吉思的治下。

〔註216〕釋從倫《洞林大覺禪寺第一代西堂寶公大宗師頌古序》，洞林大覺憚寺第一代西堂寶公大宗師林溪錄序，《全元文》第二十冊第515頁。

〔註217〕生平見《元史》卷一一五《顯宗》，第2893～2894頁。

〔註218〕生平見閻復《駙馬高唐忠獻王碑》，《元史》卷一一八《闊里吉思》傳，第2925～2926頁。

〔註219〕馮承鈞譯《馬可波羅行紀》，上海書店出版社，2006年，第165頁。

〔註220〕陳垣《元西域人華化考》，上海古籍出版社，2000年，第23～24頁。

普仁還曾作《天德柴氏悅親圖》，請王惲作序。天德柴氏一門，以孝友著稱，經憲司廉實上奏，受到朝廷旌表。這種人倫親情、風行教化之事，本與佛家弟子無關，可是雪堂卻「素樂君臣父子之懿，喜從吾徒遊，以鄉里盛事，乃繪諸圖畫，形容其歲時家庭拜慶之歡，將求館閣名卿見之歌詠」，〔註 221〕雪堂將此當作一個主題，請各位館閣名臣題詩，他對於世俗的參與可窺見一斑。

2、寺觀雅集

普仁是佛家弟子，卻喜儒學，並且與士大夫交往密切，其居住的天慶寺，也就成為文人雅集的場所。王惲曾指出：「嘗即寺雅集，自鹿菴、左山二大老已下，至野齋、東林，凡一十九人，作為文字，道其不凡。時方之廬阜蓮社云。是亦將因儒釋僧之特達者也，宜其行業成就如此，固可以著金石而垂不朽矣！」〔註 222〕

> 王惲《題雪堂雅集圖》：「擾擾王城若個閒，禪房來結靜中緣。機鋒為愛靈師峻，樽酒同傾繡佛前。談塵風清穿月窟，雨花香細揚茶煙。應慚十九人中列，開卷題詩又五年。」〔註 223〕

> 又有《贈雪堂》：「雲間徒倚妙高臺，蠡吹喧喧海會來。佛界雨花香有信，石塘流水淨無埃。過溪破界東林約，乞米藏書李勉哀。想得大千香積供，維摩方丈白皚皚。」〔註 224〕

> 胡祗遹有《題雪堂和尚雅集圖》：「主人學苦空，虞左天下士。衣冠固不同，氣味本相似。大道原於天，至性寧有二。小智徒自私，汝非而我是。短白映長紅，萬象皆春氣。甘苦齊結實，總待西風至。高情悟茲理，四海皆兄弟。佳客實滿門，亦起尊酒食。性理談天人，遊戲到文字。三生白蓮社，千載修禊事。公案又一新，清詩掛名氏。不知幾千年，而復有茲會。所欠龍眠畫，風采發英粹。詩像同刻石，傳芳流百世。方駕晉名流，我言不阿比。」〔註 225〕

普仁在南下訪經的時候，曾去拜謁王惲，王惲作《送雪堂南行》一詩相贈：「雪堂矯矯僧中英，今年遠作餘杭行。謁來過衛首謁余，特

〔註 221〕王惲《天德柴氏悅親圖詩卷序》，《秋澗先生大全文集》卷四十二。

〔註 222〕王惲《大元國大都創建天慶寺碑銘》，《秋澗先生大全文集》卷五十七，《元人文集珍本叢刊》。《全元文》卷一九○，六冊 492 頁。

〔註 223〕王惲《秋澗先生大全文集》卷十八，《元人文集珍本叢刊》本。

〔註 224〕王惲《秋澗先生大全文集》卷二十三，《元人文集珍本叢刊》本。

〔註 225〕胡祗遹《紫山大全集》卷二，《景印文淵閣四庫全書》本。

以贈言爲寵榮。君不見韓潮陽，昔交僧徒暢與澄，詠歌序別欲傾倒，

秪以文雅爲推稱。不以阿師高義炯，要飛花雨到南溟。」〔註226〕

此時王惲在衛。詩中提及韓愈與文暢、澄觀兩位高僧的交往，韓愈先後作有《送文暢詩序》與《送僧澄觀》一文一詩，均爲名篇，流傳後世。王惲藉此來比擬自己與普仁的交往，亦是文雅盛事。「花雨」爲佛典，諸天爲讚歎佛說法之功德而散花如雨，稱讚普仁此行功德無量。

　　如此三十多年間，普仁共搜集數百篇詩文，將其結集。大德年間，請王惲作《雪堂上人集類諸名公雅製序》稱：「雪堂上人禪悅餘暇，樂從賢士夫遊，諸公亦賞其爽朗不凡，略去藩籬，與同形迹，以道義定交，文雅相接，故凡有營建遊謁，或懇爲紀述，或贈之詩引，三十年間累至數百篇，非好之篤，求之切，安能致多如是耶！乃自論曰：綾標玉軸，藏之篋笥；銀鉤翠琰，列諸廊廡。焚香煮茗，玩味者有時；拂拭塵埃，披讀者有數。不若纂爲一編，刊之板木，用廣其傳。遂詣秋澗以序引爲請。予詰之曰：『夫浮屠氏，一生死，外形骸，百年斯世，電露起滅，事業功名，一歸虛寂而後已。今吾輩既以不朽計，實其空無，復欲申衍微義，其說何居？』師曰：『在吾教法中，凡向善積行，述贊偈爲之證據。今某躋雁塔之故例，續千佛之名經，集群英，裒眾美，期欲布恒河沙界等須彌盧，共傳爲無盡藏，不求詞林大居士爲表暴其端倪，鼓舞其宿緒，是猶以明月之璧、夜光之珠，無因而暗投，可乎？』予曰：『有是哉！』昔文暢、參寥子，愛仰昌黎、東坡名德，屢造門牆，二公以墨名儒行，特與其進，至贈之序贊，雄深雅健，與時具新，膾炙人口。由是後世知有二僧之名。雪堂其亦文暢、參寥子之流歟？至於行業風義，讀其文，頌其詩，自當知之，茲不復云。」〔註227〕

　　王惲詰問普仁本是萬事皆空、六根清靜的出家人，不該如此大費周章，求得「不朽計」，這樣與「空無」之論自相矛盾。而雪堂卻辯解道：「躋雁塔之故例，續千佛之名經，集群英，裒眾美，期欲布恒河沙界等須彌盧，共傳爲無盡藏」。雁塔故例，是指唐代科舉考試之後，新科進士除了戴花騎馬遍遊長安之外，還要在慈恩寺的大雁塔登高題詩留名，也可謂「即寺雅集」之一種。在雪堂眼中，名公貴卿們的佳作，亦可看作是與佛經相媲美的「無盡藏」。

　　至大三年（1310），普仁又請姚燧作《跋雪堂雅集後》：「釋統仁公見示《雪

<hr>

〔註226〕王惲《秋澗先生大全文集》卷十，《元人文集珍本叢刊》本。

〔註227〕王惲《秋澗先生大全文集》卷四十三，《元人文集珍本叢刊》本。

堂雅集》二帙，因最其目：序四、詩十有九、跋一、眞贊十七、送豐州行詩九，凡五十篇。有一人再三作者，去其繁複，得二十有七人：副樞左山商公諱挺，中書則平章張九思，右丞馬紹、燕公楠，左丞楊鎮，參政張斯立，翰林承旨則麓菴王公諱盤、董文用、徐琰、李謙、閻復、王構，學士則東軒徐公諱世隆、李槃、王惲，集賢學士則苦齋雷君膺、周砥、宋渤、張孔孫、趙孟頫，御史中丞王博文、劉宣，吏曹尚書則谷之奇、劉好禮，郎中張之翰，太子賓客宋衜，提刑使胡祇遹，廉訪使崔瑄，皆詠歌其所志。喜與搢紳遊者，求古人之近似，惟唐文暢，故柳送其行曰：『晉宋以來，桑門上首道林、道安、慧遠、慧休。其所與遊，謝安石、王逸少、習鑿齒、謝靈運、鮑照，皆時之選。』夷考其言，有失有得。其失者，以天官顧少連、夏官韓翠之徒，爲有安石之德、逸少之高、鑿齒之才，其不倫何啻千百而十一，又且近諛。其得者，文暢亦桑門上首，時不相及，方以林安遠休，夫誰曰不然？與以靈運、明遠之文自居，皆無愧德。斯自唐視晉宋者也，自今而視唐，獨不可爲之比乎？柳之頌文暢，曰：『道源生知，善根宿植。脫棄穢累，宣滌凝滯。』施之仁公，亦聲聞稱情而不過者，然求如靈徹、澄觀、重巽、浩初、元皓、文郁、希操、深湑之流，與文暢同其時，若是之多，則仁公爲獨行而無徒矣。又彼少連、翠者，豈足躝二十有七人之遺塵，而求安石、逸少、鑿齒之德之高之才，吾亦不能必其當者何人，況文乎哉？其敢以靈運、明遠自居，如柳州者，蓋不知其誰也？然此中予未之識四人，鎮、琰、好禮、瑄，然已皆物故。其存者，閻、李兩承旨而已，可爲人物眇然之歎。至大庚戌秋八月下弦日跋。」〔註228〕

　　而袁桷的《天慶寺佛殿上梁文》中也提及雪堂：「雪堂老禪，心匠虛明，性宗眞淨。住南城數十載，名滿江湖；祝北闕億萬年，日嚴香火。」〔註229〕此時的雪堂，無論是在佛學還是文學領域，都有很大影響。他所在的天慶寺，也香火興盛。

　　3、雅集人員

　　至大三年（1310）姚燧作《跋雪堂雅集後》，列出《雪堂雅集》一書中收錄的二十八〔註230〕人。其中，商挺、張九思、閻復、燕公楠、王惲、徐琰、

〔註228〕姚燧《牧庵集》卷三十四。
〔註229〕袁桷《天慶寺佛殿上梁文》，《清容居士集》卷三十五。《全元文》第二十三冊第54頁。
〔註230〕按姚燧原文爲「二十七人」，列出名單卻有二十八人，今從名單實際人數。

馬紹、宋衜、夾谷之奇、李謙、趙孟頫、張之翰、胡祗遹等前已述及。

張斯立，字可與，號繡江，章丘人。至元十六年任南臺御史，歷江浙行省員外郎、郎中，入爲戶部侍郎，除中書參議，改戶部尚書，出僉江浙行省事，大德元年拜中書參政，七年以罪罷，仕至中書左丞。〔註231〕

王磐（1202～1293），字文炳，號鹿菴，廣平永年人。貞祐南渡，舉家徙汝州魯山。王磐二十歲時，從麻九疇學於鄢城。年二十六，中金正大四年進士，授歸德府錄事判官，不赴。元軍攻河南，王磐避兵入淮襄，宋荊湖制置司闢爲議事官。1236年，襄陽兵變，王磐北歸，楊惟中軍前招儒，受到優待，寓居河內。東平嚴實興學養士，迎以爲師。中統元年（1260），拜益都等路宣撫副使，後因病免。李璮曾邀請王磐居青州，王磐察覺李璮意圖叛變，脫身至濟南，入京師投奔忽必烈，忽必烈任命其參議行省事。李璮叛亂平定，王磐攜家眷至東平。召拜翰林直學士，同修國史。出爲眞定、順德等路宣慰使。後入爲翰林學士，遷太常少卿，製定朝廷禮制、參與攻宋謀劃。年八十，乞致仕，進資德大夫。眞金聞其去，召入宮，將行之日，賜宴聖安寺，公卿百官送出麗澤門外。命其婿著作郎李稚賓爲東平判官。舉薦宋衜、雷膺、魏初、徐琰、胡祗遹、孟祺、李謙。至元三十年卒，年九十二卒。諡號文忠。〔註232〕

董文用（1224～1297），字彥材，號野莊，藁城人，董俊第三子。在忽必烈潛邸主文書，1257年，忽必烈令董文用教授皇太子經書，又於四方徵召遺老，有竇默、姚樞、李俊民、李治、魏璠等人。1259年，從征南宋。中統元年，忽必烈即位，董文用持詔宣諭邊郡，擇諸軍充侍衛。七月還朝，中書左丞張仲謙奏其爲左右司郎中。二年八月，佩金符，以兵部郎中參議都元帥府事。三年，從元帥闊闊征討李璮叛軍。至元元年，召爲西夏中興等路行省郎中。至元三年，行省罷，還京師，命爲中書省左右司郎中，辭之。至元五年，立御史臺，授山東東西道提刑按察副使，因董文蔚去世，不及赴。至元八年，立司農司，授奉訓大夫、山東東西道巡行勸農使。十一年三月，加列朝大夫。十二年，丞相安童奏爲中順大夫、工部侍郎。十三年，出任少中大夫、衛輝路總管，兼本路諸軍奧魯總管，佩金虎符。十六年，受代，歸田里。作遐觀亭，讀書賦詩，號野莊老人。十八年，臺臣奏起公爲山北遼東道提刑按察使，不赴。十九年，召爲太中大夫、兵部尚書。二十年，轉通議大夫、禮部尚書、

〔註231〕劉敏中《參政張公先世行狀》，《中菴集》卷十一。
〔註232〕生平見《元史》卷一百六十《王磐》傳，第3751～3756頁。

遷翰林集賢學士，知秘書監。力矯盧世榮弊政。二十二年，拜中奉大夫、江淮等處行中書省參知政事。二十五年，拜御史中丞。舉薦胡祗遹、王惲、雷膺、荊幼紀、許楫、孔從道十餘人爲按察使，又舉薦徐琰、魏初爲行臺中丞。因桑哥黨陷害，遷通奉大夫、大司農，又遷爲翰林學士承旨。二十七年，令董文用向皇孫教授經書。三十一年，忽必烈去世，詔董文用修《世祖實錄》，升資善大夫、知制誥兼修國史。大德元年夏四月，加資德大夫致仕。六月戊寅，因病去世，年七十四。〔註233〕

　　王構（1245～1310），字肯堂，號安野，東平人。少受學於李謙，弱冠以詞賦中選，爲東平行臺掌書記。受參政賈居貞器重。至元十一年（1274），授翰林國史院編修官。宋亡，與李槃同至杭州，取三館圖籍、太常天章禮器儀仗歸大都。至元十三年秋，還。遷應奉翰林文字，升修撰。丞相和禮霍孫闢爲司直。至元十九年，阿合馬被盜殺，和禮霍孫復爲丞相，王構爲之謀劃。歷吏部、禮部郎中。改太常少卿，出爲淮東提刑按察副使。不久，召爲治書侍御史。至元二十七年，與不忽木審計燕南錢穀。後銓選江西。復入翰林爲侍講學士。至元三十一年，成宗立，進學士，命纂修《世祖實錄》。書成，參議中書省事，以疾歸東平。久之，起爲濟南路總管。大德十一年（1307），武宗即位，以纂修國史召赴闕，拜翰林學士承旨，不久病死，年六十三，諡文肅。〔註234〕

　　徐世隆（1206～1285），字威卿，陳州西華人。年二十餘，登金正大四年（1227）進士，闢爲縣令，未赴。壬辰北渡，父歿，徐世隆奉母，入東平嚴氏幕府，掌書記。徐世隆勸嚴實收養寒士，一時間東平人才聚集。憲宗蒙哥汗元年（1251），任命徐世隆爲拘権燕京路課稅官，徐世隆辭。二年，忽必烈在潛邸，召見徐世隆。嚴實子嚴忠濟任命徐世隆爲東平行臺經歷。中統元年（1260），擢燕京等路宣撫使。三年（1262），宣撫司罷，徐世隆回東平，任太常卿掌管禮樂，兼提舉本路學校事。至元元年（1264），徐世隆遷翰林侍講學士，兼太常卿，製定祭祀禮儀。不久，兼任戶部侍郎，製定內外官制，擬定朝儀。七年（1270），轉吏部尚書，撰《選曹八議》，希望確立銓選制度。九年（1272），出爲東昌路總管。

〔註233〕生平見虞集《翰林承旨董公行狀》，《道園類稿》卷五十，明初翻印至正刊本。《虞集全集》第853～858頁。
〔註234〕袁桷《翰林學士承旨贈大司徒魯國王文肅公墓誌銘》，《清容居士集》卷第二十九，《四部叢刊》影元本。《元史》卷一百六十四《王構傳》，第3855～3856頁。

十四年（1277），拜山東提刑按察使。十五年，移淮東。十七年，召爲翰林學士，又召爲集賢學士，皆因病推辭。二十二年（1285），安童入相，舉薦徐世隆，仍因老病不起，時年八十，不久去世。〔註235〕

李槃，眞定名士。1247年，張德輝北上覲見忽必烈於潛邸，將歸之時，曾向忽必烈舉薦李槃等數十人。〔註236〕後李槃曾以莊聖太后命侍阿里不哥講讀，脫忽思至眞定，惱怒李槃不依附自己，押械下獄，燕南諸路震動。廉希憲尋訪李槃，並向忽必烈稟告，李槃得以釋放，民情大悅。〔註237〕至元五年，張德輝乞致仕，忽必烈命他舉薦可擔任監察之職的人才，張德輝列十餘人，其中又有李槃。〔註238〕後李槃任翰林學士，至元十三年南宋滅亡，李槃曾與王構一同奉詔前往臨安招致宋儒藝之士，董文炳要李槃搜羅宋史及諸注記五千冊，歸於國史院典籍氏。〔註239〕

雷膺（1225～1297），字彥正，號苦齋，渾源人。少孤，由母親教養長大。窩闊台時，詔郡國設科舉選試，凡占儒籍者復其家，即「戊戌選試」（1238），雷膺二十出頭，中選，逐漸以文學著稱。丞相史天澤鎮守眞定，闢爲萬戶府掌書記。中統元年（1260），授雷膺大名路宣撫司員外郎。中統二年，翰林承旨王鶚、王磐推薦雷膺任翰林修撰、同知制誥，兼國史院編修官。五年（至元元年，1264），調陝西西蜀四川按察司參議。至元二年，改陝西五路轉運司諮議。四年，參與對宋四川戰爭，參議左壁總帥府事。師還，升承務郎，遷恩州同知。經由憲府推薦，雷膺入爲監察御史。十一年，加奉議大夫，僉河東山西道提刑按察司事。十四年，進列朝大夫、山南湖北道提刑按察副使。十八年，轉淮西江北道提刑按察副使，以母老辭。二十年，遷江南行御史臺侍御史，帶著母親前往就任。二十二年，丁母憂去官。二十三年，授中議大夫、江南浙西道提刑按察使。年六十二致仕，歸老山陽。至元二十九年，拜集賢學士。至元三十一年，成宗即位，召雷膺至上都，元貞元年（1295），進

〔註235〕生平見蘇天爵《元朝名臣事略》卷十二《太常徐公》，中華書局，1996年，第249～255頁。《元史》卷一百六十《徐世隆傳》，第3788～3770頁。

〔註236〕蘇天爵《元朝名臣事略》卷十《宣慰張公》，中華書局，1996年，第205～211頁。

〔註237〕蘇天爵《元朝名臣事略》卷七《平章廉文正王》，中華書局，1996年，第124～142頁。

〔註238〕蘇天爵《元朝名臣事略》卷十《宣慰張公》，中華書局，1996年，第210頁。

〔註239〕袁桷《翰林承旨王公請諡事狀》，《清容居士集》卷三十二，《四部叢刊》影元本。《元朝名臣事略》卷十四《左丞董忠獻公》。

秩二品。大德元年（1297）夏六月，病死京師，年七十三。諡文穆。〔註240〕

宋渤，字齊彦，號柳菴，宋子貞子，有才名，官至集賢學士。〔註241〕

張孔孫，字夢符，號寓菴。其先出遼之烏若部，爲金人所並，遂遷隆安。父之純，爲東平萬戶府參議，夜夢謁孔子廟，得賜嘉果，已而孔孫生，故名。及長，因文學名，辟萬戶府議事官。徐世隆任太常卿，張孔孫任奉禮郎副之，總管樂師，禮樂成，獻之京師。廉希憲居政府，闢爲丞相掾。安童任相，授戶部員外郎，出爲南京總管府判官。僉四川提刑按察司事，歷湖北、浙西按察副使，改同知保定路總管府事，俄拜侍御史，行御史臺事。至元二十二年，丞相安童舉薦，授禮部侍郎，進禮部尚書，升爲燕南提刑按察使。二十八年，僉河南江北行中書省事、大名路總管，兼府尹。升淮東道肅政廉訪司使。召拜集賢大學士、中奉大夫、商議中書省事。丞相完澤去世，張孔孫與陳天祥上書，舉薦和禮霍孫任相。後告老還鄉，以翰林學士承旨、資善大夫致仕。大德十一年卒，年七十五。張孔孫以文學知名，善琴，工畫山水竹石，騎射尤精。〔註242〕

王博文（1223～1288），字子冕（子勉），號西溪，東魯人，徙彰德。至元十八年累官燕南按察使，歷禮部尚書、大名路總管，二十三年遷南臺御史中丞，〔註243〕二十五年卒，年六十六，諡文定。〔註244〕

劉宣，字伯宣，其先潞人，金末因戰亂徙居太原。由張德輝薦爲中書省掾。劉宣閒暇時常常跟隨國子祭酒許衡探討理學。任命爲河北河南道巡行勸農副使。至元十二年，入爲中書戶部郎中，改行省郎中。從丞相伯顏、平章阿術平江南。宋亡，命劉宣淘汰江淮冗官，出任松江知府。不久，同知浙西宣慰司事。在官五年，升江淮行省參議，任江西湖東道提刑按察使。二十三年，入爲禮部尚書，遷吏部。二十五年，由集賢學士除行臺御史中丞。因江浙行省丞相忙古臺誣告，被逮。九月，劉宣在舟中自剄，行省向朝廷稱其畏罪自殺。而張斯立羅織其事。延祐四年，劉宣侄兒劉自持上劉宣行實，御史

〔註240〕生平見《元史》卷一百七十《雷膺傳》，第3990～3992頁。

〔註241〕生平見《元史》卷一百五十九《宋子貞傳》附，第3737頁。

〔註242〕生平見《元史》卷一百七十四《張孔孫傳》，第4066～4068頁。《元詩選・癸集》小傳。

〔註243〕張鉉《（至大）金陵新志》卷六，《景印文淵閣四庫全書》本。

〔註244〕王惲《御史中丞王公誄文》，《秋澗先生大全文集》卷六十四，《元人文集珍本叢刊》本。

臺上傳。朝廷下命制贈資善大夫、御史中丞、上護軍，追封彭城郡公，謚忠憲。〔註245〕

劉好禮（1227～1288），字敬之，汴梁祥符人。父任職金國大理評事，遙授同知許州，徙家保定完州。劉好禮通蒙古語，憲宗蒙哥時，廉訪府闢爲參議。1255 年，改永興府達魯花赤。至元元年（1264），侍儀廉希逸舉薦，面見忽必烈。至元七年（1270），遷益蘭州等五部斷事官。至元十年（1273），北方諸王叛，劉好禮被執軍中，至元十七年，逃脫。至元十八年，授嘉議大夫、澧州路總管。至元十九年，入爲刑、禮、吏三部尙書。至元二十一年，出爲北京路總管。入爲戶部尙書。至元二十五年六月去世，年六十二。〔註246〕

楊鎭，即宋駙馬楊鎭，前已涉及。

崔瑄，任浙東道宣慰司都元帥府中奉大夫。〔註247〕

周砥，任應奉翰林文字。〔註248〕

上述人員可以大致劃分爲三個群體，一是以王磐、董文忠爲代表的漢人世侯文人群體，像宋衟、雷膺、魏初、徐琰、王構、胡祗遹、孟祺、李謙、徐世隆等，都曾服務於漢人世侯，或是在漢人世侯統轄的學校學習。其中又以東平嚴氏幕府文人居多。二是以張九思爲代表的太子眞金周圍的文人，而他們也大多在「遂初亭雅集」中出現。三是在江浙一帶都有活動的文人，如燕公楠、趙孟頫、楊鎭是南人，徐琰、雷膺、張孔孫、王博文、劉宣、崔瑄等都有南下爲官的經歷。

這一身份多樣的文人群體以普仁爲中心開展交往，一方面是普仁長期受到眞金長子甘麻剌的資助，與眞金周圍儒士自然交好，另一方面，普仁有南下訪經的過程，更使得其交遊擴大。而這三個群體的文人多有交叉，這就體現出了南北統一之後交融的趨勢出現，亦體現出在皇親支持下的佛教人士所具有的巨大號召力。

4、雅集之地

天慶寺是在遼永泰寺的遺址上重建的，因修建過程中，挖得一口廢鐘，上刻「天慶」二字，是遼國國號，於是題爲新寺名額。王惲在《大元國大都

〔註245〕生平見《元史》卷一百六十八《劉宣傳》，第 3950～3954 頁。
〔註246〕生平見《元史》卷一百六十七《劉好禮傳》，第 3924～3926 頁。
〔註247〕袁桷《（延祐）四明志》卷二。
〔註248〕胡祗遹《太常博士廳壁記》，《紫山大全集》卷九。

創建天慶寺碑銘》一文中還提及「天慶」一名的神奇之處：雪堂早在天德修行時，就曾夢見有神人告之將棲息「天慶」，後來大都，居然應驗。

王惲《碑》中曾對天慶寺的建築有過簡單描繪：「起三大士正殿、丈室七巨楹，下至門闥、庖湢、賓客之所，略皆完美，始於乙酉（1285）之春，成於丙戌（1286）秋仲。」規模比較宏大，「擅施雲集，蓮宮湧起，相好光明，一一俱足，瞻首無不起敬。」〔註249〕

到了至治三年（1323），在魯國大長公主的召集下，天慶寺成爲當時名士大夫聚集飲酒品茗、賞畫題詩的場所。魯國大長公主常常將自己搜藏的珍貴圖畫拿出來一起欣賞題詠。使得天慶寺繼雪堂雅集之後，再一次成爲館閣文臣雅集的場所。宋褧有詩《南城天慶寺僧雅致亭》〔註250〕、馬祖常有《天慶寺納涼聯句》，〔註251〕說明士大夫經常在這裡流連玩賞。

天慶寺今已不存。然而大致方位，通過對文獻的整理，尚可尋繹。

袁桷文中提及雪堂，稱居「南城」。在元代，「南城」多指原金中都，燕京舊城。這一帶由於逐漸棄置，變得荒廢，大多數只有寺廟道觀得以保存。〔註252〕天慶寺就應該在這個區域。

天慶寺於元至元二十三年（丙戌，1286）建成，王惲碑載，其前身永泰寺雖毀於大安兵火，而當時永泰還有一個別院名「彌陀」。李謙記中亦云雪堂「都城名刹非一，皆莫肯依止。第求永泰寺彌陀院故基，薙草萊、掇瓦礫，葺而居之。」〔註253〕

《析津志輯佚·寺觀》一節中有「彌陀寺」一條：「在古京前堂局南，玉虛觀北」。〔註254〕大德間曾重修，袁桷爲此作《天慶寺佛殿上梁文》。

明代，天慶寺仍存，並屢次重修。宣德十年（1435），僧達菴重建。〔註255〕天順二年（戊寅，1458），明蹇英作《重修天慶寺碑》，描述了天慶寺的方位及重修經過：「略距城南三里河之濱，曰魏村社。其地幽曠閴寂，林木叢茂，有古

〔註249〕《一二九六年重陽洞林寺藏經記》，蔡美彪《元代白話碑集錄》，第120頁，北京科學出版社，1955年。

〔註250〕宋褧《燕石集》卷五，《景印文淵閣四庫全書》本。

〔註251〕馬祖常《石田文集》卷五，元至元五年揚州路儒學刻本。

〔註252〕詳見陳高華先生《元大都》第66頁「南城和城郊」一節。

〔註253〕《一二九六年重陽洞林寺藏經記》，蔡美彪《元代白話碑集錄》，第120頁，北京科學出版社，1955年。

〔註254〕《析津志輯佚》，第76頁。

〔註255〕《帝京景物略》卷三「城南內」。

剎曰『天慶』，其創始不可考。宣德中，僧德志仍其故址，更新之，建大殿、禪堂、齋堂、丈室，以次而成。天順戊寅十月，或請於朝，仍賜額曰『天慶寺』。」時隔一百七十餘年，天慶寺的創建已經不可考，想必王惲的碑文早已幻滅，而元時文人薈萃、風流雅集的盛況，亦堙沒無聞。

到了明嘉靖四十四年（乙丑，1565），徐階又作記。《行國錄》載：「天慶，古剎也，今止存明碑二：其一天順戊寅尚寶司卿重慶蹇英撰文，禮部員外郎錢塘吳謙書；其一嘉靖乙丑建極殿大學士華亭徐階作記。」天慶寺歷經重修，不僅有大殿、禪堂、齋堂、丈室，僧舍後有高閣，可以望見天壇。而天慶寺中還藏有《李龍眠畫羅漢》圖十六軸。

這些資料都保存在明末清初人孫承澤所作《天府廣記》、《庚子銷夏記》以及朱彝尊《日下舊聞》等書中。到清乾隆年間，于敏中等人作《日下舊聞考》，參照以上各條，又依據當時實際地理位置，詳細考證，指出天慶寺的兩塊明代碑仍然存在，但是《李龍眠畫羅漢》圖已不存。〔註256〕

天慶寺所在地，寺廟雲集。除了別院彌陀寺，後有明因寺，〔註257〕北有慈源寺〔註258〕、藥王廟。〔註259〕據記載，彌陀寺有七級八角寶塔，高十丈，中空可登。每窗前置一佛，每佛前有燈，極為壯觀。〔註260〕而天晴登高遠眺，「北望宮闕，黃瓦參差，西觀兩壇，松檜鬱茂，西山黛色如在簷前」，〔註261〕風景絕佳。袁桷詩題「雅致亭」，也是當時一處名勝。王惲《贈雪堂》有「石塘流水淨無埃」之句，馬祖常詩中亦詠「石池暑氣清」，說明當時天慶寺的附近，是有水池的。有塔、有寺、有亭、有池，優美的環境，自然能激發僧人、文士的雅興，一時間，成為京城文人集會的勝地。

參照天慶寺所在的南城區域，以及依靠它周圍建築的保存，可以大致確定它在今天的位置。

〔註256〕《日下舊聞考·城市》卷五十八，第944頁。

〔註257〕《帝京景物略》卷三「城南內」：「明因寺」：「正陽門外，三里河東之明因寺，乃行僧樂居之。」

〔註258〕《畿輔通志》卷五十一：「天慶寺在慈源寺西，原遼永泰寺，元至元壬申重建，明宣德中重修。」

〔註259〕有「藥王廟」：天壇之北藥王廟，武清侯李誠銘立也。……西慈源寺，成化二年指揮朱善建。

〔註260〕詳見《帝京景物略》卷三「法藏寺」一條。

〔註261〕《天府廣記》卷三十八，第580、581頁。孫承澤《春明夢餘錄》卷六十六記載同。

　　《五城坊巷胡衕集》中載，位於「正陽門外東河沿，至崇文門外西河沿」的正東坊區域內，有「天慶、慈源寺」。〔註262〕清正東坊，「隸南城。凡南城東自崇文門街，西至太平湖城根，北至長安街；外城自崇文門外大街，西至打磨廠、蕭公堂，北至三里河大街，西南至永定門東，左安門西，皆屬焉。」〔註263〕到了民國十八年（1929），這一地區又被劃歸「外一區」。而1949年北平解放，1950年區劃調整，1952年這一地區被劃歸「崇文區」，直至今日。〔註264〕

　　《宸垣識略》一書中有一幅舊時地圖，更爲直觀標識出「天慶寺」位置，附於後。

　　天慶寺雖已不存，然而它旁邊的藥王廟，仍然保存完好。藥王廟位於東曉市街，建於明天啓年間，後於康熙三十二年（1693）、乾隆三十年（1765）相繼重修擴建。於1950年被改建爲北京第十一中學，然而三重大殿的建築，仍然保存完整。今天的地址爲東曉市街101號。〔註265〕

　　又查《北京市崇文區地名錄》，東曉市二巷，連接清華街與東曉市街的一條南北走向小巷子，曾用名就是「天慶寺」，是原東曉市36號。〔註266〕解放後，1965年，由寺、廟一類因具有「封建迷信」色彩的地名，就全部被更改了。〔註267〕

　　然而縱覽《北京市崇文區志》，除了「宗教場所」一節簡單提及東曉市街的永泰寺改建爲天慶寺，就再也看不見這所元代著名雅集場所的影子了。

　　如今的天慶寺，已經片瓦不存，在原來的地址上，取而代之的是「天壇少年之家」的二層小樓，與原藥王廟、現第十一中學，隔著一條小巷子。探訪東曉市街過程中，許多當地的居民，早已不知道這裡曾有一座古刹名「天慶」。唯有一位姓耿的七十四歲老人還存有菲薄的記憶，據他說，他在十歲左右，曾被家人帶往天慶寺，當時那裡被日本人闢作照居籍證（身份證）照片的場所。又據北京第十一中學一位70屆畢業生回憶，天壇少年之家原爲金臺二小，後來因爲學生越來越少，所以撤掉而成了「少年之家」。

〔註262〕《京師五城坊巷胡衕集》，第14頁。
〔註263〕《燕都叢考》第一編，第5頁；第三編第478頁。
〔註264〕參見《北京市崇文區志》第48、49頁，北京出版社，2004年。
〔註265〕參見《北京市崇文區志》第740、811頁，北京出版社，2004年。
〔註266〕參見《北京市崇文區地名錄》第28頁，北京市崇文區人民政府編內部資料，1982年。
〔註267〕參見《北京市崇文區志》第479頁，北京出版社，2004年。

於東曉市街的南邊不遠處，就是有名的金魚池。也無怪乎前人詩中，都會出現「石塘」。在 1966 年，歷時元明清三代、一直被闢爲放養金魚之所的金魚池，被填平蓋樓，只空留一個地名，作爲歷史的縮影。

（二）清香詩會

大德元年，在沙羅巴的邀請下，王惲、傅立、雷膺、閻復等人於禪室中舉行清香詩會。

> 王惲有《清香詩會序》：「道不同謀，咫尺兩間，渺隔千里。心有所會，上下八方，溥同一云。法性三藏，弘教佛智大師、江浙總統沙羅巴者，聞予名而喜之，不知於渠何所取也。一日介應奉曹顯祖來約，以清香閒適與同一會，於是開禪室，敞賓席，蒲團烏几列坐其次，佳釀數行，意甚怡悦。主人出寶薰娛客，溫爐回春，楮煤凝雪，窗日含暉，岫雲借潤。先之以青桂，繼之以綠洋，糅以熟結，加之都梁。棧融沉爇，氣鬱膏煎，黃雲作毬，碧霧蒙筵，吟佩未染，鼻觀先參，或袖籠而斂瑞，或心融而氣宣。於是健詩脾，卻蒸濕，燕飲助其清勝，志慮以之沖粹，不知佛齊、勃泥、婆律、大食、真臘、占城而相去幾何，通爲一洞天也。眾客稽首向師曰：『今夕何夕，餘膏剩馥，沾丐如是，有不可思議者，第恐造物者訝其多取而屢飲也。』師曰：『庸何傷，且吾之爲香者眾，而心香爲最，曰戒香、定香、慧香、解脫香、解脫知見香，是爲五分香，天之所賦於我者，如是而馨，解脫知見爲妙用之極，即《詩》所謂「天生蒸民，有物有則。民之秉彝，好是懿德」也。貴夫能復其初而爲物之靈也。願此香雲遍滿空界，作爲無量佛事，以奉五老香供，且合三百五十歲之壽祺，傅初菴七十五，雷苦齋七十三，閻靜軒六十三，王秋澗七十一，賈評事七十，而爲無盡藏，說法不亦可乎。』於是眾賓讚歎曰：『昔遠師以廬阜清勝，即於東林結社，絕塵清寂之士不期而至者甚眾，諸人依遠遊止，獨淵明，范寧召而不赴，豈非有不屑者哉。以今論之，眾之毀雜，一也，心有所局，二也，香色執著似累乎中，三也。何若師心境雙清，賓主兩忘，不知我之爲香、香之爲我也，而以心香爲主也。』師曰：『有是哉。』遂相與一胡盧而別。大德元年三月吉日謹序。」〔註268〕

〔註268〕王惲《秋澗先生大全文集》卷四十二，《元人文集珍本叢刊》本。

這一次聚會，實際上是眾人一同享受香薰，王惲以鋪陳的筆法，描繪此次雅集的情狀：天清氣朗，主人拿出青桂、綠洋（高級香料）、熟結（沉香品名）、都梁（香名）諸多名貴香料在香爐中一一添加，室內雲霧彌漫，人在其中不由得沉醉。來自佛齊、勃泥、婆律、大食、眞臘、占城眾多國家的香料能夠齊聚一堂，實乃盛會。

　　然而在沙羅巴看來，這些名貴香料都比不上「心香」，他將「心香」劃分爲戒、定、慧、解脫、解脫知見五等，實際上就是佛家的「五分法身」，即以五種之功德法而成身。他將對香的感官欣賞提升到了佛理的境界。

　　沙羅巴又引用「天生烝民，有物有則。民之秉彝，好是懿德」，此言出自《詩經·大雅·蒸民》，意爲上天孕育民眾，萬事萬物皆有法則，人心向善。而香薰的功能，就猶如解脫知見的修煉一般，能夠讓人恢復善良的本心。在這裡，沙羅巴是引用儒家經典，用來闡發佛理。

　　王惲眾人又以慧遠創建的東林蓮社作比此次清香詩會，認爲沙羅巴的境界更勝一籌。

　　沙羅巴（沙囉巴）（1259～1314），姓積寧氏，號雪岩，法號弘教佛智三藏法師。沙羅巴，華言爲吉祥慧也。西番人，祖相嘉屹囉，父沙囉觀，世世代代從事翻譯。沙羅巴早年師從帝師八思巴，被推薦給忽必烈。朝廷下命令沙羅巴譯諸秘要傳於世。

　　元貞元年（1295），授江浙等處釋教總統，二年，率諸山長老入覲，在京城逗留日久，以致於江東父老投牒行臺，催促他南還。後改授福建等處釋教總統。至大中，以皇太子愛育黎拔力八達令召至京師，詔授光祿大夫司徒。愛育黎拔力八達曾向沙羅巴問法，知公之賢，即位後，眷遇益隆，將其供養於慶壽寺，下令將沙羅巴所譯經書出版。沙羅巴於延祐元年十月五日去世，年五十有六。〔註269〕

　　沙羅巴精通佛經，專於翻譯，又喜儒書，樂與士大夫往來。此次清香詩會，就是在沙羅巴入覲之時舉行。王惲、閻復、雷膺前已涉及。

　　曹顯祖，河北邯鄲永清人，曾任縣尹，〔註270〕後任應奉。三世讀書。〔註271〕

〔註269〕生平見王惲《送總統佛智師南還》，《秋澗先生大全集》卷二十二。釋念常《佛祖通載》卷二十二，《大正新修大藏經》本。傅海波《元代西夏僧人沙羅巴事輯》，楊富學、樊麗沙譯，《隴右文博》2008年第一期，第59～65頁。
〔註270〕趙孟頫《贈永清曹顯祖縣尹》，《松雪齋集》卷四。
〔註271〕張之翰《送鄉士曹顯祖》，《西岩集》卷六。

與張之翰、趙孟頫有交往。

傅立（1223～），字權甫，號初菴，饒州德興人也。以占筮起東南，官終集賢大學士，謚文懿。傅立爲鄱陽祝泌甥，跟隨祝泌學習皇極術數。又學於建昌廖應淮。去世後，謚號文懿。〔註272〕

賈評事，〔註273〕號頤軒。〔註274〕

沙羅巴南歸之時，王惲曾作詩送行：「白足毗耶不易逢，鬢絲禪榻偶相同。經來震旦三千界，人在天龍八部中。滿送酒船浮北海，細熏香霧供南豐。江東父老催飛錫，要沸潮音與海通。」白足毗耶，即以鳩摩羅什弟子曇始來比沙羅巴，贊其爲得道高僧，深受教眾愛戴。

大德五年（辛丑，1301），沙羅巴由杭州至大都，將前往秦、涼二州修葺其師佛塔，臨行前，諸人聚會送別，劉敏中因此結識沙羅巴，並爲其作二絕句：「吳越名山已遍尋，秦涼孤塔動歸心。乾坤萬里如來海，卻向詩人覓賞音。」又「飛錫臨將遠入秦，回頭一笑更情親。定知許我歸來日，也作清香會里人。」〔註275〕

> 程文海亦有《送司徒沙羅巴法師歸秦州》：「秦州法師沙羅巴，前身恐是鳩摩羅。讀書誦經逾五車，洞視孔釋爲一家。帝聞其人徵自遐，辯勇精進世莫加。視人言言若空花，我自翼善刊淫倚。雄文大章爛如霞，又如黃河發崑阿。世方浩浩觀流波，五護尊經鬱嘉蔛。受詔翻譯無留瑕，辭深義奧極研摩。功力已被恒河沙，經成翩然妙蓮華。大官寵錫眞浮苴，舍我竟去不可遮。青天蕩蕩日月賒，何時能來煮春茶。」〔註276〕

蕭啓慶先生指出：「清香詩會兼有僧俗詩會與尚齡雅聚的性質」。

〔註277〕

〔註272〕生平見曾廉《元書》卷九十五。鄭元祐《送昌山人雜錄》，《叢書集成初編》據讀畫齋叢書排印，中華書局，1985年，第13頁。

〔註273〕賈評事，《四部叢刊》景明弘治本作「貢評事」。

〔註274〕劉敏中：「江浙釋總統雪嵓名沙喇卜，西蕃人，讀儒書，喜與吾屬遊，嘗以名香會王秋澗、傅初庵、雷苦齋、賈頤軒、閻靖軒五老，號清香會。四老賦詩，秋澗作序。」《中庵集》卷五，《文淵閣四庫全書》本（《永樂大典》輯本）。按此詩《中庵集》二十五卷本未收。《劉敏中集》第453頁補集外詩。

〔註275〕劉敏中《中庵集》卷五。

〔註276〕《程雪樓文集》卷二十九。

〔註277〕蕭啓慶《元朝多族士人的雅集》，《中國文化研究所學報》，1997年第六期，

而由沙羅巴與眾詩人的交往來看，一方面，當時文人受佛學影響較多，其贈予沙羅巴詩歌中大量運用了佛教典故與辭彙，如「白足毗耶」、「震旦三千界」、「天龍八部」、「飛錫」、「潮音」、「鳩摩羅」、「空花」、「恒河沙」、「妙蓮華」等，可見士大夫的佛學基礎；另一方面，文人們對沙羅巴的讚美，主要在他精通翻譯，同時傾慕儒家文化，劉敏中「乾坤萬里如來海，卻向詩人覓賞音」一句對沙羅巴將文士引為知己，暗含自得之情，程文海「洞視孔釋為一家」亦是將佛儒並舉。

（三）武當道士禱雨送行

1、武當道教

皇慶元年（1312）三月，大都久旱未雨，各種祈禱方法都失效後，詔武當山道士張守清進京禱雨，十分靈驗。皇慶二年春，又不下雨，張守清禱雨應驗；夏，又不下雨，張守清再次施展法力，這一年秋天，大豐收。後張守清回武當山，眾多文士紛紛贈詩送行。

武當山為玄武神修煉得道之所，唐貞觀時天下尊祀，宋理宗時劉真人作宮玉紫霄峰南岩，但工程並未完成。後魯大有隱居五龍觀。元朝攻下襄漢，尹志平於至元十二年，與道士汪貞常等修復紫霄、五龍等處宮殿。故武當山道教隸數全真道教。

魯大有，號洞雲子，隨州應山人，家世宦族。汪貞常，名思真，號寂然子，家世徽人，宋丞相汪伯彥之後，生於安慶。嗣全真教法，入武當山。至元乙亥，領徒眾六人，開復五龍，荊榛塞途，黑虎為之引導，興建殿宇，四方禮之。度徒眾百餘人。任本宮提點，吉凶預知，後無疾而蛻，俗民多夢其步紫雲而北去。〔註278〕

張守清（1263～？），名洞困，號月峽叟，宜都人。幼習舉子業，未成，棄去，為縣曹掾。至元二十一年（1284）秋九月，張守清自峽州至均州武當山，年二十一，〔註279〕投拜五龍觀魯大有學道。至元二十二年春正月，魯大有去世，張守清接管五龍觀，興建宮殿。至大三年（1310），仁昭懿壽元皇太

第 181 頁。

〔註278〕陳銘珪《長春道教源流》卷七引《武當山志》。

〔註279〕按《長春道教源流》作「三十一」。又《湖北金石志》收《大天一真慶萬壽宮碑》作「三十有一」，且稱張守清「自陝西來」。茲從程文海《均州武當山萬壽宮碑》載「二十一」。

后聽說張守清道行，遣使建金籙醮。並徵召張守清至大都，賜宮額「天一眞慶萬壽」，置提點甲乙住持，並賜張守清號體玄妙應太和眞人。皇慶元年（1313），張守清北上大都禱雨。延祐元年（1314）春二月，皇太后命張守清乘傳奉香幣還山致祭。〔註280〕

2、南歸送行

祈雨靈驗，對於重視宗教、重視神蹟的元朝皇室而言，是一件大事。也就是在張守清南歸之時，朝中一批文人寫詩相贈，爲這個武當道士大頌讚歌。

范梈有《送張煉師歸武當山》：

> 張君瀛洲人，來作武當客。始來武當時，秖著謝公屐。弟子百數輩，稍稍來服役。誅茅立萬柱，空中現金碧。辛苦三十年，夜臥不側席。以之律鬼神，故亦如矩墨。元年踰冬旱，朱火燒四國。野谷方焦熬，六月畿甸赤。朝廷亦不愛，犧牲與圭璧。僵巫暨德史，歌舞無消息。君時待詔來，公卿初不識。一朝傳天語，問以濟旱策。君云臣鄙愚，造化非所測。陰陽有開闔，此實智者責。公卿復致辭，物生孔今棘。已敕京兆尹，取足輸粟帛。此如解倒懸，祀事惟所擇。君聞猶固讓，心實內憂惕。飛章白玉闕，瀝膽殫悃愊。臣實才淺鮮，臣實學迮塞。臣有一寸心，願輔后皇德。后皇本愛民，民今旱爲厄。或者罪有由，皇亦重開釋。祈謝各有方，咒禁各有式。上堂薦明水，下堂考金石。夜分請命既，昧爽大施設。爲壇東市門，經紀法靈冊。庭中玄武旗，飄飄墨黎黑。君臨一揮手，怒髮上霄直。指揮東方龍，卷水東海側。指揮西方龍，卷水略西極。北南暨中央，各以方率職。某日某甲子，漏下五十刻。我在壇上伺，不得忤區畫。豐隆與飛廉，列缺與辟歷。汝將汝風馳，汝遣汝雷擊。汝雲馮勿漓，汝雨必三尺。汝不從誓言，不畏上帝敕。至期果響會，動蕩七日澤。常時人所難，君若不以力。公卿奏天子，是必有褒錫。可以寵號名，可以蕃服祧。君曰天子聖，卿從誠所格。臣敢貪天功，況在歸計迫。昨得山中書，至自青溪宅。向來百弟子，遲歸在朝夕。曒時冬序半，霜下木葉積。明當課斬伐，結構西岩壁。山田晚報熟，芝術及採摘。獼猿長如人，夜夜盜柿栗。堤防苟不豫，六氣盡蟊賊。公家事既已，私事容棄擲。方知用世士，

〔註280〕程文海《均州武當山萬壽宮碑》，《程雪樓文集》卷五。

遺世等糠粃。所過如虛空，焉知去留迹。我持一瓢酒，欲以贈遠色。

歲暮不見君，悵望空中翮。〔註281〕

范梈（1272～1330），字亨父，一字德機，清江人。至大元年（1308），范梈三十六歲，客遊京師，董士選招延至幕府，教其子弟。後受薦舉，任翰林編修官，參與修撰《武宗實錄》，其時大概在皇慶元年（1312）。〔註282〕

這是一首歌行，開篇寫張道士經歷三十年，創建廟觀。「元年踰冬旱」即指皇慶元年京城大旱，張道士禱雨，在東市門開壇做法，呼風喚雨，祈禱應驗。場景描寫極盡誇張之筆墨。後張道士南還，贊其遺世獨立、去留無迹。所述之事，均與張守清事迹相合。

通過詩人的細緻描摹，張守清道士祈雨的過程可以大致了解：須得在東門市按照道教的規定設立神壇，準備好祭祀用的神水與禮器，庭中樹立黑色的玄武旗，在凌晨十二點的時刻，道士開始登壇作法，用咒語催動上天，大手一揮，怒髮衝冠，便能令四方龍王聽令，風雲雷電諸神等候差遣，在規定的時間降下規定的雨量，緩解旱情。

然而，令詩人讚歎不已的，並不僅僅是道士的法力高強，更是他不貪天功、不慕榮華的淡泊心性，在功成名就之後，立刻回歸山林的超脫品格。楊載、袁桷的詩歌也表達了同樣的主題。

楊載有《武當山張眞人》：「張公被髮下山來，欲爲神州救旱災。感召上天垂雨露，指揮平地起風雷。槁苗再發還堪刈，枯木重榮不假裁。受詔即思歸舊隱，瓊樓玉殿繞崔嵬。」此寫張道士下山救旱，後歸舊隱。又有《寄武當山人張眞人》：「山走西南氣勢尊，大神遺迹至今存。冰橫磵下千年凍，雲起岩前萬里昏。既有嚴威彰赫赫，詎無厚福護元元。眞人制行通天地，日日飛仙降殿門。」〔註283〕

楊載（1271～1323），字仲弘，建州浦城人。少孤，事母盡孝，年四十不仕。田理問用之得其文，薦之行中書，舉茂材、異等不行。至大三年（1310），周馳任南臺御史，大概於此年前後，他強行令楊載北上大都。戶部賈國英屢次向朝廷推薦楊載，楊載以布衣入朝，升任翰林國史院編修官，

〔註281〕范梈《范德機詩集》卷一。

〔註282〕吳澄《故承務郎湖南嶺北道肅政廉訪司經歷范亨父墓誌銘》，《吳文正集》，卷八十五。

〔註283〕二詩分別見楊載《楊仲弘集》卷七、卷六。

並參與《武宗實錄》的編纂。皇慶元年（1312）十月，翰林學士承旨玉連赤不花等進《順宗》、《成宗》、《武宗實錄》。楊載深受褒賜。〔註284〕

按此二詩又見於楊弘道《小亨集》卷三，〔註285〕從詩中描述的情況來看，應當與范梈同時，故此詩應該屬於楊載所作，闌入《小亨集》中。

袁桷有《武當張道士京師禱雨回山中》：「古有巖居子，抱朴屍玄冥。被髮空洞遊，蒼莽窮帝青。手持九九文，蜿蜒合揚靈。維斗司其紐，習坎鞭流霆。良疇已懷新，燥露滋明星。滌滌原野焰，回風轉塵腥。無嘩夜下令，瞬息不得停。茲人秘元化，長跪耳默聆。崑崙挾潢漢，紫霧噓青萍。玄鶴澮以淒，百穀奔零零。浮侈不足慕，趣使歸巖扃。天地古槖鑰，鍊一清且庭。詭幻歲已暮，願言養修齡。」〔註286〕

這三位詩人在元代詩壇上佔據著舉足輕重的地位，從其所描述的來看，他們對於道教的典故十分精通，對張道士的仙人蹤跡悠然神往。但文人對道教，並不是宗教意義上的信仰，更多的是對其自由精神境界的欣羨，或者說，道教的玄幻爲他們提供了對自由的想像空間，他們依然深受儒家思想的浸淫，不忘積極入世的初衷。

程文海有《送武當張眞人赴召祈雨南歸》：「聖主憂凶歲，眞人下碧岑。雲辭武當黑，雨入薊門深。獨抱迴天力，常存濟物心。兩宮宣賜罷，歸鶴杳沈沈。」〔註287〕這裡對張眞人的稱頌是與救世濟民之心相聯繫的，道教在這裡並不再是對精神世界的探索，而是於現世有著祈雨禳災的實用價值。

由此看來，文人對張道士南歸送行之作，除卻儒道追求人格自由的共通性外，更多是具有世俗化、功利化的色彩。因爲皇室對張守清法力的賞識，因爲祈雨除旱有助於社稷百姓，故而這一批當朝文士，也不吝筆墨大加稱頌。而武當道教也在皇權的庇護之下，如日中天。

〔註284〕黃溍《楊仲弘墓誌銘》，《金華黃先生文集》卷三十三，《四部叢刊》影元刊本。

〔註285〕桂栖鵬《楊弘道〈小亨集〉誤收詩辨正》中已指出這一互見問題，但由於「張眞人其人不詳」，故未能辨析。《浙江師大學報》，1998年第六期，第56～59頁。王樹林《楊奐、楊弘道等蒙元北方十家文集考略》亦指出：「四庫輯本《小亨集》六卷中誤收漏收詩文甚多」，《金元詩文與文獻研究》，中華書局，2008年，第189頁。

〔註286〕袁桷《清容居士集》卷五。

〔註287〕程文海《程雪樓文集》卷二十九。

三、小　結

　　由於元朝統治者重視宗教，佛、道人士往往因其受到統治者器重而身居高位，早在成吉思汗時代，全真教丘處機就因此發迹，到了忽必烈時代，佛道之風更烈。而佛道人士與文人之間也展開了交往，一方面借文人壯大聲勢，一方面文人亦仰賴佛道領袖護持。

第四章　高潮前奏：成宗武宗仁宗時期的大都文壇

第一節　虞集初入大都

一、儒治中興：元貞至延祐期間的儒學政策

（一）統治者的政策

隨著元朝統治時間的增加，統治者對中原文化進一步吸收。與忽必烈統治時期，著意採用漢法鞏固統治、安撫人心相比，這一時期，則更多的是從現實管理的需要出發。因為此時的元朝所面對的是一個漢人、南人居多數的國家，統治者採取了一系列措施。

首先，是在政策製定方面，對漢人及漢文化的傾向，儘管並未改變四等人制度中漢人的地位。

成宗鐵木耳元貞元年（乙未，1295）乙卯，詔申飭中外：「有儒吏兼通者，各路舉之，廉訪司每道歲貢二人，省臺委官立法考試，中程者用之，所貢不公，罪其舉者。」扎魯忽赤文移舊用國語，敕改從漢字。元貞二年（丙申，1296）己丑，御史臺臣言：「漢人為同僚者，嘗為姦人捃摭其罪，由是不敢盡言。請於近侍昔寶赤、速古而赤中，擇人用之。」帝曰：「安用此曹？其選漢人識達事體者為之。」〔註1〕

〔註1〕《元史》卷十八《成宗本紀》。

其次，重視並尊重文士，提升了集賢、翰林的地位與待遇，廣招人材。

元成宗鐵木耳大德二年（戊戌，1298）正月，以翰林王惲、閻復、王構、趙與𤤩、王之綱、楊文郁、王德淵，集賢王顒、宋渤、盧摯、耶律有尚、李泰、郝采、楊麟，皆耆德舊臣，清貧守職，特賜鈔二千一百餘錠。大德四年（庚子，1300）五月，帝諭集賢大學士阿魯渾撒里等曰：「集賢、翰林乃養老之地，自今諸老滿秩者升之，勿令輒去，或有去者，罪將及汝。其諭中書知之。」大德七年（癸卯，1303）七月詔除集賢、翰林老臣預議朝政，其餘三品以下，年七十者，各升散官一等致仕。大德九年（乙巳，1305）升翰林國史院為正二品。大德十一年（丁未，1307）升集賢院秩從一品。元武宗海山至大二年（己酉，1309）九月，戊子，尚書省臣言：「翰林國史院，先朝御容、實錄皆在其中，鄉置之南省。今尚書省復立，倉卒不及營建，請買大第徙之。」制可。〔註2〕

仁宗愛育黎拔力八達即位後，更是重視儒家文化與人才。

大德十一年（丁未，1307）遣使四方，旁求經籍，識以玉刻印章，命近侍掌之。時有進《大學衍義》者，命詹事王約等節而譯之。愛育黎拔力八達曰：「治天下，此一書足矣。」因命與《圖像孝經》、《列女傳》並刊行，賜臣下。至大四年（辛亥，1311）召世祖朝諳知政務素有聲望老臣平章程鵬飛、董士選，太子少傅李謙，少保張驢，右丞陳天祥、尚文、劉正，左丞郝天挺，中丞董士珍，太子賓客蕭𣂏，參政劉敏中、王思廉、韓從益，侍御趙君信，謙訪使程文海，杭州路達魯花赤阿合馬，給傳詣闕，同議庶務。

諭集賢學士忽都魯都兒迷失曰：「向召老臣十人，所言治政，汝其詳譯以進，仍諭中書悉心舉行。」製定翰林國史院承旨五員，學士、侍讀、侍講、直學士各二員。敕翰林國史院春秋致祭太祖、太宗、睿宗御容，歲以為常。令翰林侍講阿林鐵木兒《貞觀政要》有益於國家，譯以國語刊行，俾蒙古、色目人誦習之。」〔註3〕

因朝廷中的儒者日益年邁，採納完澤、李孟的意見，招納四方儒士成才者，擢任國學、翰林、秘書、太常或儒學提舉等職，不拘一格，任人唯賢。皇慶元年（壬子，1312）升翰林國史院秩從一品。帝諭省臣曰：「翰林、集賢儒臣，朕自選用，汝等毋輒擬進。人言御史臺任重，朕謂國史院尤重；御史

〔註2〕 《元史》卷二十《成宗本紀》。
〔註3〕 《元史》卷二十四《仁宗本紀》。

臺是一時公論，國史院實萬世公論。」三月改翰林國史院司直司爲經歷司，置經歷、都事各一員。五月敕李孟博選中外才學之士任職翰林。十一月甲辰，行科舉。詔天下以皇慶三年八月，天下郡縣興其賢者、能者，充貢有司，次年二月，會試京師，中選者親試於廷，賜及第出身有差。帝謂侍臣曰：「朕所願者，安百姓以圖至治，然匪用儒士，何以致此。設科取士，庶幾得眞儒之用，而治道可興也。」〔註4〕

延祐元年（甲寅，1314）四月，帝以《資治通鑒》載前代興亡治亂，命集賢學士忽都魯都兒迷失及李孟擇其切要者譯寫以進。

延祐二年（乙卯，1315）三月乙卯，廷試進士，賜護都沓兒、張起岩等五十六人及第、出身有差。四月辛巳，賜進士恩榮宴於翰林院。辛丑，賜會試下第舉人七十以上從七流官致仕，六十以上府、州教授，餘並授山長、學正，後勿援例。〔註5〕

再次，注重國子學的建設，培養人才。

元成宗鐵木耳大德六年（壬寅，1302）五月，甲子，建文宣王廟於京師。大德七年（癸卯，1303）增蒙古國子生百員。大德八年（甲辰，1304）二月丙戌，增置國子生二百員，選宿衛大臣子孫充之。大德十年（丙午，1306）營國子學於文宣王廟西偏。大德十一年（丁未，1307）七月辛巳，加封至聖文宣王爲大成至聖文宣王。〔註6〕

元武宗海山至大二年（己酉，1309）五月，以大都隸儒籍者四十戶充文廟樂工。十一月丁未，擇衛士子弟充國子學生。至大四年（辛亥，1311）二月愛育黎拔力八達命中書平章李孟領國子監學，諭之曰：「學校人材所自出，卿等宜數詣國學課試諸生，勉其德業。」四月敕：「國子監師儒之職有才德者，不拘品級，雖布衣亦選用。」閏七月辛丑，命國子祭酒劉賡詣曲阜，以太牢祠孔子。己未，詔諭省臣曰：「國子學，世祖皇帝深所注意，如平章不忽木等皆蒙古人，而教以成才。朕今親定國子生額爲三百人，仍增陪堂生二十人，通一經者，以次補伴讀，著爲定式。」十二月乙未，命李孟整飭國子監學。〔註7〕

皇慶元年（壬子，1312）二月丁卯朔，徙大都路學所置周宣王石鼓於國

〔註4〕《元史》卷二十四《仁宗本紀》。
〔註5〕《元史》卷二十五《仁宗本紀》。
〔註6〕《元史》卷二十一《成宗本紀》。
〔註7〕《元史》卷二十三《武宗本紀》。

子監。皇慶二年（癸丑，1313）二月命張珪綱領國子學。六月辛未，以參知政事許思敬綱領國子學。甲申，建崇文閣於國子監。以宋儒周敦頤、程顥、顥弟頤、張載、邵雍、司馬光、朱熹、張栻、呂祖謙及故中書左丞許衡從祀孔子廟廷。〔註8〕

延祐元年（甲寅，1314）三月辛亥，命參知政事趙世延綱領國子學。四月立回回國子監。十二月己亥，敕中書省定議孔子五十三代孫當襲封衍聖公者以名聞。八月壬寅，增國子生百員，歲貢伴讀四員。〔註9〕

（二）董士選賓客

在朝廷重賢的背景下，許多官員也搜訪賢才。尤其是南下的北方官員。董士選就是一個重要人物。董士選（1253～1321），字舜卿，藁城人，董俊之孫，董文炳次子。從文炳伐宋，爲管軍總管，宋平，授前衛指揮使，改湖廣行院同僉，歷江浙、江西行省左丞，南臺中丞，入爲御史中丞，遷江浙行省右丞，升河南行省平章，改陝西。至治元年卒，年六十九。諡號忠宣。〔註10〕

元貞二年，董士選任江西行省左丞，大德元年（丁酉，1297），任江南行御史臺御史中丞。正是在這一期間，董士選與江南士人多有交往，並且將之招入幕府。主要有元明善、吳澄、虞集父子、范梈、傅與礪等人，這些人後來都成爲了大都文壇的重要人物。

元明善（1269～1322），字復初，大名清河人。弱冠遊吳中，有文名，薦充安豐、建康兩路學正，歷行樞密院院令史，時董士選掌管行樞密院事，敬之如賓客，不以下屬輕之。後董士選遷江西行省左丞，將元明善羅致至行省中，任江西行省掾。在劉貴起義一役中，安民有功，進登仕佐郎樞密院照磨，轉中書省左曹掾，被誣免職。僑居淮南，文學益肆。不久，官復原職。至大元年（戊申，1308），太子愛育黎拔力八達選天下髦俊之士，元明善居首，被任命爲承直郎太子文學。至大四年（辛亥，1311），愛育黎拔力八達登基，是爲仁宗，元明善遷翰林待制承直郎，兼國史院編修官，與修《成廟實錄》，加奉議大夫。是年，升翰林直學士，朝列大夫，知制誥同修國史。

元明善還與文天祥之子、集賢直學士文陞一同譯書，向仁宗進授三皇五

〔註8〕《元史》卷二十四《仁宗本紀》。
〔註9〕《元史》卷二十五《仁宗本紀》。
〔註10〕生平見吳澄《元榮祿大夫平章政事趙國董忠宣公神道碑》，《吳文正集》卷六十四。

帝儒家治國之道。皇慶元年（壬子，1312），修《武宗實錄》，二年，遷翰林侍讀學士，中奉大夫，預議科舉服色。延祐二年（乙卯，1315），元朝實行科舉，策試士子，元明善充考官廷對，又充讀卷官。後改禮部尚書，正孔氏宗法，以五十四世孫孔思晦襲封衍聖公。

遷翰林侍讀，出爲湖廣參政。英宗立，授翰林學士，至治二年卒，年五十四。諡號文敏。生平見馬祖常《翰林學士元文敏公神道碑》。〔註11〕

元明善正是在江西行省爲官時，結識了吳澄。元明善自幼聰穎，過目不忘，尤其精通《春秋》，擅長古文，頗爲恃才自傲，然而當他拜見吳澄，問《春秋》大意數十條，又受吳澄指點讀《近思錄》，深爲吳澄的學識所歎服，執弟子禮。也正是在元明善的引薦下，董士選前往豫章館塾拜見吳澄，董士選十分賞識吳澄。董士選入朝奏事，向不忽木推薦吳澄，然而因爲不忽木的去世，吳澄未能起用。大德五年，董士選任御史中丞，授吳澄爲應奉翰林文字，登仕郎，同知制誥，國史院編修官。待吳澄入都，則該職位已無空缺。大德八年，任命吳澄將仕郎，江西儒學副提舉。大德九年，待次家居。大德十年，始就官，居三月即免去。至大元年，以從仕郎國子監丞召。仁宗即位，進司業。〔註12〕

同時，董士選在黃敬則、元明善的推薦下，與虞汲、虞集父子亦有交往。〔註13〕大德元年，董士選任江南行御史臺御史中丞，虞集則已經是董士選的幕僚。〔註14〕

虞集（1272～1348），字伯生，號邵菴，撫州崇仁人。早年從吳澄遊，大德六年（1302）薦授大都路儒學教授，大德十一年，任國子助教，大德十二年，丁內艱。至大二年，再任國子助教，至大四年，授將仕郎國子博士，延祐元年除從仕郎太常博士，三年，奉詔西祀名山大川，四年，除承仕郎集賢修撰，考大都路鄉試，五年，被旨以集賢直學士召吳公伯清於家，六年，除翰林待制儒林郎兼國史院編修官。丁外艱，服除，以舊官召。生平見趙汸《邵

〔註11〕馬祖常《石田文集》卷十一。
〔註12〕虞集《故翰林學士資善大夫知制誥同修國史臨川先生吳公行狀》，《道園學古錄》卷四十四。危素撰《吳澄年譜》，《吳文正集》附錄，《四庫全書》本。
〔註13〕虞集《送太平文學黃敬則之官序》：「趙國董忠宣公之延敬先人，則君與清河元文敏公實啓之也，及忠宣還朝，先人即歸田舍。」《道園學古錄》卷三十三。
〔註14〕虞集《通議大夫僉河南江北等處行中書省事贈正議大夫吏部尚書上輕車都尉追封潁川郡侯諡文肅陳公神道碑》：「大德初董忠宣公士選自江西左丞拜江南行臺御史中丞，集以賓客從。」《道園學古錄》卷四十二。

菴先生虞公行狀》，〔註15〕歐陽玄《元故奎章閣侍書學士翰林侍講學士通奉大夫虞雍公神道碑》。〔註16〕

范梈也入於董士選館中。〔註17〕又有袁萬里，字慶遠，號果山，爲文天祥繼子、文璧之子文陞（文莊侯）賓客，至大四年（辛亥，1311）隨主人一同入京師。而文陞南祠海嶽不返，袁萬里改爲董士選賓客。其時董府中有元明善、吳澄、虞集、范梈等人，袁萬里受到諸人交相舉薦爲國子助教，後任衛教授。〔註18〕

文陞（1268～1313），字遜志，號學山，廬陵人，文璧次子，爲文天祥嗣子。文天祥在獄中曾與文陞書信：「吾死吾節矣，汝能世吾詩書，眞足後者」。文天祥就義後歸葬廬陵，文陞廬墓守孝。聽說文天祥妻子歐陽夫人猶流落北方，文陞遍尋海內，五年後訪得。不忽木曾將文陞延爲上客，並對他說：「予賢乃公，良願見子，吾請見子於朝」，意欲向朝廷舉薦，然而被文陞拒絕。歐陽夫人歸鄉二年，卒。

至大四年（辛亥，1311），仁宗即位，廣求賢才，文陞再次被舉薦，傳旨江西省臣禮遣乘傳入朝，上石本九經。授集賢學士，與元明善等人一同將儒家經典譯爲蒙古語，便於仁宗觀覽及蒙古人習讀。是年，文陞與其他集賢院臣一同上奏，請求建京師孔子廟碑，增國子員，免天下儒士徭役。皇慶元年（1312），文陞從幸上都。皇慶二年，代祀淮濟二瀆、中南二嶽及南海，六月二十五日，至贛，以疾卒，年四十六，諡號文莊。生平見元明善《集賢學士文君神道碑》。〔註19〕文陞與元明善的交情匪淺，故而其賓客袁萬里的入仕，應該與元明善有密切關係。

（三）北人南下：徐琰、閻復、盧摯、姚燧等北方士人的影響

吳澄《送盧廉使還朝爲翰林學士序》：「往年北行，徵中州文獻，東人往往稱李、徐、閻，眾推能文辭有風致者，曰姚、曰盧，而澄所識，惟閻、盧二公焉。」〔註20〕顧嗣立認爲李、徐、閻、姚、盧「蓋謂李謙受益、閻復子

〔註15〕《東山存稿》卷六。
〔註16〕《圭齋文集》卷九。
〔註17〕虞集《題范德機書》：「范先生與集同歲生又同在故平章董忠宣公館中」。傅與礪詩文集》附錄。揭傒斯《范先生詩序》，《文安集》卷八。
〔註18〕傅若金《故奉訓大夫臨江路總管府判官袁公行狀》，《傅與礪詩文集》卷十。
〔註19〕蘇天爵《元文類》卷六十五。
〔註20〕《吳文正集》卷二十五。

靖、徐琰子方、姚燧端父及疏齋也」。〔註21〕

李謙，字受益，前已涉及。

閻復，前已涉及。至元二十八年，首命爲浙西道肅政廉訪使。

徐琰，前已涉及。至元二十五年，以侍御中丞董文用薦，拜南臺中丞，建臺揚州。日與苟宗道、程文海，胡長孺諸人唱和，極一時之盛。二十八年，除江浙參政，三十一年，遷江南浙西肅政廉訪使。大德二年，召拜翰林學士承旨。

姚燧，字端甫，前已涉及。至元二十四年入爲翰林直學士，歷大司農丞、翰林學士，大德五年授江東廉訪使，九年遷江西參政，至大二年除翰林承旨，四年告病歸。

盧摯，字處道，前已涉及。大德初，授集賢學士，大中大夫，出持憲湖南，遷江東道廉訪使，復入爲翰林學士，遷承旨。

閻、徐、姚、盧等人，都曾有過在南方爲官的經歷，而他們與南方士人的交往，也促使了南北進一步的交融。同時，他們所任的風憲之職，同時還肩負著舉薦人才的重任。這就促使他們對南方文人造成了較大的影響。

戴表元《眾祭徐子方丞旨文》中稱讚徐琰道：「惟我徐公，天性清眞。聞一言之中於道，一材之適於用，則誇張贊詡，至自引其躬，以爲如不可及，雖草茅側陋，江海阻絕，內不度己之嫌疑，外不顧人之願欲，而必將使之處屈而能伸。位近三臺，仕逾五紀，衣冠之所楷則，中外之所警策，而謙容雅度，言笑恂恂，闊之大川喬嶽，有來必容，無門不納，人益見其浩蕩而嶙峋。」〔註22〕

> 鄭元祐《送周煉師序》：「國朝名公卿如胡紫山、雷若齋、閻子靜、
> 徐子方諸公，相後先以人望秉憲節，戾止吳下，往從尊師聽琴賦詩，
> 日必載殽核、具酒茗、燕談尊俎間以共適。方是時，吳之文獻故家
> 尚多存者，巍冠大帶，稽今考史，而尊師以方外老宿，從容其間。
> 至今倡和之卷軸、往來之篇翰雖更遺落，而觀之道流尚能藏之，多
> 不下十數百首。向年某嘗陪中丞曹文貞及曹尚書克明、郭運使子昭，
> 避暑觀之廡下，皆相予伏讀，而乃復捊卷歎息。」〔註23〕

文中除了閻復、徐琰，還有胡祗遹、雷膺。胡祗遹，曾任江南浙西按察使。

〔註21〕顧嗣立《元詩選·三集》小傳。

〔註22〕戴表元《剡源文集》卷二十三。

〔註23〕鄭元祐《僑吳集》卷八。

雷膺，至元二十一年除南臺侍御史，遷浙西按察使，不久致仕，二十九年起爲集賢學士。

二、嶄露頭角：虞集在大都的文學活動

（一）遊長春宮分韻賦詩

虞集於大德四年（1300）跟隨董士選進京述職，也是在董士選的舉薦之下，於大德六年（1302）出任大都路儒學教授，踏入大都文壇。此前，大都已經成爲一個文化中心，各地的人才紛至沓來，造就了當時文壇的興盛，虞集一進入，他的才華便受到當時文壇名宿如姚燧、程文海、趙孟頫等的欣賞，立刻被時人寄寓了厚望。「俄入朝，公始來京師。方海內承平，中朝無事，四方名勝萃焉，爲文章相尚以雄嚴新奇，不必盡合於古，柳城姚公在翰林，廣平程公、吳興趙公繼之，與公言，俱大悅，即以異日斯文之柄歸之。」〔註24〕

大德八年（1304），虞集、周天鳳、袁桷、貢奎、曾德裕、劉光遊長春宮，賦詩紀遊。虞集《遊長春宮詩序》：「國朝初作大都於燕京北東，大遷民實之，燕城廢，惟浮屠老子之宮得不毀，亦其侈麗瑰偉，有足以憑依而自久，是故迨今二十餘年。京師民物日以阜繁，而歲時遊觀，尤以故城爲盛，獨所謂長春宮者，壓城西北隅，幽迥亢爽，遊者或未必窮其趣，而幽人奇士樂於臨眺，往往得意乎其間。大德八年春，集與豫章周儀之、四明袁伯長、宣城貢仲章、廣信劉自謙、廬陵曾益初，始得登於其宮之閣而觀之。神京雄據之勢，了然几席之間，於是古昔之疆理，近代之興廢，因得指而論之，信可謂奇觀者矣。嗟夫！遠蹈幽險者，無與乎宏達之觀，近爲世用者，何有於閒曠之適。今吾六人者，幸生明時，以得從事於斯也，然而簡書責任之所不及，乃得以其深懷遠志，一肆夫登臨覽觀之勝，豈非天與？古之能賦者，其有哀樂虧成，必託歌詩以見志，茲獨不可相與諷詠，以待夫後之知者耶？況乎人生出處，聚散不可常也，邂逅一日之樂，固有足惜者矣，豈獨感慨於陳迹而已哉？乃以『蓬萊山在何處』爲韻，以齒敘而賦之，得古詩六首，別因仲章所賦倡和，又得律詩十有三首，萃爲一卷，謹敘而藏之。」〔註25〕

周天鳳（1264～1329），字儀之，武寧人。正議大夫饒州路總管周天驥之弟，五歲能誦，十歲能文，通《春秋》大義，十五爲吉州路太和縣主簿能官，

〔註24〕趙汸《邵庵先生虞公行狀》，《東山存稿》卷六。
〔註25〕虞集《道園學古錄》卷五。

從盧陵鄉先生聶淳吉甫講學。至元十三年，周天驥降元，周天鳳隨兄北上大都入覲，授撫州路金溪縣主簿，未上，行大司農燕公楠舉薦，授管勾架閣，改袁州路分宜縣丞，時年二十三。及代，燕公南任命周天鳳爲湖廣右丞掾，燕公楠去世後，左丞李世安留任。後任命周天鳳爲撫州路平準行用庫提領，李世安向朝廷推薦周天鳳爲省檢校，京師諸公交章推舉，然而吏議持已除，必不可改。後授邵武路光澤縣尹、建寧路建陽縣尹，選泉州路推官，累官至奉議大夫，天曆二年卒，年六十六。〔註26〕周天鳳經學才華，時務典故，爲人溫潤風流，大臣交相舉薦，然而一直沉淪吏職，老猶官五品，令士大夫們唏噓不已。〔註27〕周天鳳與劉辰翁、范梈、貢奎、袁桷等都有交往。

劉光（1275～1326），字自謙，上饒人。任南雄路儒學正，既滿，遊姚燧之門，敕授瓊州安撫司儒學教授，待次辟中書省斷事官屬吏。扈蹕上京，分按諸郡。後任職海瓊州，掾江西行省數月，不合不留，選授將仕郎，寶慶路總管府知事，未赴，徵補集賢掾史，繼升徵事郎翰林國史院編修官，凡所撰述辭采蔚然可觀。泰定三年七月卒，年五十二。〔註28〕

曾德裕（1273～），字益初。以蔭補靜江務使而不就，以薦補，常調某官，亦不就。後遊大都，與諸公貴人、名王貴戚、近臣往來密切。後遊上都，與近臣言談相投，被舉薦。武宗至大三年自書生超拜翰林直學士，任尙書省考功一職。至大四年（1311），尙書省罷，政歸中書，考功隨罷，曾德裕歸盧陵，時年三十有九。後若干年而卒。〔註29〕

六人作詩，袁桷、虞集、貢奎三人因收入文集得以流傳，其餘三人則未見。

> 袁桷《遊長春宮分韻得萊字》：「珠宮敞殊界，積構中天台。神清歷倒景，青紅隱蓬萊。群山助其雄，袞袞從西來。八荒昔禹甸，爲此增崔嵬。舊邑環蟻垤，清泉覆流杯。雲低落日淨，莽蒼同飛埃。緬懷古仙伯，採芝雪毰毸。長春豈酒國，殺氣爲之回。天風起高寒，玉佩聲徘徊。空餘水中輪，歷錄環春雷。之人去已久，松聲有餘哀。」〔註30〕

〔註26〕生平見劉岳申《元故奉議大夫泉州路總管府推官周君墓誌銘》，《申齋文集》卷十一。

〔註27〕虞集《跋陳仲信行卷》，《道園學古錄》卷十。劉岳申《祭周儀之文》，《申齋文集》卷十二。

〔註28〕生平見吳澄《有元徵事郎翰林編修劉君墓誌銘》，《吳文正集》卷七十七。

〔註29〕劉岳申《翰林學士曾益初哀辭》，《申齋文集》卷十二。虞集《翰林直學士曾君小軒集序》，《道園學古錄》卷三。

〔註30〕袁桷《清容居士集》卷三。

袁桷詩描繪了長春宮的環境，登上巍峨的長春宮殿，放眼眺望，只見綿延起伏的群山，頓時憑添了幾份雄偉的氣勢。周圍是廣袤的大地，更顯得所在的宮殿高大崔嵬。金中都殘留的城牆蜿蜒而去，遠遠望去，彷彿蟻垤；昔日的護城河看上去猶如溪流。此時已是傍晚，暮雲合璧，天際蒼茫。雲層在夕陽的照射下，顯出各種奇幻的形狀，令人不由得想到僊人出沒，那些飄動的浮雲，像是他們的羽翼在天空中舒展。突然間，寒風蕭瑟，隱隱約約能夠聽見僊人身上玉佩叮咚。雲層越來越厚，天色越來越黯淡，只剩下一個微薄的太陽的影子，間雜著似是而非的春雷。僊人已經離去，只有松聲陣陣，好似緬懷的哀歡。一個「哀」字，奠定了全詩的基調，袁桷運用大量筆墨描繪美景，但最終留下的卻是一絲悵惘與遺憾。

> 貢奎《長春宮同伯長德生儀之分韻得山字》：「古道陰樹色，橫槎度溪環。上方鬱樓觀，崢嶸俯塵寰。兩兩白玉童，客來啓重關。似非勝者流，此日詎可攀。攬衣空中云，柱笏城西山。烈風忽晝起，薄霽天已慳。拂石坐寒寂，垂綆汲清灣。悠然時自得，一笑開我顏。玄鶴亦交唳，乘虛動清鞾。安得與之化，千年卻當還。」〔註31〕

此詩則採用移步換景的手法描摹長春宮景色，走過一條林蔭道，宮殿被溪流環繞，樓臺崢嶸峻拔，一路登樓，沿途都有道童開門迎客。高樓之上，視野開闊，豁然開朗，自己好像騰雲駕霧，瞬間登上了山頂一般。一陣寒風吹過，天色陰暗。這瞬息變幻的光景，彷彿時光飛馳，頓生超凡脫俗、遠離塵世之感。自己也猶如僊人野老，盡享山林悠然之樂。耳邊似乎能夠聽見仙鶴的鳴叫，幻想自己如何能夠跨鶴成仙，穿梭千年。

相較於袁桷難以挽留僊人的「哀思」，貢奎顯得更加超脫，「一笑開我顏」，他已經將自己融入仙境之中。

> 虞集《遊長春宮詩分韻得在字》：「神宮古城端，千里見畿內。幽關挾北戶，連嶂鎖西黛。南樹蕩何極，東溟渺無礙。中天積紫翠，雲氣常靉靆。孰云萬有瞋，攬括固茲在。奇懷得縱觀，指顧生百慨。天風正浩蕩，春物尚茫昧。翻愁目力短，奕奕飛鳥背。永感神禹迹，願託穆王載。僊人騎黃鵠，一往不復徠。忽然會予心，雲中贈雙佩。」〔註32〕

〔註31〕貢奎《雲林集》卷一。
〔註32〕虞集《道園遺稿》卷一。

虞集的描繪，與袁桷的角度大體相同，固定視點，向四周伸展，但更爲寫實。長春宮地處京畿，在金故都一角，從這裡就能眺望北邊的京城，西山猶如一座屏障環護在西邊。南方是郁郁蔥蔥的樹木，東邊則一望無垠。長春宮因爲樓高，顯得云霧繚繞。眼前美景，令人深感造物之玄妙，不由心生感慨。此時是春天，一切都處於懵懂生長之中。目光追隨著天邊的飛鳥，卻無法看清楚，它是否載著僊人而來。儘管僊人騎鶴歸去，但他仍舊能夠感受到自己的仰慕之情，從雲中傳來環佩之聲，那是僊人的贈予。

這三首詩同是寫長春宮景色，然而三人的著筆各有不同，袁桷的「哀」，貢奎的「笑」，虞集的「慨」，體現了各自不同的內心體驗。虞集序文中稱：「古之能賦者，其有哀樂虧成，必託歌詩以見志，茲獨不可相與諷詠，以待夫後之知者耶？況乎人生出處，聚散不可常也，邂逅一日之樂，固有足惜者矣，豈獨感慨於陳迹而已哉？」所謂登高言志，相較於袁桷的哀挽與貢奎的超脫，虞集「忽然會予心，雲中贈雙佩」則是自信能獲得僊人青睞的體現。

（二）國子監賞梨花

至大三年（庚戌，1310）仲春，大成殿登歌樂成，虞集時任國子監助教。恰逢國子監後院梨花盛開，司業先生率國子監官員賞花，琴歌相伴，酌酒唱和，並結集爲卷。

> 虞集曾作序：「至大庚戌之仲春，大成殿登歌樂成，時雨適至，我司業先生樂雅樂之復古，顧甘澤之及時，於是乎賦喜雨之詩。推本歸功於成均之和，乃三月辛巳，國子監後圃梨花盛開，先生率僚吏席林臺之上，尊有醴，盤有蔬，肴羞雜陳，勸酬交錯。飲且半，命能琴者作古操一闋，禽鳥翔舞，雲風低回。先生於是歌木蘭之引，以寓斯文之至樂，而泳聖澤之無窮也。明日，僚友酌酒而廣之，又明日，諸生之長酌酒而廣之，氣和辭暢，洋洋乎盛哉。虞某起言曰：『古之教者必以樂，故感其心也深，而成其德也易。命大夫者猶與之登高賦詩，而觀其能否。茲事不聞久矣，今吾師友僚佐乃得以講誦之暇，從容詠歌，庶幾乎樂而不淫者，亦成均之義也。』命弟子緝錄爲卷，以貽諸好事可覽觀焉。謹序。」〔註33〕

此文作於至大三年（庚戌，1310）三月，是虞集任國子助教時期。當時大成

〔註33〕虞集《國子監後圃賞梨花樂府序》，《道園學古錄》卷六。

殿新賜登歌樂，由於樂師世居江南，而所選樂生都是河北農民，雙方溝通不暢，登歌樂的排練進行不順。虞集則親自教導樂工，終於使得登歌樂成。

至大元年，吳澄任從仕郎國子監丞，朝命行省敦遣，至大二年六月到官。至大四年，武宗去世，仁宗即位，吳澄升任國子司業。〔註34〕侍御史劉賡任集賢大學士、國子祭酒。皇慶元年正月，吳澄因為被人指責偏重陸學而辭官歸鄉。〔註35〕而此次的賞梨花雅會，吳澄剛好在國子學任官期間，亦得以參與其中。

虞集序中有：「時雨適至，我司業先生樂雅樂之復古，顧甘澤之及時，於是乎賦喜雨之詩」，「先生於是歌木蘭之引」，「明日僚友酌酒而賡之，又明日，諸生之長酌酒而賡之」，則關於「喜雨」與「木蘭之引」的歌詠，則是唱和的主題。按「引」為樂曲體裁之一，有序奏之意，在宋元戲曲演唱時，為第一支曲子的泛稱，虞集此文名為「樂府」序，則可知此次賦詩，是和音樂相伴。

> 吳澄集中有《次韻楊司業喜雨》一詩：「好雨冥冥濕軟塵，雪花豔豔
> 更同雲。蘇醒地肺萎枯脈，點綴天涯浩蕩春。九奏召和符氣數，六
> 龍在御慶華勳。帝功不有歸玄造，玄造無言迹已陳。」〔註36〕

由「蘇醒地肺萎枯脈，點綴天涯浩蕩春」可知，此詩當作於春季，好雨知時而發，而「雪花豔豔更同雲」在此處則很容易理解了，即梨花潔白如雪、濃密如雲。

所謂「九奏」，典出《書·益稷》：「《蕭韶》九成，鳳凰來儀」孔傳：「備樂九奏而致鳳凰」孔穎達疏：「成，謂樂曲成也。鄭云：『成，猶終也。每曲一終，必變更奏。』故經言九成，傳言九奏，《周禮》謂之九變，其實一也。」指古代行禮奏樂九曲。

「六龍在御」當出《易·乾》，《象》曰：「大哉乾元，萬物資始，乃統天。雲行雨施，品物流行。大明終始，六位時成，時乘六龍以御天。乾道變化，

〔註34〕關於吳澄任國子司業的時間，《元史》卷八十一記載不一致：「至大三年，復召吳澄拜國子司業，以病還。」當以《行狀》為準，又吳澄《題人瑞堂記後》：「皇上踐位之初，翰林學士承旨劉公為國子祭酒，蓋以望實選，不以品秩論。澄由國子監丞任司業，朝夕事公。公為官長，又年長，恂恂焉視予猶弟也。時公年六十有五。」《吳文正集》卷五十九可相映證。

〔註35〕吳澄《送廉充赴浙西照磨序》：「皇慶元年春正月，國子司業吳澄以疾去官，就醫於江南。」《吳文正集》卷三十四。虞集《故翰林學士資善大夫知制誥同修國史臨川先生吳公行狀》，《道園學古錄》卷四十四。

〔註36〕吳澄《吳文正集》卷九十五。

各正性命，保合太和，乃利貞。首出庶物，萬國咸寧。」以此指代「雲行雨施」，由下雨這種自然現象生發至治國安民的政治行為，「元亨利貞」，國泰民安。而元朝的年號，即出自「大哉乾元」。

「華勳」語出《書‧堯典》：「曰若稽古帝堯，曰放勳。」又《舜典》：「曰若稽古帝舜，曰重華。」後因以此為堯與舜的並稱。而此句當是以堯舜比元帝。

「玄造」即皇恩天德之意。

此詩首聯寫景，頷聯寓情於景，而頸聯尾聯則以象徵手法，以九奏禮樂比雨聲叮咚，以氣數比時節，以皇恩浩蕩比春雨潤物，「玄造無言迹已陳」則暗合「潤物細無聲」之意。

吳澄對元朝統治的讚美之辭溢於言表。九奏，又可聯想到大成殿登歌樂成，代表著傳統禮樂文化逐漸為元廷所重視，身為儒生，身為國子監學官，又如何不歡欣鼓舞。

> 吳澄又有《木蘭花慢和楊司業梨花》詞四首：「是誰家庭院，寒食後，好花稠。況牆外秋韆，晝喧鳳管，夜燦星球。蕭然獨醒騷客，只江籬汀若當肴羞。冰玉相看一笑，今年三月皇州。底須歌舞最高樓。興味盡悠悠。有白雪精神，春風顏貌，絕世英遊。從教對花無酒，這雙眉、應不惹閒愁。那更關西夫子，許來同醉香篘。」
>
> 《再用韻》：「正群芳開遍，花簇簇，藥稠稠。看豔杏夭桃，蒸霞作椮，輥繡成球。天然素肌仙質，對穠妝豔飾似含羞。癡絕京華倦客，貪春忘卻南州。似傳聞天上玉為樓，此事付悠悠。且白晝風前，黃昏月下，爛熳同遊。神凝藐姑冰雪，又何須一醉解千愁。自有壺中勝賞，釀來玉液新篘。」
>
> 《三用韻》：「好風流詩老，雙鬢上，雪霜稠。憶少壯歡娛，呼鷹逐兔，走馬飛球。春風斷腸柔唱，拚千金一笑破嬌羞。此日花時意氣，當年夢裏揚州。對客床百尺臥危樓，往事總悠悠。把湖海人豪，消磨變換，洙泗天遊。應知裂麻司業，為前時諫舌頗多愁。去今卻堪痛飲，甕頭有酒頻篘。」
>
> 《四用韻》：「看風花煙柳，濃又淡，少還稠。有小巧微蟲，垂天布網，轉地搏球。沖融一般春意，只啼鶯語燕向人羞。收取塵間樂事，都歸杓裏舒州。下綺筵珍饌醉青樓，光景信悠悠。奈蝸隊蝦群，空

中聚散，水上浮游。誰知太和真趣，本無愁何用更澆愁。問字頻來
未已，漉巾不要親篘。」〔註37〕

喜雨詩與梨花詩同時和楊司業韻而作，則此「楊司業」或為虞集文中賞梨花
的發起者。

四首詞中，不同於喜雨詩中的頌德，而是有更多的個人情緒。

三月皇城，春意初萌，梨花錦簇。沉寂了一個冬天，世界突然變得喧囂
熱鬧，大家都興致勃勃，賞春玩鬧。儘管「有白雪精神，春風顏貌，絕世英
遊」，風景、時節、遊伴都是最好的，但是內心卻感覺到孤寂，「蕭然獨醒騷
客，只江蘺汀若當含羞」。

梨花以素白在群芳中顯得出塵脫俗，正如南人在北方顯得孤傲不群。身
居都城，往往格外疲倦，卻遲遲不肯歸去，只因貪戀繁華。眼前梨花，猶如
仙境，彷彿姑射山上的僊人，冰肌玉骨，令人樂而忘憂。

春光美好卻短暫，不得不令人悵歎。梨花之白，令人聯想起鬢髮斑斑。
不由得憶及少年時節意氣風發、風流倜儻、歡樂過往，然而如今卻只剩下對
前途的迷茫，「把湖海人豪，消磨變換，洙泗天遊」。洙泗為春秋時屬魯國地。
孔子在洙泗之間聚徒講學。《禮記・檀弓上》：「吾與女事夫子於洙泗之間。」
後因以「洙泗」代稱孔子及儒家。似乎吳澄北上任職國子學，並未給他帶來
穩定與歸屬感，反而因為不斷的徵召與拒絕，令他對孔子當年奔走諸國、累
累若喪家之犬的疲憊與無奈感同身受。而少年時代，自以為能成就一番事業
的干雲壯志，也不知不覺間在現實的壓迫與往復的奔走間，被逐漸消磨。

吳澄也逐漸看清了人生，在綺麗風景之後，是蟲網密佈，都不過是微不
足道地活著，真正懂得欣賞春光的又有幾人呢。「奈蜗隊蝦群，空中聚散，水
上浮游」，世界本是為庸人設計，大多數人都是為生計忙碌，而自己也不必太
固執，但求超脫。一旦內心平和，也就不用借酒澆愁。「收取塵間樂事，都歸
杓裏舒州」，杜牧有詩云：「同來不得同歸去，故國逢春一寂寥」，人生不過如
此而已，越到春天，反而越覺孤寂。

四首詞都運用了反襯手法，將春日的熱鬧與人生的寂寥、桃杏的妖冶與
梨花的素潔、少年的歡娛與老年的頹廢、花柳的繁茂與蟲網的密集形成對比
意象，越是鮮豔明媚，越襯托出內心的淒涼無奈。

數月後，吳澄捨官歸鄉。

〔註37〕吳澄《吳文正集》卷一百。

（三）意義所在

虞集對此次的梨花活動，頗為推崇：「古之教者必以樂，故感其心也深，而成其德也易。命大夫者猶與之登高賦詩，而觀其能否。茲事不聞久矣，今吾師友僚佐乃得以講誦之暇，從容詠歌，庶幾乎樂而不淫者，亦成均之義也。」

他認為此次賞梨花活動是聖人之教的延伸將之比擬古士大夫「登高而賦」，「亦成均之義」。「登高而賦，可以為大夫」語出《毛傳》：「不歌而誦，謂之賦；登高能賦，可以為大夫。言感物造端，材知深美。」指人因外物的感發，而有所創作，表明其內在所蘊藏的才華與智慧，因而可以作為大夫。這種有感而發的能力亦被看作是考覈人才的標準之一。虞集所稱的，正是在雅集遊樂的過程中，通過賞花作詩倡和，所達到的一種教育手段。

令虞集頗為感慨的是，「茲事不聞久矣」。元朝入主中原，國子學自許衡主持至今，也歷數十年，但始終未能形成規模與氣候。更不用說師生同樂，登高賦詩。此次賞梨花，賡和唱酬，是在大成殿登歌樂成之後。一時間，令眾人都感受到「成均之和」，國子學呈現出一派欣欣向榮的生氣。

然而，好景不長。皇慶元年，吳澄歸鄉，不久虞集也免職，鄧文原被授予國子司業，很快棄官。虞集在《送李擴序》一文中對這一時期國子學人事變動頻繁有所記錄：「先生雖歸，祭酒劉公以端重正大臨其上，監丞齊君嚴條約以身先之，故僕得以致其力焉。未幾，二公有他除。近臣以先生薦於上，而議者曰：『吳幼清陸氏之學也，非朱子之學也，不合於許氏之學，不得為國子師。是將率天下而為陸子靜矣。』遂罷其事。嗚呼！陸子豈易言哉。彼又安知朱、陸異同之所以然？直妄言以欺世拒人耳。是時，僕亦孤立不可留，未數月，移病自免去。鄧文原善之以司業召至，會科詔行，善之請改學法，其言曰：『今皇上責成成均至切也，而因循度日，不惟疲庸者無所勸，而英俊者摧敗無以見成效。』議不合，亦投劾去。於是紛然言吳先生不可，鄧司業去而投劾為矯激，而僕之謗尤甚。悲哉！」〔註38〕

吳澄的離職，表面上是因為朱學與陸學之爭。然而在虞集看來，這不過是一個藉口罷了。歸根到底，在當時南人還是受排擠。孫克寬先生指出「明為朱陸異同之爭，實則是南北儒生的傾軋。」〔註39〕

〔註38〕虞集《送李擴序》，《道園學古錄》，卷五。
〔註39〕孫克寬《元代漢文化之活動》，臺灣中華書局印行，1968 年，第 194 頁。

三、小　結

虞集之所以能夠在大都迅速站穩腳跟，有多方面的因素：

首先，在董士選的大力提拔下，虞集得以與朝廷名宦重臣往來。

早在江西，董士選就曾慕名結識當地名士吳澄、虞汲，師與父的推薦，使得董士選對虞集亦青眼有加。「初槀城董忠宣公以左丞相鎮江右，延參政與吳公而賓禮之，因以知公之賢，及拜行臺中丞，請於參政，以公俱行，命其子受學焉。」

到了京城之後，在朝為官的執政大臣如不忽木、唐仁祖，更是因為董士選的緣故，對虞集頗為器重，「時元老大臣為中書魯國文貞公、翰林承旨唐公，多國初侍從舊人，因董氏識公者，輒見親厚，於先代文獻有所徵焉。公亦得以盡知國家之舊典，西北之遺事。臺臣言公材堪御史，雖不果擢用，而公名高一時矣。」〔註40〕

唐仁祖（1249～1301），字壽卿，一作靜卿，號樂山，畏吾兒人。寓蜀，祖曰唐古直，子孫因以唐為姓。至元十八年授翰林直學士，累遷工部尚書，二十八年除翰林承旨，改將作院使，大德五年再拜翰林承旨，是年卒，年五十三，諡號文貞。〔註41〕

不忽木、唐仁祖不僅是朝廷重臣，「多國初侍從舊人」，同時也是色目人，一為康里部大人，一為畏吾人，虞集與他們的交往，得以「盡知國家之舊典，西北之遺事」，而這也使得虞集這個南人在初入大都不久便堪任御史之材，一時聲名鵲起。

其次，董士選諸多賓客，或是先後在朝廷為官，或是在大都文壇佔據重要地位，形成了一個群體，交相輝映。如前文中提及的元明善、吳澄、范梈、傅與礪等人，他們在一起往往會切磋文藝，互相砥礪。「涿郡盧公處道、清河元公復初，素相善，有所述作，輒即公論定。元公嘗謂公曰：『子文無雷霆之震驚，無鬼神之靈變，將何以稱於世乎？』公謝曰：『誠不能也。』後元公卒以公所為為善業觚翰者稍為改弦易調矣。」〔註42〕

由此能看出虞集為文的風格，即於無聲處聽驚雷，和世人尤其是元明善所推崇的「雷霆之震驚」「鬼神之靈變」的文風迥然不同，一改時風。也正因

〔註40〕趙汸《邵庵先生虞公行狀》，《東山存稿》卷六。
〔註41〕《元史》卷一百三十四《唐仁祖傳》，第3253～3254頁。
〔註42〕趙汸《邵庵先生虞公行狀》，《東山存稿》卷六。

爲如此，眾人才以未來的文壇主盟相期許。

第三，任職國子學，令虞集得以充分發揮才能，並爲其仕途奠定基礎。

元朝國子學在世祖時代、許衡執掌期間逐漸走向正規，到了武宗成宗時期，得到重視並進一步擴大規模，不僅蒙古、色目、漢人生源數量增加，在等級與人才選撥方面，也更加制度化，製定了國子學貢試之法。

> 「成宗大德十年春二月，增生員廩膳，通前三十員爲六十員；武宗
> 至大二年，定伴讀員四十人，以在籍上名生員學問優長者補之。」
> 「成宗大德八年冬十二月，始定國子生蒙古、色目、漢人三歲各貢
> 一人，十年冬閏十月，國子學定蒙古、色目、漢人生員二百人，三
> 年各貢二人。武宗至大四年秋閏七月，定生員額二百人，冬十二月
> 復立國子學試貢法，蒙古授官六品，色目正七品，漢人從七品，試
> 蒙古生之法宜從寬，色目生宜稍加密，漢人生則全科場之制。仁宗
> 延祐二年秋八月，增置生員百人，陪堂生二十人，用集賢學士趙孟
> 頫、禮部尚書元明善等所議國子學貢試之法更定之。」〔註43〕

由此可見，元朝統治者越來越重視國子生的培養，而國子生本來是貴冑弟子聚集場所，也逐漸成爲元朝政府官員的後備力量。虞集初入大都，居大都路儒學教授之職，後任國子助教，成爲大都精英學子的老師。虞集學術造詣深厚，能夠因材施教，從學者眾多。《行狀》載：「成均之士數百人，多宗戚子弟，施教者每不安厥職。公爲助教，即以師道自任，中國學之成法以嚴正大之規，本聖賢之遺書以發精微之蘊，明事理之非二，通雅俗於性情，修辭者陳義必精，辨惑者無微不顯，學者資質不齊，俱獲其益。有志者，待公之退，多挾策趨門下，以卒其業。他館之士，靡然宗尙，多相率詣館下請益，爲之師者，一無間言。」

虞集受到京師學子的尊重與仰慕，也進一步奠定了他在大都文化圈的地位。

第二節　下層文人

一、世冑高位：元代前期銓選制度及對文人的影響

（一）元代前期的銓選制度

〔註43〕《元史》卷八十一。

在中國封建王朝，文人的較好出路就是做官。自從科舉制度產生以後，文人們更是希圖通過考試這種相對公平的選拔方式登上仕途。然而在元代，科舉一度中斷，直至延祐二年（1315）得以恢復。在科舉之前，做官的路徑自有其特點，「仕進有多歧，銓衡無定制」，〔註44〕總而言之，銓選制度主要有怯薛、學官、吏員、蔭敘、舉薦、國學貢舉等。

1、怯薛入仕

怯薛，又稱「宿衛」，指蒙古和元朝的禁衛軍。起源於草原部落貴族親兵，帶有濃厚的父權制色彩，忽必烈時期逐漸發展成為封建制的宮廷軍事官僚集團，為元代官僚階層的核心部分。〔註45〕蕭啟慶《元代的宿衛制度》一文中指出，「怯薛在蒙古帝國的政治組織中，佔有核心地位。它不僅是皇家的衛隊、家務機構和帝國的中央軍，也是主要的中央行政機構，此外又兼具質子營和軍官學校的性質。」〔註46〕

怯薛一般是世襲，「朝廷一切侍從、宿衛、怯薛丹等官員多係功臣子孫」，蕭啟慶據此指出，「這些『功臣子孫』大體仍以質子——禿魯花——的方式入充怯薛歹。」〔註47〕

其任免是由皇帝說了算，中書省不過是奉皇帝的詔令罷了。宿衛入仕主要是被蒙古、色目勳舊大臣、世襲貴族所把持，其他人望塵莫及，故當時姚燧曾稱「由宿衛者，言出中禁，中書奉行制敕而已。十之一。」〔註48〕

儘管在忽必烈時代，怯薛的行政職能由於政府的建立而有所衰退，主要從事單純的宮廷服務和宿衛的本職工作，但在內廷仍然能夠參與御前奏議決策、挾制宰相、甚至干預皇權。〔註49〕但怯薛作為皇帝的親信，更多的是被看做家奴，在君臣關係方面，不能不說是一種退步。

以董文忠為例。他是河北真定藁城董氏家族成員，為忽必烈潛邸舊臣，二十二歲就入侍內廷，一直深得忽必烈信任，昵稱其為董八。

〔註44〕《元史》卷八十一《選舉志》一，第2016頁。
〔註45〕《中國大百科全書·中國歷史·元史》，中國大百科全書出版社，1985年，第78、79頁。
〔註46〕蕭啟慶《元代的宿衛制度》，《內北國而外中國》，中華書局，2007年，第252頁。
〔註47〕蕭啟慶《元代的宿衛制度》，《內北國而外中國》，中華書局，2007年，第235頁。
〔註48〕姚燧《送李茂卿序》，《牧庵集》卷四，清武英殿聚珍版叢書本。
〔註49〕李治安《元代政治制度研究》，人民出版社，2003年，第58頁。

　　董文忠曾學習過儒家文化，並以其怯薛的身份保護、維繫儒家文化。王鶚曾詢問他是否精通詩教，他說「臣少讀書，惟知人則竭力以事父母，出則致身事君而已，詩非所學」。至元二年，右丞相安童領中書省，因爲建言惹怒了忽必烈，董文忠從中調和。至元八年，徒單公履想要恢復貢舉，以佛家的教宗與禪宗的區別，來比擬儒家的科舉與道學。然而這一言論引起了忽必烈對儒學的不滿，令姚樞、許衡與一左相庭辯，董文忠從中斡旋。忽必烈問董文忠日誦《四書》，是否也是道學一派，董文忠回答道：「陛下每言士不治經，究心孔孟而爲賦詩，何關修身，何益爲國，由是海內之士稍知從事實學。臣今所誦皆孔孟言，烏知所謂道學哉，而俗儒守亡國餘習，求售己能，欲錮其說，恐非陛下上建皇極、外修人紀之賴也。」這場爭論才就此罷休，而董文忠亦被贊作「羽翼斯文」。從中可以看出，舊金文人沿襲金朝學風，重視詞賦科舉，輕視道學，從而挑起兩派之爭，而董文忠卻是偏向於經義，而不重詞賦。亦可見，董文忠在儒士與忽必烈之間起到了溝通的作用。

　　董文忠實際的工作卻是管理忽必烈的日常所需，「凡乘輿、衣服、鞶帶、藥餌，大小無慮數百十橐，靡不司之，中夜有需，不須燭索可立至」。他在忽必烈眼中是家奴的身份。

　　樞密院曾向忽必烈稟告軍務，忽必烈由於腳疾躺著發號施令，董文忠「在御榻，伏枕而跽，比終奏，日已移晷，屏氣肅肅，曾不流盼」，樞密院臣因此感慨道：「始吾以公居中而逸，烏知其勞如是，在他人不可一日強志勉力爲者，何可幾及！何可幾及！」

　　又董文忠曾經夜直內廷，有妃子一同侍奉忽必烈，忽必烈叫董文忠，董文忠熟睡不應，忽必烈命妃子將他踢醒，妃子不敢上前，忽必烈則罵道：「董八誠愛之專，敬慎之至，事朕逾父，汝以妾母蹴之，何嫌而爲是拘拘？」爲董文忠作碑傳的姚燧感慨道：「其感孚聖心，得是見與。有舉一世、億萬維人所未能者。」當眞是人間極品。〔註50〕

　　怯薛是諸多入仕途徑中最講求出身的，然而他們不過是服侍忽必烈左右的家奴；又由此可見元朝儒士的眞實地位，尚不如一個隨侍左右的宿衛。

　　2、學官入仕

　　學官，主要是主管學校教育的官員。主要包括中央國子監國子祭酒、監

〔註50〕姚燧《董文忠神道碑》，《牧庵集》卷十五。

祭酒、司業、監丞、國子學博士、助教、學正、學錄等官員。〔註51〕地方學官則指「任職於各級地方行政職能部門，專司儒學管理的行政官員，包括大都及各行省的儒學提舉、副提舉等；二是在路、府、州縣官學中主持教學日常事務學官」，包括教授、學正、學錄、教諭。〔註52〕

在《廟學典禮》中有「學官格例」規定了學官的選拔制度：前進士人員，由本路學校公眾推舉士行修潔、堪充教授的人，申報自己的年齡、籍貫、學歷、仕宦經歷等，由本路總管府上報；非前進士人員，若有學問該博、年高德勳、爲眾所推、堪充教授的人，以上述程式，但必須經過考試，由各道提學同本道按察司文資正官一同出題，當面考覈其所學經賦各一本，全篇考校文理優長，中程式的人，可以作爲候選上報。〔註53〕此外，還可以由學正等下級學官升補教授。〔註54〕

然而，學官入仕之路，漫長無比，「學官系統的陞遷十分困難」，「儒士出任學官，欲借學官之途陞轉，也極爲困難」。〔註55〕是以姚燧描述當時由儒入仕時說：「校官及品者，提舉、教授，出中書；未及者，則正錄而下，出行省宣慰。十分一之半。」〔註56〕

3、由吏入仕

吏，是指封建社會官府中有定額、有俸祿，在官的指令下，具體承辦官府公務的最低級成員。〔註57〕有學者將元代的衙門事務和吏制中起到重要作用的十種吏歸納爲：必闍赤、令史、司吏、通事、議史、知印、宣使、奏差、典史。此外，尚有銓寫、書寫、掌書、典書、書史、（省、臺、院）醫、掌藥、庫子、攢典、司庫、獄典、知班、監印、部役、委差、司膳、壕寨、本把典給（官）、司計（官）、司程（官）等，名目眾多。〔註58〕

〔註51〕《元史》卷八十七《百官志》三，第2192～2193頁。

〔註52〕詳見陳高華《元代地方學官》，《元史研究新論》，上海社會科學院出版社，2005年，第376～420頁。王立平《元代地方學官》，《固原師專學報》，1994年第二期，第44～49頁。

〔註53〕《廟學典禮》，王頲點校，浙江古籍出版社，1992年，第38～41頁。

〔註54〕王立平《元代地方學官》一文對此有較爲詳細的論述。

〔註55〕陳高華《元代的地方官學》，《元史研究新論》，上海社會科學院出版社，2005年，第392～395頁。王立平《元代地方學官》對此均有論述。

〔註56〕姚燧：《送李茂卿序》，《牧庵集》卷四，清武英殿聚珍版叢書本。

〔註57〕許凡《元代吏制研究》，勞動人事出版社，1987年，「緒言」第2頁。

〔註58〕許凡《元代吏制研究》，勞動人事出版社，1987年，第2頁及注釋2。又「令

而在元朝，由吏入仕，則遍佈中書省、御史臺、樞密院的大小官署、中央地方，是做官的主要途徑，十九有半焉。〔註59〕

4、蔭 敍

除上述三種入仕途徑之外，還有蔭敍爲官，「蔭敍有循常之格」，〔註60〕《通制條格》載有「蔭例」。

至元五年二月，中書省批准吏部擬定的「任用官員子弟蔭補辦法條例」：由蔭補出任官員，將依據其父祖仕宦出身，所居官職及去任、致仕、身故各年月緣由，並附上其父祖被授予的宣命（皇帝授予官員的詔命）、札付（官府中上級給下級的公文）、家譜世系等相關證明文件，並指定承蔭人嫡庶、姓名、年紀，向當地政府提出申請。政府通過對其家族經行調查審核，對照戶籍、年齡以及是否有偽造、冒充情節，並由證明人出具相關證明，向上級政府機關提出申保舉薦。政府部門再次審核，如果承蔭人身體健康、品性良好、無犯罪記錄，則由本人攜帶審核記錄、證明人文書、父祖任官證明文件、家譜等前往吏部等候結果。

至元四年，元朝實行「管民官遷轉制度」，蔭敍制度與之相衝突，故對蔭敍制度作了種種規定：

首先，蔭敍制度作用於一品至七品官吏。

第二，蔭敍官員不論居官、去任、致仕、身故等原因，承蔭者一律年滿二十五歲以上。

第三，承蔭者必須爲嫡長子，若嫡長子身體殘疾或長年患病，則由嫡系子孫承蔭；若無嫡系子孫，則由嫡長子同母弟承蔭；若無同母弟，則由繼室子承蔭；若無繼室子，則由次室子；若無次室子，則有婢女所生子承蔭。如果沒有子嗣，則由其親兄弟及其子孫承蔭；若無，則由叔伯及其子孫承蔭。

第四，非嫡長子承蔭，其承襲官職品級將比原應承襲品級降低一等，孫降子一等，曾孫降孫一等，婢女生子及旁系承蔭者各降一等。

第五，承蔭入官者，將遵循官員考覈制度，依據各自的表現給予提拔獎勵或是降級懲罰。

史」爲統稱，或稱省掾（任職中書省），或稱掾史（中書省、御史臺、樞密院及其派出機構任職），詳見《元代吏制研究》第5頁。

〔註59〕姚燧：《送李茂卿序》，《牧庵集》卷四，清武英殿聚珍版叢書本。

〔註60〕《元史》卷八十一《選舉志》一，第2016頁。

第六，官員遷轉制度，僅限於九品至三品等級，自二品以上職位，由皇帝親自任免。

又因爲元朝有匠官，而匠官等級較低，有正九品以下，無法進入遷轉體例之中。至元十六年，吏部又聯合工部一同上呈中書省，製定匠官承蔭體例。

元朝滅宋之後，由於大批故宋官員的加入，元朝政府再次調整了蔭補辦法。至元十九年十二月，中書省批准吏部準擬的「修訂增補條例」：江淮已退休、去世官員子孫，其蔭補辦法比照腹裏（內地，中書省直轄地區，包括山東、山西、河北及內蒙古部分地區）達魯花赤、管民官承蔭制度，具體辦法如下：

江淮達魯花赤官員多有不應驟升等級人員蔭敍體例，當與腹裏地區有所區別。除投下達魯花赤從本投下差設外，江淮地區達魯花赤致仕、身故子孫，依照腹裏管民官例，其子孫承蔭者，應當儤使（試用期無俸祿）一年，審覈其所應當承襲的品級，並且僅僅在江淮地區任用。江淮官民官員、歸附官員蔭敍體制相同。皇帝的親自任命不受其限制。

大德四年八月十八日，中書省依據聖旨，製定了承蔭品級：一品子蔭正五品，從一品蔭從五品，依次類推至七品。色目人要比漢人高一等。蒙古人若是父兄出身高貴的人，其承蔭由皇帝親自任命。

至大四年四月，吏部呈中書省規定：各職官承襲子弟需要考試一經一史，通過者免除儤使，不通過的，需要返迴學習。蒙古、色目人如果願意參加考試，可以在原有品級上進升一階。

而蒙古人、二品官員、年過五旬、只有一子、曾擔任怯薛等人，可以免除儤使，不在考試之列。其餘承蔭人員，要經一名翰林國史院官及本部官員主持的考試；行省考試則由行省官員與儒學提舉或教授共同主持。色目人員不參加考試的，依例儤使一年。〔註61〕

綜上所述，蔭敍制度在元代有其特色：

第一，有階層差異。蒙古人、色目人與漢人在蔭敍的品級上是不同的，前二個階層要高於後一個階層的品級。且在考試升級方面享有特權。二品官員可以不受蔭敍制度限制。

第二，有地域差異。江淮地區的達魯花赤、管民官的子弟蔭敍，必須要

〔註61〕以上詳見《通制條格校注》方齡貴校注，中華書局，2001 年，第 263～272 頁。

在江淮地區任職。腹裏地區的官員子弟蔭敍則無此限制。

第三，有義務差異。蒙古人不需要儌使。

第四，至大四年在蔭敍制度中引入考試制度，實際上是延祐科舉重興的鋪墊。

5、舉薦與國學貢舉

又有推舉入官，「其策名於薦舉者，有遺逸，有茂異，有求言，有進書，有童子」。〔註62〕然而在薦舉人員中，宿衛、吏員又佔據大半。〔註63〕

又有國學貢舉。陳高華先生指出，在科舉實行前，國學貢舉是漢族知識份子的最好出路，但競爭激烈。〔註64〕首先，能夠進入國子學的是貴族、官僚子弟，定額四百人；其次，國子學入仕需要經過層層選拔。蒙古、色目貴族以及高官子弟，往往通過怯薛、蔭敍獲取官職，而眞正在國子學希望通過個人努力讀書獲取社會地位提升的，主要是中下層官員子弟。國子學內部定期舉行私試，只有通過考試的人，才有資格參加國子學貢舉公試。每年貢六人，蒙古二人，官從六品；色目二人，官從七品；漢人二人，官從七品；按照儒學名籍不同對待。後齊履謙擔任國子司業期間，試行「學分制」，想以此作爲激勵學生學習的手段。但考試增加，時間增加，入仕的過程又更爲漫長。〔註65〕

綜上所述，元代前期，科舉施行以前，官員的銓選制度呈現出兩個特點：

一是重世襲、重出身、重等級，進一步造成了社會等級的分化：在銓選制度中，因民族地域的不同而區別對待，使得蒙古與色目享有比漢人、南人更多的特權；又因社會階層的不同而區別對待，使得官僚比平民在入仕道路上享有更多的特權與方便。

二是在諸多的入仕途徑中，由吏入仕成爲主流。有學者指出：「元代的吏，以一種引人注目的『形象』出現在當時的政治及社會舞臺上，其地位升高，權力增大，構成奇特，陞遷制度繁縟，尤其突出的是，吏員出職任官幾乎成爲元代入仕的唯一可行之途。」〔註66〕

〔註62〕《元史》卷八十一《選舉志》一，第2016頁。
〔註63〕韓儒林《元朝史》，人民出版社，2008年版，第307頁。
〔註64〕陳高華、孟繁清點校《滋溪文稿》中華書局，1997年，「前言」第3頁。
〔註65〕蘇天爵：《齊文懿公神道碑》，《滋溪文稿》卷九，第130頁。
〔註66〕許凡《元代吏制研究》，勞動人事出版社，1987年，「緒言」第3頁。

（二）對文人的影響

這種不同以往科舉盛行時代的銓選制度，給當時的文人造成了很大的影響。

一方面，文人以不同的方式入仕，相對以往的科舉仕進，本身就體現出了不公平性選拔。而又由於不同的銓選制度選拔出來的人擔任的職位與級別區別較大，造成了各自地位的不同、經歷的不同，進而產生心態的差異。

元代文人極少數能夠由怯薛入仕，程文海是一個例外。「入元遂留宿衛，世祖奇其才，改授應奉翰林文字，累官翰林學士承旨」。正是因為他的宿衛出身，一直深受忽必烈器重，也促成了南下訪賢，而給大都文壇輸入了不少南方的人才，前已述。但在程文海之後，再無如此大規模、影響深遠的訪賢活動。

而如前所述，文人因為董文忠這樣的宿衛得以保全，又談何尊嚴？

相當一部分文人則是通過擔任學官入仕，如葉李、張伯淳、鄧文原，都有學官的經歷，進而入仕朝廷。〔註67〕但這也僅僅是少數，更多的學官沉淪底層，待遇微薄。

另一方面，吏治的興盛，也刺激了儒生。

一部分儒生在儒與吏的身份中，在自尊與生存間，艱難抉擇，矛盾痛苦。王惲筆下就曾經描寫過這樣一個落魄的北方文士：「員炎，字善卿，固州人，性落魄，嗜酒，業詩有能聲，不事生產。大元乙亥歲，故人楊紫陽主漕洛帥，憨其窶，用監嵩州酒。時兵後，邑居榛荒，日與鹿豕伍，非所樂也。已而隨所徵上謁，楊方據案坐堂上，吏皂雁行立，員掛布囊腋下，杖巨梃直前曰：『楊使君不相知，置我於此，幾為老罷所噬，此汝酤鑰，持取，吾不能為汝再辱。』遂揖而去，其疏誕如此。自是長遊河朔，以詩鳴諸公間。」〔註68〕員炎擅長作詩，但不事生產，是一個典型的亡金士人。他拒絕楊奐的任用，聲稱：「吾不能為汝再辱」，是因為他無法適應做一個嵩州酒監這樣的吏職，然而為了保持自尊，義不受辱，卻只能是家徒四壁，飲酒為樂。因為時代動盪而在喪失舊有秩序的社會面前顯得無所適從的人，又何止員炎？

另一部分儒生則主動從事吏事，儒、吏合流。由於吏是入仕的一道捷徑，

〔註67〕 周祖謨先生曾有《宋亡後仕元之儒學教授》一文，對此論述精闢，然而此文詳細考察的是宋元之際的遺民心態與入仕原因。《周祖謨自選集》，首都師範大學出版社，2008年，第540～565頁。

〔註68〕 王惲《員先生傳》，《秋澗先生大全文集》卷四十九。

故而很多儒士轉而充任吏職，許凡指出：「所謂儒與吏爲『兩途』，在元朝已合爲一途。制度的改變導致時尚的變化，儒成爲元代吏員的主要來源之一」，並對「歲貢儒人」、「諸生充吏」兩種儒充吏職的制度作了詳細考察。〔註69〕

許凡考證，「在《元史》中，『漢人』和『南人』由吏入官者共三十三人。其中由中書省掾、通事、譯史、知印出任官職者，就有二十一人。占三分之二。說明省掾等吏職出職以後陞遷得最快，可陞官職也最高。」這二十一人爲劉宣、何榮祖、張炤、袁裕、楊湜、曹元用、郭貫、張孔孫、張養浩、敬儼、劉正、趙師魯、秦起宗、梁曾、劉敏中、王敏、元明善、崔敬、賈魯、許楫、卜天章。〔註70〕

吳澄《贈何仲德序》則分析了這種儒吏合流的情況，認爲以吏入仕經歷了幾個階段，一是早期的北方儒吏多能修潔，二是南土舊吏的進入敗壞了政治環境，三是儒流選吏可以改善政治環境。這實際上也就是元朝吏制的一個發展過程：「至元間，予嘗遊京師，獲接中朝諸公卿，自貴戚、世臣、軍功、武將外，率皆以吏發身，蓋當時儒者進無它途，惟吏而已。曰官曰吏，靡有輕賤、貴重之殊。今之官即昔之吏，今之吏即後之官，官之與吏，情若兄弟，每以字呼，不以勢分相臨也。而其時之吏，多修潔，越十數年，吏習丕變，何也？雜以南土舊日之吏故也。夫南土舊吏，人所輕賤，不齒於大夫士者也。國朝之吏，又所貴重，可至於宰相者。以可至於宰相之地而卑不齒於士大夫之人，其無識無恥，豈能自貴其身哉？不惟彼不自貴重也，而嚮之稍自貴而且重者，亦且相熏相染，同爲無所顧藉之歸，通天下皆然莫可救藥，可歎也。夫近年有儒流選而爲吏者，則異是。」〔註71〕值得玩味的是，吳澄作爲北上大都的南人，對南土舊吏的鄙薄之情溢於言表，可見，在南方士人的觀念中，儒、吏之間的壁壘還是牢不可破。

也正是以吏入仕是人才選拔的主導方式，造成了元代游學之風興盛。丁崑健在《從仕宦途徑看元代的遊士之風》一文中指出：「吏員的進用，固然是由權貴所推薦或任用，但是學教教官的晉用，何嘗也不是由權貴所推薦，因此無論要成爲吏員或學校教官，大都必須託身於權貴門下，得其賞識，方克有晉身之階」，在丁崑健看來，從忽必烈的金蓮川潛邸，到漢人世侯的幕府文

〔註69〕許凡《元代吏制研究》，勞動人事出版社，1987年，第72～100頁。
〔註70〕許凡《元代吏制研究》，勞動人事出版社，1987年，第35～36頁，及注釋1。
〔註71〕吳澄《吳文正集》卷二十四。

人，再到皇太子周圍的儒士集團，以及各個官員的賓客，都構成了整個元代社會的「養士之風」，「這些門客只要獲得了主人的賞識，即有機會成爲元朝的各級官吏。於是元代的人事選拔就成爲遊士充斥的時代，遊士之風因之大爲興盛」。〔註72〕

而文人出遊的目的地，又以京師大都爲最。這也使得大都人才聚集，文化繁榮，造成了無與倫比的文化氛圍。尤其大德末至大初，政局穩定，一時間英才濟濟。當時曾有學者歎道：「前數十年，兵事未戢，民無以安其生，士固未嘗學也。今有生聚之樂，又在京師，四方賢者來聚焉，學者不及此時，則暴棄夫天之降材矣。」〔註73〕

正因爲如此，無數的文人前往大都尋求自己的機會。但並不是每個人都像虞集一樣有良好的機遇，更多的是沉淪下僚，窮困潦倒，而這一群人也給大都文壇帶來了別樣的風景。

二、英俊沉淪：王執謙、何失的大都交遊

（一）落魄不羈：王執謙及其交友圈

王執謙（1265～1313），字伯益，大名人。自幼穎悟，在父親的資助下游學京師。大德初，中書平章不忽木、翰林承旨唐仁祖以之爲奇才，希望朝廷能夠破格提拔，任職館閣要地，然而始終未能如願。王執謙任符寶典書，三年不得四品官。而不忽木與唐仁祖亦相繼去世。其友柳唐佐向張九思推薦王執謙，張九思任命王執謙爲徽政院照磨，調眞定錄事，陵州判官，改將作院照磨，但是王執謙爲人倨傲，頗不領情。閻復聽說王執謙才華出眾，有意將他招入翰林，但王執謙不願拜見閻復。後十餘年，王執謙始爲翰林應奉文字承務郎，同知制誥兼國史院編修官。但很快就於皇慶二年（癸丑，1313）去世，年四十八。

在京城期間，王執謙更多的時間是與田衍、李京、張養浩飲酒賦詩，與楊載、杜本、李鳳等人相友善。他爲人任性豪放，不拘小節，遇朋友，則提杖出門，揮金如土，樂而忘返。他死後，楊載、杜本搜集他的遺作，並作畫像贊及哀詩，舉薦其兒子王迪補國子生。趙敬父、元明善、柳唐佐及眾友人

〔註72〕 丁崑健《從仕宦途徑看元代的遊士之風》，《蒙元的歷史與文化：蒙元史學術研討會論文集》，臺灣學生書局印行，2001年，第642頁。
〔註73〕 虞集《王宜之墓誌銘》，《道園學古錄》，卷十九。

合資委託王執謙妻兄莫正已治理喪事。〔註74〕

　　王執謙是一個典型的不能屈從世俗的文人，他最初就是擔任吏職，但始終不能由吏出職，張九思舉薦的幾個職位也都是吏職，故王執謙不屑一顧。他又不肯俯仰權貴，最終導致自己在仕途上格外不順。

　　然而王執謙在京城，卻有一個自己的交友圈，「日與彰德田衍師孟、河間李京景山、濟南張養浩希孟，飲酒賦詩，爲神交。時人望見之，皆以爲古仙異人，冀一得遇待爲幸。」這種瀟灑放曠、不執泥於仕進、沉醉詩酒的神仙境界，在大都這個遍佈著蠅營狗苟之人的地方，令眾人欣羨。然而，這卻不過是這一群落魄不達的文人們，得以暫時忘憂、自我排遣的手段罷了，他們有一個共同的特點，就是從事吏職，郁郁不得志。

　　田衍（1258～1313），字師孟，彰德人。以才選爲中書掾，累遷刑部員外郎，出爲河間鹽運副使，終知河中府。皇慶二年去世，年五十六。〔註75〕

　　李京，字景山，號鳩巢，河間人。大德五年宣慰烏蠻，授烏撒烏蒙宣慰副使，以疾歸，撰《雲南志》四卷。至大元年，以吏部侍郎奉使安南。〔註76〕

　　張養浩（1270～1329），字希孟，號雲莊，濟南歷城人。辟禮部令史，選授堂邑縣尹，至大間入爲監察御史，以直言忤時相，罷職。仁宗立，召爲左司都事，累遷禮部尚書。〔註77〕

　　除此之外，王執謙的知己好友，也並非一些平步青雲的命官顯宦。

　　杜本（1276～1350），字伯原，號清碧，清江人。祖先京兆人，從宋高宗南渡寓台州，後遷臨江清江。其父杜謙，在文天祥幕府中。杜本早失雙親，曾在皮季賢幕府中，與劉辰翁、虞汲、熊與可、吳澄、范梈都有交往。後在杜堅虎林宗陽宮，又結識趙孟頫、袁桷、楊載、仇遠、薛宗海等人。後因江浙丞相忽剌木薦，被武宗召入大都。然而由於武宗去世，杜本最終未能獲得一官半職。後離開大都前往金華，與柳貫、許謙、吳師道相友善，受詹天麟邀請，而移居武夷山。〔註78〕

<hr>

〔註74〕生平見虞集《王伯益墓表》，《道園學古錄》，卷二十。

〔註75〕生平見趙孟頫《田師孟墓誌銘》，《松雪齋文集》卷九。

〔註76〕生平見王惲《送李景山宣慰夜郎》，《秋澗先生大全文集》卷二十三。虞集《雲南志序》，《道園學古錄》卷五。

〔註77〕生平見張起巖《大元敕賜故西臺御史中丞贈攄誠宣惠功臣榮祿大夫陝西等處行中書省平章政事柱國追封濱國公諡文忠張公神道碑銘》，李鳴、馬振奎點校《張養浩集》附錄，吉林文史出版社，2008年，第254～258頁。

〔註78〕生平見危素《元故徵君杜公伯原父墓碑》，《清江碧嶂集》卷首，南京圖書館

　　李鳳（1255～1319），字翔卿，一字舜儀，大名東明人。幼嗜學，在鄉先生孫曼慶的指點下，摒棄金末律賦舊習，轉而研究伊、洛之遺書。留居嵩、穎間，讀書三年後歸，為郡學錄，遷廣平學正。大德間，任國子助教，在官兩考餘，授臨朐主簿，不久即離官。延祐六年，於家中去世，年六十四。其子李好文。〔註79〕

　　辛文房，字良史，西域人。與王執謙伯益並以能詩稱。著《唐才子傳》十卷。〔註80〕

　　王執謙有過人的才情，又有一副落拓不羈、不與世合的脾性，使得他的詩歌風格獨特，迥異常人。「長年京城居，而所以為詩，簡淡蕭遠，如在山林，不與人接者。常謂人曰：吾知吳、楚多瑰偉奇絕者，當委身往遊，乃稱吾意耳。楊載曰：然，誠廣伯益以山水之勝，視陳子昂、李太白未知何如。蓋伯益之詩，旨意不迫於事物，而律法深穩合古作。故識者以載為知言。」〔註81〕

　　然而王執謙留下的詩作甚少，目前可見，僅有三首。

　　《贈李道復》：「鞍馬西來氣吐虹，名聲一日壓諸公。面陳王霸龍庭
　　上，手拔乾坤虎口中。萬戶封侯子房了，千金為壽仲連東。可憐岑
　　蔚亭前月，儻與狂生此意同。」〔註82〕

　　李道復，即李孟，前已述及。此詩首聯贊李孟聲名顯赫，頷聯述李孟輔佐仁宗功績，頸聯將李孟與張良、魯仲連相比，突顯其為朝廷尊寵的大臣，尾聯卻一轉，落筆景色。

　　程文海有《清平樂‧壽李秋谷》：「蔥蔥瑞色，岑蔚亭前客。一點梅花藏太極，總是春風消息。去年今日西山，哦詩賭酒忘還。到底黃扉紫閣，不如未老清閒。」〔註83〕所謂「岑蔚亭前客」，自然是指李孟。

　　按張養浩曾有《李平章還山亭記》：「辭章秦國公，早以儒術事皇上潛邸，從行中外且二十年，格論嘉猷，所以開廣天聰，封植國本，陰毗治道，以裘

　　藏清抄汲古閣本，《四庫全書存目叢書》，齊魯書社，1997 年，第 636～639頁。
〔註79〕生平見虞集撰《國子助教李先生墓碑》，《道園學古錄》卷十五。
〔註80〕見楊士奇《書唐才子傳後》，劉伯涵、朱海校點《東里文集》卷十，中華書局，1998 年，第 143 頁。
〔註81〕虞集《王伯益墓表》，《道園學古錄》，卷二十。
〔註82〕蔣易編纂《皇元風雅》卷三十署名「王伯益」，《續修四庫全書》（據北京圖書館藏元建陽張氏梅溪書院刻本影印），上海古籍出版社，第 206 頁。
〔註83〕《程雪樓文集》卷三十。

以迪者，靡遺餘力。皇慶改元，上以耆望舊學，既相之省，又公而國諸秦，未幾，又承旨翰林。不再年授一品之職者三，其睿眷隆洽，有國儒臣鮮有儷者。公自以布衣致此，懼弗克任，數請致政休居，上弗爲允。遂於上黨先塋距數百舉武某山之陽構亭曰還山，志其退也。或曰：士方窮處，其志未嘗不欲用世今秦國公天子大臣，兩定內難，不可謂道不行；軍國重務，奏無不允，不可謂言不聽。夫人臣亟於退者，不越遠讒避禍二焉耳矣。蓋讒不必遠，當正身率物，使讒言無隙之入爲可法；禍不必避，當殫誠爲國，使禍患不自我作爲可師。允能是，則廟堂之高與山林之邃也，奚其異？」〔註84〕在此文中，張養浩以問答駁難的方式，對李孟爲避禍自保而避居山林的態度表示了指責，認爲他既然作爲顧命大臣，就應該爲國家朝廷盡到自己的責任與義務，而不應該顧惜個人的榮辱得失。張養浩此文是奉李孟之命而作，卻通篇是教訓的言辭，由此彰顯張養浩的耿直。

　　而王執謙所言「可憐岑蔚亭前月，儻與狂生此意同」，亦即謂朝廷重臣的隱退，不啻令姦邪之人乘隙得勢。又由此推測，這首詩大致寫於皇慶元年。

　　　又《送王高士》：「墮甑歸來百念空，自燒靈藥洗衰容。身爲幽冀市
　　　中客，心在華嵩雲外峰。二片懶衣如畫鶴，半盂殘飯勝烹龍。只愁
　　　了卻松楸事，飛入煙蘿不再逢。」〔註85〕

王執謙曾有學道、學佛的經歷，「伯益嘗學修金丹求神仙，又嘗深坐默究爲禪定，雖莫竟其所至，然灼不爲外境無疑矣。」〔註86〕不與世俗相合，求諸神仙佛道，「身爲幽冀市中客，心在華嵩雲外峰」，這種心態，也才能創作出「簡淡蕭遠，如在山林，不與人接者」的詩來。懶衣、剩飯，是現實生活的困窘，在詩人筆下，卻成了畫鶴、烹龍，可以翱翔天際、上天入地的自由，這是想像的力量，也是自嘲自慰的幽默，更是不羈於世俗的豁達胸懷，然而這又何嘗不是一種自我逃避？

　　又有《孟光舉案圖》：「白髮梁鴻與世乖，賴逢光也配其才。《五噫歌》罷愁無奈，不覺春從案上來。」〔註87〕此爲題畫詩，圖畫的內容出自「舉案齊

〔註84〕張養浩《歸田類稿》卷六，元朝別集珍本叢刊，吉林文史出版社，2008年，第123～124頁。

〔註85〕蔣易編纂《皇元風雅》卷三十署名「王伯益」，《續修四庫全書》（據北京圖書館藏元建陽張氏梅溪書院刻本影印），上海古籍出版社，第206頁。

〔註86〕虞集《王伯益墓表》，《道園學古錄》，卷二十。

〔註87〕蘇天爵編《元文類》卷八署名「王執謙」，《國學基本叢書》，商務印書館，1936

眉」典故，《後漢書‧梁鴻傳》：「爲人賃春，每歸，妻爲具食，不敢於鴻前仰視，舉案齊眉。」

作爲一個文人，除了要顧及自己的出處立世途徑，還要顧及妻子家庭，然而貧賤夫妻百事哀，由此詩可以想見王執謙因爲仕途不順，對於家庭生活也頗爲不滿。「遇好友，即提杖出門，竟日去不返顧語，妻子以爲常」，〔註88〕似乎此種佻達行徑之中，隱含著些許無奈，妻子對他一連數天的行徑居然不聞不問，可以想見其中的一絲冷漠。是以詩人借畫興歎，梁鴻懷才不遇，但是有孟光這樣的賢妻相配，也不枉他的才華。儘管《五噫歌》道盡了人間淒苦，梁鴻也因此避世隱居，但是回家看見妻子一番溫存之意，「不覺春從案上來」。

儘管王執謙留下的詩作僅有這三首，卻從不同側面，揭示了這位落魄詩人的內心。他曾有過濟世之才，卻因性格孤傲耿直不能見容於世，因此仕途不順，生活困頓，不得已，逃避於詩酒佛道。但是除卻好友，他卻不能夠像梁鴻一般覓得孟光這樣的賢妻作爲紅顏知己，在羨慕古人的同時，不覺流露出自己的遺憾與無奈。

而王執謙，不過是那個時代落魄文人的一個縮影。

（二）詩酒遣興：何失及其交遊圈

因爲仕途艱難，也有文人不願仕進，甘心以平民百姓的身份頤養天年。而詩歌則成爲日常消遣之事，並以此與士大夫交往唱和爲樂，何失就是這樣一個代表人物。

何失，字得之，昌平人。與高克恭、鮮于樞同學爲詩，年近八十而終。〔註89〕負才氣，能詩文。善織紗縠，並以此爲生。〔註90〕與李孟、黃約、吳珪爲布衣交。〔註91〕《皇元風雅》卷二十收何失詩二十三首。何失應該算是京城裏的一個手工業者，但是他的詩作卻受到文人們的讚賞，也許正是這種

年初版，1958 年重印本，第 103 頁。

〔註88〕 虞集《王伯益墓表》，《道園學古錄》，卷二十。

〔註89〕 柳貫《題趙明仲所藏姚子敬書高彥敬尚書絕句詩後》，《待制集》卷十八。

〔註90〕 揭傒斯《過何得之先生故居詩》有「軋軋機聲日暮」，又有「頭上烏紗分贈」，其詩自注：「延祐五年冬十月，余南歸，以中材一段見贈。」馬祖常《挽何得之先生》：「手織烏紗日賣錢」，《石田文集》卷三。顧嗣立《元詩選‧二集》丙有「何處士失」小傳，稱：「善織紗縠，日出賣紗，騎驢歌吟道中，指意良遠。」

〔註91〕 陸友仁《研北雜誌》卷下，《叢書集成初編》（據明寶顏堂秘笈本影印），中華書局，1985 年。

身份的反差，令他頗富傳奇色彩。或許他也代表了當時文人的一種出路，就是在做官爲吏之外，還可以憑藉手藝養家糊口。

何失很喜歡喝酒，在他的詩中，曾多次出現飲酒的主題。

在酒中，他穿越時空與古人遙遙相期，「古人不我俟，不共此酒醇。此酒復易盡，不能俟後人。並世有不察，異代若爲親」，卻感到一種美酒易盡、人生易逝、知己難逢的無奈。但是，他卻又能跳出自我存在的狹小時空，轉而追求更爲闊大的時空境界，「茫茫宇宙間，此抱難具陳。惟應空中月，分留大江濱。」〔註92〕

在酒中，他有時又能夠感到一種超越現世的逍遙與安樂，「一醉誰憂生事微」「神仙豈無有，死後上煙霞」；〔註93〕而這種自在懶散的日子，使他遠離功名的競爭，故而愜意非凡：「野人早起懶梳頭，遙見青簾一日休。席破貪書曾廢食，雞鳴趨利得無羞。況兼老病將爲鬼，那更居浮強作囚。但願尊罍容我了，烏鳶螻蟻任渠謀。」〔註94〕

在酒中，他又不失卻一個讀書人的責任，「所愛一杯酒，吟詠詩百篇。酒能陶我性，詩能俟采官。得達至尊聽，可使黎庶歡。請還開國初，政似結繩前。委事一二人，削此機務煩。」〔註95〕在他看來，詩酒不僅僅是個人的消遣享樂，所作詩歌，應該承擔著反映民間疾苦的社會責任，應該秉承《詩經》的現實主義傳統，應該是能夠讓統治者瞭解民情輿論的渠道，惟有如此，才能夠使政治清明，國泰民安。

有研究者曾指出，詩人之所以沉醉酒中，是因爲酒與詩人心靈相契合，詩人往往借酒抒懷言志，「借助酒追求一種超功利、超實用的復歸自然的哲學天地或純審美妙境」。〔註96〕何失的詩，正是描繪出了飲酒之後所感受到的思接古人、任性自由的精神狀態。

除了自斟自酌的美妙，何失還喜歡招集朋友一同飲酒。在詩酒中，體現出文人交往的深情厚誼。如《招賈元播馬德昌飲》：〔註97〕「積雨釋炎熱，涼

〔註92〕何失《對酒》，顧嗣立《元詩選・二集》，中華書局，1987年，第434頁。
〔註93〕何失《雨中睡起》、《我醉》，顧嗣立《元詩選・二集》，中華書局，1987年，第436頁。
〔註94〕何失《飲酒》、《我醉》，顧嗣立《元詩選・二集》，中華書局，1987年，第436頁。
〔註95〕何失《擊缶》，顧嗣立《元詩選・二集》，中華書局，1987年，第435頁。
〔註96〕劉揚忠《詩與酒》，文津出版社，1994年，第240～288頁。
〔註97〕蔣易《皇元風雅》卷二十，《續修四庫全書》（據北京圖書館藏元建陽張氏梅

颷變清商。薄帷納朝景，倐爾頹西廂。念我二三子，不來復一觴。言笑吐蘭菊，芬芳粲中堂。仰慕不昨日，忽別若殊方。況各迫桑榆，何以永夕光。」

賈元播，即賈鈞，字元播，賈居貞次子。至元二十四年（1287）由榷茶提舉拜監察御史，僉淮東廉訪司事，大德三年（1299）除南臺都事，[註98] 入爲刑部郎中，改右司郎中，參議中書省事。至大四年（1311）仁宗即位，拜中書參知政事，議罷尙書省所立法，遷僉書樞密院，復參知政事，賜錦衣寶帶，寵賚有加。爲政持大體，風裁峻整，不子子鈞名譽。皇慶元年（1312），從幸上都，遇疾，卒於家。[註99]

馬德昌，即馬煦（1244～1316），字德昌，自號觀復道人，磁州滏陽人。至元十六年累遷南臺御史，歷江西僉憲、荊湖行省員外郎，改廬州路同知，大德三年（1299）累官戶部侍郎，遷中書左司郎中，出守濟寧，移湖州，至大三年拜刑部尙書，延祐三年以戶部尙書致仕，是年卒，年七十三。[註100]

詩中稱，「況各迫桑榆，何以永夕光」，則此時三人都已近暮年。而詩中以「二三子」相稱，則見三人應當爲同輩知交好友。「仰慕不昨日，忽別若殊方」，大概意謂賈鈞、馬煦都長期在外地做官，故而聚少離多，又可知三人交情匪淺，曾經多次聚會。此詩融情於景，開頭寫自己在家中等待兩位好友的到來，從早到晚，卻始終不見蹤影，不由得聯想到彼此的年紀，猶如桑榆晚景，應當珍惜時光。

> 何失又有《招暢純甫飮》：「地白雪方作，城烏夜始啼。鳳枝久不定，達曙未能棲。長安多逆旅，客意勢連雞。豈不懷其實，念子寒與饑。我甕酒初熟，葡萄漲玻璃。野老日無事，出望幾千回。如何不見來，覆此紅螺杯。」[註101]

暢純甫，即暢師文（1247～1317），字純甫，號泊然，南陽人，徙襄陽。從伯顏平宋，授東川行院都事，至元二十八年累遷陝西僉憲，歷移山南、山東二道，入爲國子司業，大德七年除陝西行省理問，歷太常少卿、翰林侍讀，至大三年出爲太平路總管，皇慶二年（1313）復召爲翰林侍讀，升翰林學士。

溪書院刻本影印），上海古籍出版社，1997 年，第一六二二冊第 150 頁。

〔註98〕張鉉《（至大）金陵新志》卷六，《景印文淵閣四庫全書》本。

〔註99〕《元史》卷一百五十四《賈居貞傳》附，第 3625 頁。

〔註100〕生平見虞集《戶部尙書馬公墓碑》，《道園學古錄》卷十五。

〔註101〕何失《招暢純甫飮》，顧嗣立《元詩選·二集》，中華書局，1987 年，第 434 頁。

延祐四年卒，年七十一。追諡文肅。〔註102〕

　　二句以「鳳棲不定」，喻人才尚未得到其應有的賞識與安置。則此時暢師文大概客居京師，尋找仕宦之路。三句「連雞」，縛在一起的雞。喻群雄相互牽掣，不能一致行動。則此時京城之內，人才濟濟，每個人都希望能夠在這裡出人頭地，競爭激烈。四句「豈不懷其寶」，語出《論語·陽貨》：「懷其寶而迷其邦，可謂仁乎？」朱熹集注：「懷寶迷邦，謂懷藏道德，不救國之迷亂。」比喻有才德而不為國用。「念子寒與饑」，似乎是對自己不願出仕的作答。在眾人都爭相謀求功名之際，自己卻不得不考慮到家人的溫飽。詩的後半部，則寫自己殷勤準備葡萄酒，等待朋友的到來。此詩首句倒裝，對仗巧妙，趣味盎然。

　　對於何失而言，喝酒不僅是自我感情的寄託，也是與朋友交際的方式，故而揭傒斯在經過其故居回憶到：「何處高吟痛飲，黃花翠竹都迷。」〔註103〕他也曾經與何失把酒言歡，甚至回憶起來，想起往日歡樂，還有些傷感。

　　何失家住京城中心，地處繁華要道，也使得他家常常高朋滿座，觥籌交錯。揭傒斯稱：「可憐古井門外，依舊鐘樓屋西」，馬祖常稱：「全家閒住五雲邊」，〔註104〕可見何失家在鐘樓附近，並且離皇城很近。事實上，何失是以織紗賣紗為生，在元代屬於商戶，他的住所正是元代的商業區之一，地處「皇城以北，鐘、鼓樓周圍地區」。〔註105〕

　　而翰林國史院也在鐘樓以西的方向，〔註106〕故而何失家毗鄰翰林國史院。何失《寄暢純甫》：「思君不見費人思，何日人思能已時。又見鷺坡三月柳，數株濃綠自絲絲。」〔註107〕鷺坡，即翰林院的別稱。此詩寫自己對好友暢師文的思念之情，一日都不能停止，看見翰林院的柳樹又發芽了，情思無限。此詩結尾在柳樹意象上，《詩經·采薇》有云：「昔我往矣，楊柳依依」，

〔註102〕許有壬《大元故翰林學士資善大夫知制誥同修國史贈推忠守正亮節功臣資政大夫河南江北等處行中書省左丞上護軍追封魏郡公諡文肅暢公神道碑銘》，《圭塘小稿》卷四十九，三怡堂叢書本。

〔註103〕揭傒斯《揭文安公全集》卷二，《四部叢刊》景舊鈔本。

〔註104〕馬祖常《石田文集》卷三。

〔註105〕陳高華《元大都》，北京出版社，1982年，第64頁。

〔註106〕中書省在阿合馬當政時曾遷往鐘樓以西，後遷回皇城麗正門內、千步廊東，而新址則成了翰林國史院所在地。見陳高華《元大都》，北京出版社，1982年，第64頁。

〔註107〕何失《寄暢純甫》，顧嗣立《元詩選·二集》，中華書局，1987年，第437頁。

　　古人臨別往往有折柳相贈的傳統，用此來興發友情，韻味十足。

　　除了寄情於酒，何失在詩歌中還著力描繪其閒適恬淡的生活，以及不願仕進的淡泊心態。何失對現實有著較為清醒的認識，他並不是不願意平步青雲，然而他也知道富貴險中求，仕途艱難險惡。「人皆欲富貴，我豈願貧賤。青雲一差池，如藥弗瞑眩。」「一諂余何敢，三讒親亦疑。投身入屠釣，猶勝坐書癡。」他也明白在當時的社會，人才很難得到賞識，「世乏伯樂儔，誰識千金骨。所以荷蓑士，煙水日淪沒。」〔註108〕同時他也認識到自己才學有限，又肩負著養家糊口的重擔，很難在競爭激烈的官場上出人頭地，故而只希望能夠安享天倫之樂，「平生疏懶性，發赤向人前。豈識為官貴，那貪處士賢。慈親俱老大，稚子始狂顛。此日能完聚，稱觴賴聖年。」〔註109〕

　　他滿足於懶散的居家生活，睡眠充足安穩，除了街道上傳來的陣陣賣花聲，或是窗外潺潺的雨聲，任何事都無法侵擾。他有時在雨後獨賞屋角紅日，有時在月下與朋友扶醉而歸，又常常在酒中醺然陶醉。

　　然而何失的實際生活，並不總是那麼逍遙，《硯北雜誌》曾載：「何得之與李道復、黃約彥博、吳珪君璋諸公為布衣交，得之名隸冊籍，既老，始得女，三歲，歲募一人代其役，人頗憐之。一日，以詩投君璋云：『白首猶當戍塞雲，無兒誰替未亡身。木蘭三歲方學語，須得腰弓知幾春？』君璋時為樞副，翌日，持此詩與同院觀之，遂除其籍。」〔註110〕

　　吳珪，當為吳元珪（1251～1323），字君璋，廣平永年人。大德元年累官吏部尚書，三年宣撫燕南，轉工部尚書，六年出為江浙參政。武宗立，除樞密副使，仁宗即位，歷江浙、甘肅左丞，復為樞密副使，致仕歸。至治三年卒，年七十三。諡號忠簡。〔註111〕

　　文中稱「得之名隸冊籍」，但由於年老得女，沒有辦法服兵役，只好每年出錢招募他人代服，不得已以詩投贈吳元珪訴苦：「白首猶當戍塞雲，無兒誰替未亡身。木蘭三歲方學語，須得腰弓知幾春？」，詩中用木蘭代父從軍的典故。而任職樞密院（軍事機構）副使的吳元珪則憑藉此詩而將何失「除籍」。何失每年必須要服兵役，在沒有人的情況下可以募人代役，由此可大致推測，

〔註108〕何失《感興四首》，顧嗣立《元詩選‧二集》，中華書局，1987年，第433頁。

〔註109〕何失《辭薦》，顧嗣立《元詩選‧二集》，中華書局，1987年，第435頁。

〔註110〕陸友仁《硯北雜誌》卷下，《叢書集成初編》（據明寶顏堂秘笈本影印），中華書局，1985年。

〔註111〕生平見蘇天爵《榮祿大夫樞密副使吳公行狀》，《滋溪文稿》卷二十二。

何失似乎當隸軍籍，為漢軍軍戶。這也反映出，儘管何失不曾出仕，但是他卻結識了一群當世知名的文士權貴，為他的生活帶來些許的幫助。

除了上述的暢師文、馬煦、賈鈞、李孟、黃約、吳元珪等人，何失與揭傒斯、杜本二人更多的是詩歌交往。

何失喜歡揭傒斯的《高郵城》一詩，每次見到揭傒斯，便呼：「高郵城來」，二人酒酣耳熱之際，何失常常反覆吟誦：「高郵城，城何長？城上種麥，城下種桑。昔日鐵不如，今為耕種場。但願千萬年，盡四海外為封疆。桑陰陰，麥茫茫，終古不用城與隍。」〔註112〕此詩有北朝樂府的風格，反映了文人對民生疾苦的關注與美好願望，而何失對此詩情有獨鍾，也體現了他心繫蒼生的人文關懷。

延祐五年冬十月，揭傒斯離開大都，何失以烏紗一段相送，揭傒斯回贈白楮被，二人頗為感傷。何失手書三代家世，似乎希望身後能由揭傒斯書寫家傳墓誌。數年之後，揭傒斯重返大都，再次經過何失故宅，此時物是人非，他詩中寫道：「心事巢由以上，文章陶阮之間。千古高墳保下，白雲明月青山。」「屋上青天未老，門前白日常新。他日皋夔稷契，安知不是斯人。」〔註113〕以陶淵明、阮籍、皋、夔、稷、契諸人相比，似作生平定論。

杜本《清江碧嶂集》收有懷念何失的三首詩：〔註114〕

《和虞太常寄謝何得之》：「先生隱君子，有酒開尊新。擁我二三友，為言此酒醇。勸我飲乏醉，勿染門外塵。坐我菊叢下，嗟嗟言古人。古人不可見，見此古人淳。哦詩近風雅，豈惟劉阮倫。陶然得真樂，自謂葛天民。柴門閉白日，矮屋足容身。開書有同志，與世何緇磷。」

此詩與何失《對酒》：「古人不我俟，不共此酒醇」遙相呼應。

《春日有懷何得之》：「年年客裏過春風，萬紫千紅幾日空。爭似東家何處士，一生全付酒杯中。」

《和何得之歲暮見寄》：「籬下菊班班，猶能傲歲寒。春風誰主宰，客夢自清安。此老憐才乏，何人惜夜闌。管寧如可友，浮海竟誰歎。」

杜本將何失與避世於酒的劉伶、阮籍相比，稱其「一生全付酒杯中」，贊其風

〔註112〕揭傒斯《揭文安公全集》卷一，《四部叢刊》景舊鈔本。
〔註113〕揭傒斯《過何得之先生故居五首》，《揭文安公全集》卷二，《四部叢刊》景舊鈔本。
〔註114〕杜本《清江碧嶂集》，南京圖書館藏清抄汲古閣本，《四庫全書存目叢書》，齊魯書社，1997年。

格。可知，杜本何失，也常常一同飲酒，而酒之於他們，往往是一種人生態度的選擇。危素《元故徵君杜公伯原父墓碑》中記載杜本「在京師，獨與逸人昌平何失得之相好」，正是因為二人志同道合。

虞集曾對何失的詩評價道：「國初太原元裕之作《中州集》，言中州文獻盡矣，故錄其可傳者而粗記之其人行事本末。集嘗悲其志而讀之，終卷歎曰：中原人物一至此乎？及來朝廷，見諸君子，益自浮其言之不妄。京師中乃有隱人何得之之詩如此，京兆杜君稍憶其所口授者，敘而傳之。嗟夫，後之作者，抑亦知世有斯哉？蜀郡虞集伯生父記。」〔註115〕

三、小　結

元朝的銓選制度，使得很大一批原本可以依賴科舉飛黃騰達的文人失去了正常的晉升之路，而現實的社會環境又留給他們太少的選擇。沒有顯赫的出身，沒有朝廷權臣的提拔，沒有甘為吏職的決心，除了尋求可以賴以生存的一技之長，否則就只能落魄沉淪。即便是那些希望在現實中可以委曲求全的人，他們內心也充滿了痛苦與彷徨。是以「飲酒」與對陶淵明的欽羨，往往成為這群文人的共同特點。

第三節　南方詩歌佔據大都——以楊載、范梈為先導的「四大家」

一、人在京城：「四大家」前期大都生活

在元代詩壇上，「虞楊范揭」並稱的「元詩四大家」最為著名。有關於元詩「四大家」的研究較多，有從元代詩歌風格的審美異同來比較，〔註116〕有從「四大家」作為元詩代表的形成過程來考察，〔註117〕有從「四大家」與道家關係來探討，〔註118〕儘管角度各有不同，但都肯定了「四大家」的成就以

〔註115〕見《皇元風雅》卷二十「何失」後附。

〔註116〕張晶《「四大家」：元代詩風的主要體現者》，《文史知識》，2000 年第四期，第 6～10 頁。王春庭《論元詩四大家》，《閩江學院學報》，2003 年第三期，第 3～7 頁。

〔註117〕查洪德《元詩四大家》，《文史知識》，2008 年第四期，第 24～31 頁。

〔註118〕郭順玉《論元詩「四大家」與道教的關係》，《宗教學研究》，1998 年第三期，

及在元代詩壇上的代表性地位。本文則試圖從四人初入大都的仕宦經歷以及文學活動，來考察元詩「四大家」在當時的影響。

（一）四人仕宦經歷的比較

四人進入大都文壇，時間有先後，方式有不同。

虞集（1272～1348），大德六年（1302）三十歲，因董士選推薦，出任大都路儒學教授，由學官出仕，踏入大都文壇，前已述及。

楊載（1271～1323），以布衣入朝，升任翰林國史院編修官，並參與《武宗實錄》的編纂。後調管領係官海船萬戶府照磨，兼提控案牘，任吏職。仁宗延祐二年（1315），科舉恢復，楊載應詔，登延祐二年進士乙科，用有官恩例視第一人，授承務郎饒州路同知浮梁州事，秩滿，遷儒林郎寧國路總管府推官，未上，至治三年八月十五日卒，年五十三。〔註119〕

范椁（1272～1330），曾師從吉水楊叔方，學習經學。楊叔方，號「睡學先生」，宋楊邦義從孫，少習劉清之之學。〔註120〕劉清之，字子澄，學者稱「靜春先生」。〔註121〕

范椁因家貧，以陰陽算命之技謀生，仍然能夠刻苦讀書，鑽研作文。至大元年（1308），范椁三十六歲，客遊京師，董士選招延至幕府，教其子弟。後受薦舉，任翰林編修官，其時大概在皇慶元年（1312），《武宗實錄》成書後，范椁以御史府用笠南憲架閣，改擢將仕佐郎海南海北道廉訪司知事。〔註122〕

揭傒斯（1274～1344），字曼碩，豐城人。揭傒斯生而穎悟，好學早慧，年未弱冠，已為鄉里諸生師。二十餘歲，揭傒斯負譽遊江漢間，深受湖南宣慰趙淇、憲使盧摯賞識。大德四年（1300），程文海任江南湖北道肅政廉訪使，結識揭傒斯，因看重他的才華，將堂妹嫁給他。皇慶元年（1312），程文海進榮祿大夫，揭傒斯三十八歲，以賓客身份相隨入大都，當時朝廷大臣聽說程文海門下有賢才，紛紛與之結識，爭相舉薦。延祐元年，揭傒斯被程文海、

第49～53頁。

〔註119〕黃溍《楊仲弘墓誌銘》，《金華黃先生文集》卷三十三。

〔註120〕解縉《西遊集後序》，《解學士先生全集》卷六，版六十一，三吳晏少溪刊本。《（萬曆）吉安府志》卷二十五。

〔註121〕黃宗羲著、全祖望補修《宋元學案》卷五十九「清江學案」，中華書局，1986年，第1937～1950頁。

〔註122〕吳澄《故承務郎湖南嶺北道肅政廉訪司經歷范亨父墓誌銘》，《吳文正集》，卷八十五。

盧摯等人舉薦爲翰林國史院編修官，當時平章李孟兼修國史，對揭傒斯的史才大加讚賞。三年，升應奉翰林文字，同知制誥。四年，遷國子助教。學士承旨復奏留之。五年謁告歸。〔註123〕

四個人都由舉薦而進入仕途。虞集、范梈同遊董士選幕府。楊載受周馳舉薦。

周馳，字景遠，聊城人。至元二十二年任秘書監校書郎，〔註124〕遷翰林應奉，至大三年累升南臺御史，〔註125〕終燕南僉憲。

然而仕進的方式有所不同，虞集以學官出仕，范梈、楊載曾參與《武宗實錄》的編修，並且都曾從事吏職，揭傒斯則因修史而留職翰林院。

正因爲他們在仕途上的起點不同，造就了不同的地位：虞集官至翰林侍講學士、通奉大夫，從二品。揭傒斯官至翰林侍講學士、中奉大夫，從二品。楊載儘管中進士第，但死時不過寧國路總管府（治在宣州）推官，專治刑獄，儒林郎，從六品，〔註126〕未上任而死。范梈於天曆二年，授湖南嶺北道肅政廉訪司經歷，從七品，〔註127〕以養親辭不赴其秩。自湖廣行省校文而還，不久去世。虞集與揭傒斯得以位居清要之地，留居大都；而楊載與范梈則沉淪下僚，在外爲官。

（二）人在京城

1、楊　載

楊載有《到京師》一詩：「城雪初消薺菜生，角門深巷少人行。柳梢聽得黃鸝語，此是春來第一聲。」〔註128〕正值初春，北方天氣寒冷，城牆上的雪尚未融盡，但路邊卻已可見青青薺菜。他由小門進入城中，深深的小巷子少有人行。在一個陌生而又有些冷清的地方，聽見柳梢傳來一聲黃鸝的啁啾，頓時感覺，春天到了，心中便多了一份溫暖與欣然。

〔註123〕歐陽玄《元翰林侍講學士中奉大夫知制誥同修國史同知經筵事豫章揭公墓誌銘》，《圭齋集》卷十。
〔註124〕王士點、商企翁著，高榮盛點校《秘書監志》卷一，浙江古籍出版社，1992年。
〔註125〕陶宗儀《書史會要》卷七。
〔註126〕魏源《元史新編》卷八十六，志七第六，文海出版社據光緒三十一年邵陽魏慎微堂刊影印，1984年，第3957頁。
〔註127〕《元史》卷八十六，第2180頁。
〔註128〕楊載《翰林楊仲弘詩》卷八，《四部叢刊》景明嘉靖本。

這首詩是楊載初入大都時的真切感受，他生於南方，來到這個北方的都城，既有新奇，又有些忐忑。他希望自己能夠憑藉自己的才華在這個都城裏先聲奪人、一鳴驚人。故而枝頭黃鸝的啼叫，彷彿契合了他內心的某種嚮往，令他興奮地喊道：「此是春來第一聲」。

楊載任職翰林，編修國史，作詩與同僚相互勉勵，《贈同院諸公》：「詔編國史有程期，正是諸郎傲直時。虎士守門宮杳杳，雞人傳箭漏遲遲。窗間夜雨銷銀燭，城上春雲壓彩旗。才大各稱天下選，書成當繼古人爲。」〔註129〕

在翰林院期間，他漸漸體會到京城居之不易，思鄉之情也慢慢被牽動，《玉堂夜直》：「直廬歲晏動羈情，朔雪將飛覺夜明。金井轆轤哀響絕，玉階瓴甓斷紋生。蘚花莫辨沿牆迹，松葉時聞委砌聲。愧以不才同製作，諸公此日負高名。」〔註130〕

在翰林院值夜，年關將至，天晚欲雪，突然間意識到，這一年就要過去，而自己在京城已經待了很久。夜深人靜，宮廷裏汲水的轆轤也不再響動，靜謐得彷彿能聽見磚牆斷紋生長的聲音。環顧庭院，因爲年代久遠，牆上佈滿了苔蘚，松樹枝繁葉茂，常常發出沙沙的聲響。想到這裡曾經流連過多少高才名士，如今自己也有幸參與其中，但不知是否能和前輩一樣，有朝一日四海聞名。

這首律詩寫得很是精緻，將羈旅之思與前途之憂融合在一起，遣入景物的細緻描摹之中，尤其頷聯對仗工穩，「哀響絕」與「斷紋生」更是將聽覺、視覺效果誇張，由此折射出詩人內心的孤寂。

然而楊載終究未能夠繼續在京城發展下去，最終還是離開了這裡。其《留別京師》：「囊衣托載道傍車，人事匆匆歲欲徂。風雨四更雞亂叫，關河千里雁相呼。蕪菁散漫根猶美，桑柘蕭條葉漸枯。卻向高丘重回首，五雲繚繞帝王都。」〔註131〕

夏末秋初，收拾好行囊，準備離開。此時風雨如晦，雞鳴不已，遙望征程，山河險阻，北雁南飛，倍覺淒涼。道旁的蕪菁生長茂盛，而桑柘卻開始蕭條。忍不住站在高處回首望去，帝王都繁華如故。這座城市，並不因爲一個人的離開而有絲毫的改變。

〔註129〕孫原理《元音》卷四，《文淵閣四庫全書》本。按楊載《翰林楊仲弘詩》卷六作「虎土守門宮杳杳」，《四部叢刊》景明嘉靖本。此從《元音》本。
〔註130〕楊載《翰林楊仲弘詩》卷六，《四部叢刊》景明嘉靖本。
〔註131〕楊載《翰林楊仲弘詩》卷六，《四部叢刊》景明嘉靖本。

2、范 椁

范椁在京城曾到長春宮遊玩，作有《奉陪京城諸友遊南城尋丘尊師道場作》：「我本漁釣清江濱，三生自是華蓋君。往從竹浦拾明月，初向芝山尋白雲。聞有僊人姓丘者，舊廬正在燕城下。杖藜步步躡天梯，千尺雲門淨如灑。門前水流清且深，朗如石鏡開煩襟。中有幅輪碾浩劫，多見聽者無知音。高莫高兮嵩山之中岑，幽莫幽兮壺嶠之雲林。萬金買閒不易得，一到城市無歸心。堯舜之事俱寂寞，獨劉一人在丘壑。問渠羽駕來仙壇，夜夜踈星迷皓鶴。我為長春行，興在碧草間。白日又欲暮，浮雲無時還。十年住天都，塵土汙客顏。於此意不愜，泠然遂懷山。更將攜手上煙蘿，曾是軒轅弓劍過。我來正值五月半，青天漸少綠陰多。每思東山公，興來恣婆娑。左持玉麈揮俗客，右引彩扇遍天娥。明時豪達盡如此，逝且不樂今如何。我亦欲喚細腰舞，白馬駄酒金叵羅。誠恐道人嗔我慢，空遣弟子來相看。上堂椎鼓日色晏，孤我青精白石飯。黃金臺前春已歸，海榴花發乳燕飛。同行佳人莫相違，相思更贈女蘿衣。」〔註132〕

這是一首歌行長詩，開篇寫自己對全真教丘處機的仰慕之情，「中有幅輪碾浩劫」當指全真教敗於佛道之爭，遭受重創。而全真道人，也因為遠離山林、身居城市，逐漸忘卻了修道之心，以致於全真遭難。所謂「十年住天都，塵土汙客顏。」修道之人當重返山林。後寫自己五月初夏，訪丘處機道場，因美景易逝，聯想到謝安攜妓東山，逍遙自在，但也隨時而逝，人生當及時行樂。故「我亦欲喚細腰舞，白馬駄酒金叵羅」，雖顧忌道人嗔怒，但春光不再，勸勉同行佳人共用人生。

全篇多想像，有道教遊仙詩的旨趣，大概因為身處道教之地，因而由此生發。如「杖藜步步躡天梯，千尺雲門淨如灑」，「問渠羽駕來仙壇，夜夜踈星迷皓鶴」，騰雲駕霧，登天乘鶴，彰顯道家之神力；「更將攜手上煙蘿，曾是軒轅弓劍過」，則是化用李白「軒轅去時有弓劍」，用道家黃帝軒轅之典。「左持玉麈揮俗客，右引彩扇遍天娥」則為及時行樂之語。在意象上，用「煙蘿」、「女蘿」、「雲林」營造出一種超然世外的山林之境；在典故運用上，「青精」、「白石」、「軒轅弓箭」均與道家修煉相關。

由此詩即可見，范椁受李白遊仙詩影響較多。楊士奇曾稱：「世之選李杜

〔註132〕范椁《范德機詩集》卷四，《四部叢刊》影元鈔本。
　　　　按「獨劉一人在丘壑」《四庫全書》本作「獨留一人在丘壑」。

者，范德機爲精云」，〔註133〕可知范椁曾編選李杜詩集。

他在京城還經歷了一次地震，其《己未行》：「二年六月己未朔，京城五更大地作。臥者顚衣起若吹，起者環庭眩相愕。室宇無波上下搖，乾坤有位東西卻。自我南來睹再震，初震依微不今若。昨朝展席坐堂上，耽玩圖書靜無覺。堂上群兒又驚報，方饙饔人喪杯勺，櫛者倉惶下床榻，門屋鏗鏘振鈴鐸。秪今猶自騰妖訛，且暮殊言共郊郭。大家夜臥張穹廬，小家露坐瞻星落。爲知怪變不可屢，安巢盡有南飛鵲。昔聞上帝憂瀛洲，親敕巨鼇十二頭。特爲群臣舉首戴，萬古不與水東流。豈其九州亦類此，此事或誕或有由。上帝甚神吾甚愚，戴者勿動心優游。」〔註134〕

此詩作於皇慶二年（1313）六月己未，描繪了大都地震的場景。《元史·五行志》載：「皇慶二年六月，京師地震。己未，京師地震，丙寅，又震，壬寅又震。」〔註135〕則六月己未，當是第二次地震。故詩中稱：「自我南來睹再震，初震依微不今若」，可知此次地震較爲嚴重。從詩中描述的情況來看，地震發生在凌晨，站著的人感到頭暈目眩，房屋上下晃動，難以辨別方向。地震也引起了人們的恐慌，廚師手中的杯勺都掉落，梳頭髮的人也慌忙下床。門窗都砰砰作響，而房上的鈴鐸也叮噹不停。而當時由於缺乏科學知識，對地震的原因猜測不已，流言四起。人們不敢在房中逗留，大家族在外搭起帳篷，平民百姓則露天而坐。

詩人進一步探究地震的成因，「昔聞上帝憂瀛洲，親敕巨鼇十二頭。特爲群臣舉首戴，萬古不與水東流」，按《列子·湯問》載有五山，「使巨鼇十五舉首而戴之」，又《天問》：「鼇戴山抃何以安之」，故而此番地震，使得詩人聯想起了上古的傳說，從而祈禱上天不要輕易令巨鼇移動，「豈其九州亦類此，此事或誕或有由。上帝甚神吾甚愚，戴者勿動心優游。」

此歌行上半首寫實，下半首則將地震賦予神話色彩，儘管有半信半疑之間的忐忑，但也體現出其思維特色。關於地震原因，元人有不同的思考方式。《元史·不忽木傳》載：「（世祖）三十年，有星孛於帝座。帝憂之，夜召入禁中，問所以銷天變之道，（不忽木）奏曰：風雨自天而至，人則棟宇以待之；江河爲地之限，人則舟楫以通之。天地有所不能者，人則爲之，此人所以與

〔註133〕楊士奇《李詩》，《東里集續集》卷十九。
〔註134〕范椁《范德機詩集》卷五，《四部叢刊》影元鈔本。
〔註135〕《元史》卷五十志第三上，第1083頁。

天地參也。且父母怒，人子不敢疾怨，惟起敬起孝。故《易‧震》之象曰『君子以恐懼修省』，《詩》曰『敬天之怒』，又曰『遇災而懼』。三代聖王，克謹天戒，鮮不有終。漢文之世，同日山崩者二十有九，日食地震頻歲有之，善用此道，天亦悔禍，每內乂安。此前代之龜鑒也，臣願陛下法之。」〔註136〕

不忽木是康里人，因爲受教於許衡，所以儒學修爲很深。這裡他引用了兩句儒家經典，分別出自《易‧震》與《詩經‧大雅‧板》，用以勸誡君主，要以恐懼修省、有備無患。

虞集在《中書平章政事蔡國張公墓誌銘》中記載張珪言行：「會地震風烈，敕廷臣集議弭災之道，公以大學士當議，抗言於坐，曰：弭災當究其所以得災者。漢殺孝婦，三年不雨。蕭楊等冤死，非致沴之一端乎？死者固不可復生，而清議猶可昭白，毋使朝廷終失之也。」在《張宗師墓誌銘》中載張留孫行實：「而星孛水旱地震之禱，公猶以修德省政之事懇懇爲上言之，則非徒禱矣」。〔註137〕可見虞集對這種以天災爲契機勸導君主當反省自身、修德行而應對的方式，表示贊許。

通過對比可以發現，范梈在《己未行》一詩中，從神話傳說的角度做出解讀，更多的是奇幻的想像。或許是由於他「占卜」爲生造就的思維方式，然而也正是這一點，使得他與「純儒」截然不同。表現在詩歌上，就是極具浪漫主義風格。

范梈又有《京下思歸》：「黃落薊門秋，飄飄在遠遊。不眠聞戍鼓，多病憶歸舟。甘雨從昏過，繁星達曙流。向非徐孺子，萬口薄南州。」〔註138〕深秋葉落，疲病交加，思念故鄉。徐稚，字孺子，爲東漢末人，淡泊不仕，品格高潔，稱「南州高士」。「向非徐孺子，萬口薄南州」一句，意爲當初若不

〔註136〕《元史》卷一百三十《不忽木傳》，第3163～3173頁。

〔註137〕虞集《道園學古錄》卷十八。

〔註138〕「向（鄕）非徐孺子」一句，版本眾多：《四部叢刊》影元鈔本《范德機詩集》、《元詩選》初集卷二十八、《四庫全書》本《范德機詩集》作「鄉逢」；《皇元風雅》卷六、《元藝圃集》卷二作「卿非」；《乾坤清氣集》卷十一作「鄉無」；《元詩體要》卷十作「向非」。按「鄉逢」不可解，除非詩人以「徐孺子」指代某人。按解縉《文毅集》卷十五有《徐氏二子字義說》一文：「東漢之末，賢士滿天下，清風高節，邈不可攀者，惟徐高士一人。是時江右得名者蓋少，獨以一人蓋之也。故范太史詩云：『向無徐孺子，萬口薄南州。』」暫從此說。又「向（鄕）」與「鄉（鄕）」可通假，與「卿」形近；「無」與「非」意同，「非」與「逢」音近。故若作「向非徐孺子」，則可因形似而訛、因音近而訛、因義近而訛，故此處用《元詩體要》版本。

是徐孺子堪稱高士，南州一地恐怕將被眾人輕視。按「南州」本指南昌，但此處意義可擴大為南方地區。大概范梈身為南人，在大都宦遊日久，見慣了官場眾生態，倍覺南人為官不易，故而興發此感。

3、揭傒斯

揭傒斯有《初至京師和答友人病中見示》：「志士輕離別，貧賤事多違。秋風車馬中，故人高臥時。遠客江南至，塵土滿素衣。既申離合情，中多勞苦辭。歡笑未幾何，感歎已乘之。欲及田里事，復恐疾疢滋。曡曡流景遷，榆柳各變衰。偃息寄一室，朝夕終在茲。委運復何言，人生信可疑。我獨何為者，日出暮來歸。」〔註139〕此詩寫初到大都時的情狀，江南來的友人前來探望，想要問詢家鄉近況，又恐引起鄉思，加重疾病。而困居斗室之中，想到年光就此逝去，一無所為，不由悵惘。大概彼時尚不得志，又在病中，是以愁緒滿懷。

當逐漸熟悉了京城生活之後，揭傒斯作有《京城閒居雜言八首》，〔註140〕以組詩的形式，分別從廟堂、百姓、公侯、重臣、風物、寒士、高士、隱士等不同角度，描寫京城的生活，實際上，也折射出詩人性格的不同側面。

他一方面為自己能夠身在大都感到興奮與滿足，都城壯麗，皇城巍峨，萬國齊聚，人才濟濟，這一切都令詩人由衷地稱誦朝廷施行仁政，國運昌盛：「都城列萬雉，樓觀並飛霞。太液深蕩瀁，廣寒高嵯峨。重譯逾萬國，流聲竟四遐。既寵瑰異才，復保勳舊家。忠厚踐行葦，明照徹羲娥。永惟皇上德，世世襲亨嘉。」身逢國泰民安的盛世，詩人也希望「消搖放良時，歡樂永不替」，他對那些為國家開疆拓土、殫精極慮獲得豐賞厚賜、深受榮寵的王公貴族們也表達了讚歎之詞：「濟濟從臣內，赫赫公與侯。」而朝廷在遊獵時表現出的氣勢，也令詩人豪氣干雲：「塵起知獸駭，風高驗鳥疾。支箭落雙鶩，千金出俄刻。」除此之外，北方還有豐富的物產，「朔土高且厚，民生勁而強。榆柳雖弱質，生植益繁昌。桃李大於拳，棗栗充餱糧。」

這裡是全國、乃至萬國的中心，廟堂富麗、貴族如雲、經濟繁榮、生活富庶，還有北方獨特的風土人情，「誰謂苦寒地，百物莫得傷」，彷彿所有的一切都看上去那麼美好。然而，詩人筆鋒一轉：「青青雲夢竹，宿昔傲雪霜。移植於此庭，不如芥與楊。竹性豈有改，由來非本鄉」，此處，以雲夢竹自喻，

〔註139〕揭傒斯《揭文安公全集》卷四，《四部叢刊》景舊鈔本。
〔註140〕揭傒斯《揭文安公全集》卷一，《四部叢刊》景舊鈔本。

江山信美，始終不是故鄉。傲視霜雪的竹子，在這裡卻比不上芥與楊。

第五首承上啓下，將筆觸伸向了京城的另一面。寒士客居京城，無依無靠、無親無故，懷才不遇，「渺渺寒門士，客途燕薊城。上無公卿故，下無舊友朋。裘褐不自蔽，藿食空營營。四顧災沴餘，但聞號哭聲。日負道德懿，敢懷軒冕榮。節食慎所欲，聊以厚我生」；在這裡很難找到知己，人與人之間充滿了利益的爭鬥與欺詐，想起「德不孤，必有鄰」古訓，但世上再無孔仲尼，「高步覽九州，誰獨無與親。同室不相喻，矧彼途路人。誘誚更驅迫，巧詐日眩眞。共美爲善樂，莫知與善鄰。未足保厥躬，已謂貽子孫。一言易爲義，一恩易爲仁。世無魯東叟，何以慰心神。」追求高潔自由的生活，發現自己很難適應京城，不由得思念家鄉，希望能夠從現實中超脫，轉而追求莊子所言的等生死、齊賢愚的大道之境，「哀飆驚野草，日夜委鮮腴。嗟哉白楊樹，高高凌玄虛。朝遊車馬中，夕息思故廬。塵衿難爲潔，野性非京都。貧賤不自保，焉能戀簪裾。賴有死與生，可齊賢與愚。」

這一組詩，既勾勒出京城各個階層人物的生活狀態，又彼此呼應、連貫成篇，通過前後對比，展現出京城生活的不同畫卷。而這也是詩人內心的眞實寫照，雖然身居廟堂之高，但卻意識到，「野性非京都」，自己並不適合這裡。

其《史館獨坐》更是將這種孤寂之感細緻刻畫：「地夐天逾近，風高午尚寒。虛庭松子落，欹檻菊花幹。撫卷俱千古，憂時有萬端。寂寥麟父筆，才薄欲辭官。」〔註141〕冬日午後，天空低沉，北風呼嘯，獨坐史館。觸目皆是蕭殺陰鬱，傲霜秋菊也枯萎隕落，寂寞讓人甚至能夠將地下的松子逐個清點一番。能立言流傳後世、留下典籍著作的先賢聖哲，都已千古，想到這裡，不由得愁緒萬千。世上不復有孔子作《春秋》時史筆，自己又如何勝任修史的工作？詩人自我實現的焦慮在此表露無疑。

二、風雅相尙：「元詩四大家」前期詩文活動

虞集最早進入大都，其次范梈，其次楊載，其次揭傒斯。四人結識，當始於大都。

（一）虞集與范梈

虞集有《和范德機從楊撝進士見寄》：「清江先生最好奇，十年不出

〔註141〕揭傒斯《揭文安公全集》卷二，《四部叢刊》景舊鈔本。

鬢如絲。田舍每詢歸後計，玉堂今見寄來詩。風前雨過林花動，日
　下雲行省樹移。還覓舊遊春欲暮，楊撝爲我道深期。」〔註142〕

楊撝，吉水人，中泰定三年（1326）鄉試，至順元年（1330）進士。〔註143〕
解縉《南麓齋記》載：「文川翁，又結交虞文靖公、揭文安公、歐陽文公、申齋、
桂隱二劉公，卒業於范公之門，范公嘗贈之詩有曰：始我南山居，與子共朝夕。
服事子尊君，恩義藹夙昔。文安公又稱之曰：范公之詩，清江傅若金得其神，
廬陵楊伯允得其骨，天下以爲確論。而文川不自以爲至也。退居南麓，弟子彌
進，若渝川黎應物、廬陵劉粹中，里族楊撝謙，皆知名當時。」〔註144〕

按此文中「文川翁」，即楊中，字伯允，號文川，吉水人，楊叔方之子。
師從范梈，揭傒斯曾贊其得范詩之骨。〔註145〕「楊撝謙」，疑與吉水進士楊撝
爲一人。

由此可知，此詩當作於至順元年，楊撝是年中進士，而他師出范梈，進
京時帶來了范梈的寄詩，虞集因此而和。「十年不出鬢如絲」，可知分別已久；
虞集曾屢屢問詢范梈歸家後的情形，如今范梈更是託人前來問候，交情匪淺。

虞集又有《己卯秋舟過清江憶范德機》：「歸來江上鬢如絲，所謂伊
　人獨繫思。千載清風東漢士，百年高興盛唐詩。離離宿草秋雲斷，
　采采黃花夕露滋。山水含暉無盡意，他生何處共襟期。」「玉堂風日
　擅揮毫，海上馳驅歎二毛。太傅竟無宣室召，拾遺空署莘州曹。孤
　兒衣食交遊古，百世文章墓石高。車過不留應腹痛，寒泉秋菊賦離
　騷。」〔註146〕

己卯爲元統五年（1339），離范梈去世也近十年，虞集觸景生情，憶及舊
友，「他生何處共襟期」，不由得悵惘。第二首將范梈與賈誼、杜甫相比，歎
范梈懷才不遇。

（二）范梈與楊載

楊載與范梈相交始於大都。范梈《楊仲弘集序》：「大德間，余始得浦城楊
君仲弘詩，讀之，恨不識其爲人。及至京師，與余定交，商論雅道，則未嘗不

〔註142〕虞集《道園學古錄》卷三。
〔註143〕《江西通志》卷五十一。
〔註144〕《（康熙）江西通志》卷一百二十九收《南麓齋記》，按此文較解縉《文毅集》
　　　　卷七所收《南麓齋記》全。
〔註145〕楊士奇《題楊文川詩》，《東里文集》卷十。
〔註146〕虞集《道園學古錄》卷二十九。

與挺掌而說也。皇慶初，仲弘與余同爲史官，會時有纂述事，每同舍下直，已而猶相與迴翔留署，或至見月，月盡繼燭，相語刻苦澹泊、寒暑不易者，唯餘一二人耳。故其後，余以御史府用管南憲架閣適海上，仲弘復登乙卯進士第，爲浮梁別駕。余遷江西，仲弘亦改宣城理官。相違十數年，相距數千里，迹雖如是，而心固猶數晨夕也。而仲弘竟未任宣城以卒，烏乎慟哉。」〔註147〕

二人常常在一起探討詩歌、學問，結下了深厚的友情，楊載有《送范德機》：「往歲從君直禁林，相於道義最情深。有愁並許詩頻和，已醉寧辭酒屢斟。漏下秋宵何杳杳，窗開晴晝自陰陰。當時話別雖匇遽，只使離憂攪客心。」〔註148〕

（三）虞集與楊載

《南村輟耕錄》載：「虞伯生先生集、楊仲弘先生載，同在京日，楊先生每言伯生不能作詩。虞先生載酒請問作詩之法，楊先生酒既酣，盡爲傾倒。虞先生遂超悟其理。繼有詩送袁伯長先生桷扈駕上都，以所作詩介他人質諸楊先生，先生曰：此詩非虞伯生不能也。或曰：先生嘗謂伯生不能作詩，何以有此。曰：伯生學問高，余曾授以作詩法，餘莫能及。又以詣趙魏公孟頫詩，中有『山連閣道晨留輦，野散周廬夜屬櫜』之句。公曰：美則美矣，若改『山』爲『天』，『野』爲『星』，則尤美。虞先生深服之。」〔註149〕

按此文中所言送袁桷扈駕上都之時，楊載、虞集均有作品流傳：

楊載有《送伯長扈駕》：「罕畢前驅盛國容，黃麾仙仗衛重重。星流曠野飛蒼鶻，日麗層霄馭赤龍。耀武邊陲須北狩，合祛天地待東封。論才孰可銘休烈，扈聖還宜祀岱宗。」「追從群彥客金門，獨用才高被國恩。石室緗書裁帝紀，玉堂草詔代王言。宦途赫赫名方振，餘子紛紛氣可吞。會合適逢千載運，奮飛寧羨北溟鯤。」〔註150〕

楊載兩首詩，其一著力描摹上京隊伍的陣容強大，氣勢磅礴：旌旗飛舞，斧鉞交錯；蒼鷹翱翔，烈日當空。軍隊整裝待發，彰顯國勢，炫耀軍威。「星流曠野飛蒼鶻，日麗層霄馭赤龍」一句，誇張渲染出上京隊伍出征前的壯麗景象。其二則盛讚袁桷深受恩寵，「會合適逢千載運，奮飛寧羨北溟鯤」，詩人

〔註147〕范梈《楊仲弘集序》。
〔註148〕楊載《翰林楊仲弘詩》卷六，《四部叢刊》景明嘉靖本。
〔註149〕陶宗儀《南村輟耕錄》卷四，中華書局，1959年，第50頁。
〔註150〕楊載《翰林楊仲弘詩》卷六，《四部叢刊》景明嘉靖本。

彷彿被眼前的氣勢所感染，覺得身逢盛世，只要能夠施展才華，前途遠大，甚至連鯤鵬都不放在眼中，表現出極爲恢宏的器度。

虞集《送袁伯長扈從上京》則呈現出不同的風格：「日色蒼涼暎赭袍，時巡毋乃聖躬勞。天連閣道晨留輦，星散周廬夜屬橐。白馬錦韉來窈窕，紫駝銀甕出蒲萄。從官車騎多如雨，只有楊雄賦最高。」〔註151〕

楊載筆下的「日麗層霄」，那種似乎能夠令將士盔甲、斧鉞劍戟諸多儀仗兵器都映照得閃閃發亮、可以縛住赤龍的強烈陽光，在虞集詩中，卻是「日色蒼涼」；楊載描摹的「星流曠野」的蒼茫、闊大、深邃的遠景，在虞集詩中，則是「星散周廬」。

和楊載詩中旗幟獵獵、劍戟林立那種出發前軍威盛大的情狀截然相反的是，虞集詩截取了上京隊伍留宿時的一個片斷，向長途跋涉的皇帝問候旅途勞頓：天邊剛剛露出一絲熹微的晨光，隱隱約約描畫出遠方棧道，帳篷周圍還零零散散地閃爍著幾顆晨星，軍士們的武器都放入了橐中還未拿出。已經有人騎著錦韉白馬，拿著葡萄酒，來準備朝拜君王。而這麼多的隨軍侍從中，只有袁桷的文采最高，堪比楊雄。與楊載激昂張揚的風格不同，虞集的詩則是在平和收斂中，求得詩的韻味。這兩首詩明確體現出「百戰健兒」與「漢庭老吏」的風格差異。

而「天連閣道晨留輦，星散周廬夜屬橐」一句，據傳爲楊載改動「山」、「野」而成。「山」、「野」兩個意象更爲寫實，但是卻沒有「天」、「星」顯得高遠寥廓，更富美感。也由此體現出楊載詩歌技藝更高一籌。儘管此說頗受人懷疑，四庫館臣就曾指出：「竟謂載詩在虞集上，則非其實也」，但單就此二詩風格而言，楊載更爲奔放，虞集顯得矜持，因而這種附會之說，也有其合理之處。

（四）范梈與揭傒斯

范梈有《和揭曼碩茂才揭嘗過臨不遇留題牆壁》一詩：「麻姑蚤解鬢成霜，況說山中海與桑。久別南城壇近客，西風殘照憶題牆。」〔註152〕感歎世事滄桑，以此詩追憶二人交往。

范梈死後，其門人楊中將刻其集，請揭傒斯爲其作《范先生詩序》，揭傒斯在此文中，記載虞集的一段評價：「范先生者諱梈，字德機，臨江清江人也。

〔註151〕虞集《道園學古錄》卷三。
〔註152〕范梈《范德機詩集》卷七。

少家貧，力學有文章，工詩，尤好爲歌行。年三十餘，辭家北遊，賣卜燕市，見者皆驚異之。相語曰：此必非賣卜者。已而爲董中丞所知，召置館下，命諸子弟皆受學焉。由是名動京師。遂薦爲左衛教授，遷翰林國史院編修官，與浦城楊載仲宏、蜀郡虞集伯生齊名，而余亦與之遊。伯生嘗評之曰：楊仲宏詩如百戰健兒，范德機詩如唐臨晉帖，以余爲三日新婦，而自比漢廷老吏也，聞者皆大笑。余獨謂范德機詩以爲唐臨晉帖，終未迫眞，今故改評之曰：范德機詩如秋空行雲，暗雨卷雷，縱橫變化，出入無朕。又如空山道者，辟穀學仙，疲骨崚嶒，神氣自若；又如豪鷹掠野，獨鶴叫群，四顧無人，一碧萬里，差有可彷彿耳」。〔註153〕

揭傒斯所載虞集的四個比喻，是對四人詩歌風格的比擬與評價，也由此成爲文學史上的定論。然而由於形象化的評點，語意複雜，內涵豐富，難以盡言。後人曾對虞集的這一評價做過許多解釋，楊士奇《杜律虞注序》：「百年之前，趙子昂、虞伯生、范德機諸公，皆擅近體，亦皆宗於杜，伯生嘗自比漢庭老吏，謂深於法律也。」〔註154〕

胡應麟《詩藪》：「『百戰健兒』悍而蒼也；『三日新婦』鮮而麗也；『唐臨晉帖』近而肖也；『漢法令師』刻而深也。右四家評語，元人所載亦互異，一云清江『漢法令師』，一說又云人問虞公楊范揭，虞既歷加評品，其人復問公自擬云何，虞笑曰：集如『漢廷老吏』。何子元記揭文安聞此評，大不喜，因特舉似虞，虞曰：此非集言，乃天下公言也。楊文貞序《杜律虞注》亦云：虞自擬『漢廷老吏』，蓋謂深於律者，則當從後說爲得然。《杜律》一謂張氏注，觀其意致膚淺，尚不如范注李詩，非文靖也。」〔註155〕

單從喻體的選擇上來看，某種程度上體現了當時元代社會的時代風尚與社會的審美。

元代是以軍事立國，崇尚武力，故而有「百戰健兒」之喻。

又元代書法盛行，除了楊載未見記載，其他三人都書法出眾。虞集雖「未嘗見其學書篆隸行楷，題榜下筆便覺超詣，以書名於世者憚之」，〔註156〕「眞

〔註153〕揭傒斯《范先生詩序》，《揭傒斯全集》，上海古籍出版社，1985年，第288頁。

〔註154〕楊士奇《東里續集》卷十四，《景印文淵閣四庫全書》本。

〔註155〕胡應麟《詩藪》外編六，明刻本。

〔註156〕歐陽玄《元故奎章閣侍書學士翰林侍講學士通奉大夫虞雍公神道碑》，《圭齋

行草篆皆有法度，古隸爲當代第一。」〔註157〕范梈「善大小篆、漢晉隸書」，
「尤長古隸清勁有法」。〔註158〕「晚尤工篆隸，吳興趙文敏公曰：范德機漢隸，
我固當避之。若其楷法，人亦罕及」。〔註159〕揭傒斯「楷法精健，閒雅行書。」
「正行書師晉人，蒼古有力」，〔註160〕故有「唐臨晉帖」之喻。

　　元代吏制盛行，時人以爲頗類先漢，〔註161〕故而虞集以「漢庭老吏」自
比，而時人以爲矜驕。

　　所謂「三日新婦」，《梁書·曹景宗傳》：「景宗謂所親曰：『今來揚州作貴
人，動轉不得，路行開車幔，小人輒言不可。閉置車中，如三日新婦。遭此
邑邑，使人無氣。」實爲拘謹之意。

　　正因爲這些評價，使得揭傒斯對虞集有所不滿。

　　　　王士禛《池北偶談》記載：「虞道園序范德機詩，謂世論楊仲弘如百
　　　　戰健兒，德機如唐臨晉帖，揭曼碩如美女簪花，而集如漢廷老吏。
　　　　曼碩見此文大不平，一日過臨川詰虞，虞雲外間實有此論，曼碩拂
　　　　衣徑去，留之不可。後曼碩赴京師，伯生寄以四詩，揭亦不答，未
　　　　久，卒於位。偶讀梁石門寅集述此，記之。文士護前，盧後王前，
　　　　千古一轍，可笑也。」〔註162〕

三、小　結

　　通過上述對四大家在大都的仕宦經歷以及文學活動考察，可知其在大都
的基本情況。作爲南人來到京城，有各自的獨特感受，不同的表現手法，形
成了不同的詩歌風格：楊載的奔放熱烈，虞集的沉穩內斂，范梈的誇張想像，
揭傒斯的章法嚴密。而他們之間的詩歌交流、詩歌評價，反映出時代的審美

　　　　文集》卷九，《文淵閣四庫全書》本。
〔註157〕陶宗儀《書史會要》卷七，《文淵閣四庫全書》本。
〔註158〕陶宗儀《書史會要》卷七，《文淵閣四庫全書》本。
〔註159〕揭傒斯《范先生詩序》，《揭傒斯全集》，上海古籍出版社，1985 年，第 288
　　　　頁。
〔註160〕陶宗儀《書史會要》卷七，《文淵閣四庫全書》本。
〔註161〕吳澄《贈何仲德序》：「先漢之初，任文吏，宰相往往由吏起，吏貴重，故吏
　　　　亦自貴重，嚴酷者，或有之，而貪濁者，鮮有也。其後，重者浸浸以賤，逮
　　　　宋之季極矣。國朝用吏，頗類先漢。」《吳文正集》卷二十四。
〔註162〕王士禛撰、靳斯仁點校《池北偶談》卷十六「虞揭」，中華書局，1982 年第
　　　　一版，2006 年印，第 394 頁。

傾向；而對詩藝的探討，甚至是對彼此風格的苛責，促進了整個文壇的興盛與繁榮。

除此之外，四大家都對整個元代詩壇意義重大，他們代表著南方詩歌風格在大都文壇的集體亮相。事實上，早在四大家齊聚大都之前，范梈、楊載在江南就有各自的文學活動。

（一）范梈與江西文化圈的發展與傳承

> 「臨江皮氏尊賢禮士，若盧陵劉太傅會孟、郡禮部中父、蜀郡虞公及之豫章熊僉判與可及我吳文正公，皆在焉，公（杜本）與同里范供奉德機，年最少，從諸公講學不倦。」〔註163〕

按清江皮氏，當指皮一薦、皮南舉家族。皮一薦，宋貢士，元初爲南雄路總管。皮南舉，字仲尹，元初授管軍總把，充賀州富川縣尹，退隱不仕。皮儀（1243～1305），字仲宜，不求仕進，大德九年卒。皮一薦子皮潛爲邵陽縣丞，秩滿歸，延祐五年授岳州路平江州判官。皮潛子皮棨（1297～1336），字維楨，有文學而不仕。皮儀子皮野，字季賢，仕高安教諭。

而在皮氏家族的支持下，劉辰翁、虞汲、熊朋來、吳澄、杜本、范梈間講學往來。

劉辰翁（1232～1297），字會孟，號須溪，盧陵人。宋末爲濂溪書院山長，薦除太學博士，固辭。大德元年卒，年六十六。〔註164〕

虞汲，號井齋，崇仁人，虞集父。至大間爲潭州路學正，以翰林編修致仕，延祐五年卒。〔註165〕

熊朋來（1246～1323），字與可，號天慵，豐城人。宋咸淳十年進士，元初家居授徒，以薦爲福州路學教授，改吉安路，考滿歸，不復仕，四方來學者甚眾，後多爲聞人。至治三年卒，年七十八。〔註166〕

范梈離開大都後，他在江西有弟子數人，而他們也成爲詩壇的中堅力量：

〔註163〕危素《元故徵君杜公伯原父墓碑》，杜本《清江碧嶂集》，《四庫全書存目叢書》（南京圖書館藏清抄汲古閣本），齊魯書社，1997年。

〔註164〕邵遠平《元史類編》卷三十六，《遼金元傳記資料叢刊》（仁和邵遠平戒山學、南沙席世臣郘客氏校刊），北京圖書館出版社，2006年，第四冊第315～316頁。

〔註165〕李賢《明一統志》卷五十四，《景印文淵閣四庫全書》本。

〔註166〕生平見虞集《熊與可墓誌銘》，《道園學古錄》卷十八。吳澄《前進士豫章熊先生墓表》，《吳文正集》卷七十一。

「其詩道之傳，廬陵楊中得其骨，郡人傅若金得其神，皆有盛名。」〔註167〕

楊中，前已述。

傅若金（1303～1342），字與礪，一字汝礪，新喻人。工詩。〔註168〕

（二）楊載與杭州文化圈

「杜眞人堅居虎林宗陽宮，若吳興趙文敏公、四明袁文清公、浦城
楊推官仲弘、錢塘仇儒學仁近、薛助教宗海多會館中。」〔註169〕

按虎林爲杭州一山，「錢氏有國時，此山在郭外，異虎出焉，故名。」〔註170〕

杜眞人，即杜道堅（1237～1318），字處逸，號南谷子，當塗采石人。元初入覲世祖忽必烈，命住持杭州宗陽宮。大德七年授杭州路道錄，仁宗賜號隆道沖眞崇正眞人。延祐五年卒，年八十二。〔註171〕

正是在宗陽宮中，趙孟頫、袁桷、楊載、仇遠、薛漢等人有所交往，形成了一個文化圈。又蔣易《清江碧嶂集序》中記載其老師杜本評價當時的詩歌，「今代詩人雄渾有氣，無若浦城楊仲弘，仲弘詩法得於句章任叔〔植〕（實）士林，其後叔〔植〕（實）之詩乃不及仲弘，可謂青出於藍矣。仲弘嘗謂取材於漢魏，而音節以唐爲宗，此吾詩法也，小子識之。」〔註172〕

任士林（1253～1309），字叔實，奉化人，大德間教諭上虞，至大元年薦授湖州安定書院山長，明年卒，年五十七。生平見趙孟頫《任叔實墓誌銘》。

楊載有《宗陽宮望月分韻得聲字》：「老君臺上涼如水，坐看冰輪轉二更。太地山河微有影，九天風露寂無聲。蛟龍並起承金榜，鸞鳳雙飛載玉笙。不信弱流三萬里，此身今夕到蓬瀛。」大概就是作於此時。

而楊載提出的「取材於漢魏，而音節以唐爲宗」作詩法，實際上就反映了元代詩壇「宗唐得古」的復古傾向。

他們代表著不同的文化圈，最終在大都碰撞，後又返回江南。故何喬新

〔註167〕揭傒斯《范先生詩序》，《揭傒斯全集》，上海古籍出版社，1985 年，第 288
　　　　頁。
〔註168〕生平見蘇天爵《元故廣州路儒學教授傅君墓誌銘》，《滋溪文稿》卷十三。陳
　　　　高華、孟繁清點校，中華書局，1997 年，第 213～215 頁。
〔註169〕危素《元故徵君杜公伯原父墓碑》。
〔註170〕楊正賢《虎林山記》，見郎瑛《七修類稿》卷四「虎林考」，《續修四庫全書》
　　　　（據北京圖書館藏明刻本影印），上海古籍出版社，第一一二三冊，第 35 頁。
〔註171〕生平見趙孟頫《隆道沖眞崇正眞人杜公碑》，《松雪齋文集》卷九，《四部叢刊》
　　　　影元本。
〔註172〕杜本《清江碧嶂集》卷首。

《重刊黃楊集序》稱：「有元一代，俗漓政厖，無足言者，而其詩矯宋季之委靡，追盛唐之雅麗，則有可取者。蓋自郝伯常、姚公茂鳴於北方，而馬伯庸、薩天錫諸公繼作。楊仲弘、范德機倡於江南，而虞伯生、揭曼碩諸公從而和之。及其久也，上自臺閣名公，下至山林逸士，外至徼塞部長，往往以詩名家，雖其間不能無粗豪之譏，纖巧之病，要之不失爲能言之士也。」〔註173〕這裡就將虞楊范揭四人作爲江南詩人的傑出代表，而楊載、范梈實爲先導。

　　至於虞集和揭傒斯二人的影響，主要是在大都文壇後期，他們躋身爲館閣重臣，「元文宗天曆至元順帝初期，正是館閣詩人對朝野影響最大的階段，這又正是虞楊范揭『四大家』活動在詩壇、創作達到極盛的巔峰時刻。」〔註174〕

〔註173〕何喬新《椒邱文集》卷九，《景印文淵閣四庫全書》本。
〔註174〕楊鐮師《元詩史》，人民文學出版社，2003年，第460頁。

結　語

　　1215 至 1315 年的一百年間，蒙古人通過對金戰爭、對宋戰爭、對西域戰爭，依靠強大的武力征服，建立了一個橫跨歐亞大陸的龐大帝國。而隨著金中都的滅亡、元大都的新建，一個空前的政治文化中心在北方興起。這一時期的元朝，處在多方面文化糅合的階段：不同地域、不同種族、不同宗教、不同風俗的人因爲大一統國家的建立，促進了彼此的交流。然而多方面文化湧入的同時，也帶來了碰撞與衝突，其表現形式除了最爲明顯的戰爭，還表現爲各方面利益集團的明爭暗鬥，如佛道論爭、儒家朱學陸學的合流、衍聖公對爵位的爭奪、漢人與色目人的互相牽制、漢法與蒙古舊制與斂財制度的抗衡、文人集團內部的相互傾軋，等等等等，在思想、經濟、政治方面，顯得異常熱鬧。文人形成不同的集團與群體參與著這些利益的角逐，卻也折射出身不由己的悲喜，而文學活動則成爲一種表徵，在看似風花雪月般輕鬆的唱和之下，隱含著對權勢集團的趨附與追捧。

　　而在地域環境方面，這一時期大都地區的自然災害異常頻繁，水災、旱災、冰雹、蝗蟲、地震，接踵而來。〔註 1〕這些突如其來的憂患，除了被忠實地記錄在文人的作品中，還被不同的思維方式分析對待，並且進一步加強了統治者對宗教的信賴。這一時期，元大都還大興水利，開鑿運河，使得南北通途、給大都帶來便利，也使得這個北方都城仰賴南方運糧，並且當時能夠在積水潭形成「舳艫蔽水」的景觀，從而帶動了積水潭（海子）地區的文化繁榮。

〔註 1〕陳高華先生《元大都》「大都地區發生的自然災害」，北京出版社，1982 年，
　　　　第 105～106 頁。

以上就是元大都文壇得以產生發展的重要背景。生活在這樣的都城，經由戰爭開拓的巨大疆域，全國的資源通過四通八達的水路、驛站彙集，全國的人才得以彙聚。然而生活在這樣的都城，也必然要忍受著各種思想的衝撞與各種鬥爭的煎熬，承受種種天災人禍帶來的對憂患的焦慮。

通過對元大都前期詩文活動的考察，可知大都文壇的形成是一個動態過程：它是在燕京文壇的基礎上，經由金士人的回歸、北方幕府文人的齊聚、南方理學的北傳、僧道人士的參與、以及南方士人由被動到主動的融入這樣一個不斷產生衝突、碰撞、排除異質文化最終融合的動態過程。而南方士人以「虞楊范揭」為代表的「四大家」在大都文壇的領先地位，開啓了元代文學的「盛世之音」。

選取的有典型性、代表性的文學活動，又共同反映出大都文壇創作的特色：

首先，從題材上來看，較多反映「仕隱」矛盾及對「進退出處」思考主題的作品。

如「歸潛堂唱和」、「《無盡藏詩卷》題詩」、「《樊川圖》題詩」、「遂初堂雅集」、「廉園雅集」等，都體現了文人在廟堂館閣與山林田園間的矛盾心理，並由此產生了士大夫以「園林雅集」這種方式來調和矛盾的折衷辦法。

除此之外，「故國之思」、「亡國之痛」亦是前期文學活動的重要主題，以元好問為代表的舊金士人，以汪元量、家鉉翁、文天祥為代表的南宋士人，他們在大都的文學活動，都流露出亡國之臣的痛苦與疏離，而他們的離去，也代表著新興政權下文化融合過程中異質元素無可奈何的退卻。

第二，從文學活動形式上來看，詩歌唱和贈答十分普遍。如「《無盡藏詩卷》題詩」、「《樊川圖》題詩」、「《溫日觀葡萄》題詩」等題畫活動，「送汪元量」、「送武當道士」、「送袁伯長」等送行活動，充分體現了詩歌在實際生活中的應酬交際作用。

第三，從文學活動的參與者來看，西域作家無疑是元代最具特色之處，然而他們的華化程度之深，使得他們的作品與漢人並無二致。

文學活動如此興盛，主要是與元朝社會風氣密切相關。

首先，在科舉興起之前，元代的銓選制度相對其他朝代而言，偏重於根腳、出身，功勳大臣的舉薦對文人的出仕舉足輕重，這就造成了元代「養士之風」與「遊士之風」的盛行。詩歌唱和的文學活動，不過是這種政治活動

的衍生。

　　如文中論述的「燕薊詩派」是以耶律楚材爲中心的文人集團，「遂初堂雅集」則是以張九思爲中心的眞金太子黨，「雪堂雅集」更可以看作是眞金太子影響圈的擴大，而虞集、范梈、元明善則是以董士選爲中心的賓客集團。

　　其次，元代社會宴會盛行，也是因爲受到蒙古民族風俗的影響。

　　一方面，是蒙古人部落聯盟集體議事制度的殘留，楊樹藩《元代中央政治制度》中曾列舉蒙古行政會議形式：忽里勒臺（大會議）、內廷會議、宗盟會議、朝議、廷議、中書省議、百官議、省臺院會議、中書樞密議以及特別指定會議。〔註2〕王惲《中堂事記》中載中書省在上都時，多次聚集在廉希憲府中議事。足證元代政治集會之多。

　　另一方面，蒙古人具有草原民族的狂歡氣質，樂於宴飲。以致上行下效，蔚然成風。

　　　　《元史·禮樂志》載：「元之有國，肇興朔漠，朝會燕饗之禮，多從
　　　　本俗」，「大饗宗親，錫宴大臣，猶用本俗之禮爲多」。〔註3〕
汪元量《湖州歌》中曾描述宋三宮入大都，元朝皇帝設宴款待，共有十場宮廷宴會，極盡奢華。元朝統治者以賜宴作爲一種封賞，比如王磐致仕，太子眞金將他召入宮中賜食，並於第二天賜宴聖安寺。而館閣文人中，聚會成爲慣例，如王惲《送忠翁南歸》詩注「右相城南別墅，每歲春，例一燕諸公。」都城豪民款待官員，亦爲常事，如楊瑀《山居新語》載：「都城豪民，每遇假日，必以酒食招致省憲僚吏翹傑出群者款之，名曰撒和。凡人有遠行者，至巳午時以草料飼驢馬，謂之撒和，欲其致遠不乏也。」〔註4〕

　　在這樣的歷史背景下，詩歌成爲整個聚會活動不可分割的一部分。文人通過詩歌唱和這種方式可以向功勳大臣們展現自己的才華，同時也是互相交流的一種手段。詩歌的實用性、交際性功能突顯，而相對應地，書寫自我、獨抒性靈的作品就較少。

　　再次，文人在元代受到重視的，並不主要是因爲他們經世致用的學問，更多的在於他們書法、繪畫的功能，這也是元代歌詠書畫詩歌活動興盛的緣由之一，「寫經之役」徵召的一批文人在大都的文學活動，就是一個例證。而

〔註2〕楊樹藩《元代中央政治制度》，（臺灣）商務印書館，1978年。
〔註3〕《元史》卷六十七，第1664頁。
〔註4〕楊瑀《山居新語》，中華書局，2006年，第234頁。

到了後期，奎章閣的興起，更是強化了這一文學活動，此爲後話。

綜上所述，元大都前期詩文活動，是元代社會形成發展的結果，具有元代社會的烙印，亦反映出元代文學的特色。

而作爲活動主體的文人，則更多的依附於元代權貴階層，其詩文創作也逐漸趨於實用化、交際化，較少地具有「文學的自覺」。

他們在「出仕」與「隱逸」間，在吏與士的身份間，在現實生存與理想保持間，痛苦抉擇。任何一個時代，任何一個讀書人，都會感受到理想與現實的差距與壓迫，然而元代社會，由於統治者「家奴」思維、特殊的四等人政策以及科舉不興造成的士人出路受阻，留給讀書人的空間，則顯得尤爲局促逼仄。

參考文獻

一、原始文獻

1. 趙秉文：《閒閒老人滏水文集》，二十卷附錄一卷，《四部叢刊》（據汲古閣鈔本影印）。

2. 元好問：《遺山先生文集》，四十卷附錄一卷，《四部叢刊》本（上海涵芬樓借烏程蔣氏密韻樓藏明弘治戊午儲巏序李瀚刊本影印）。

3. 元好問著、施國祁箋注：《元遺山詩集箋注》，人民文學出版社，1958年。

4. 元好問著、姚奠中主編、李正民增訂：《元好問全集》，山西古籍出版社，2004年。

5. 耶律楚材：《湛然居士文集》，十四卷，《四部叢刊》本（上海涵芬樓借無錫孫氏小綠天藏影元寫本影印）。

6. 耶律楚材著、謝方點校：《湛然居士文集》，中華書局，1986年。

7. 郝經：《郝文忠公陵川文集》，三十九卷，《北京圖書館古籍珍本叢刊》本（明正德三年李瀚刻本）。

8. 張養浩：《張文忠公雲莊歸田類稿》，二十卷附錄一卷，清乾隆五十五年周永年毛墅刻本。

9. 張養浩著、李鳴、馬振奎點校：《張養浩集》，吉林文史出版社，2008年。

10. 胡祗遹：《紫山大全集》，二十六卷，《文淵閣四庫全書》本。

11. 胡祗遹著、魏崇武、周思成點校：《胡祗遹集》，吉林文史出版社，2008年。

12. 文天祥：《文山先生全集》，《四部叢刊》本（上海涵芬樓借烏程許氏藏明刊本影印）。

13. 汪元量：《湖山類稿》五卷，《水雲集》一卷，鮑廷博知不足齋刻本。

14. 汪元量著、孔凡禮輯校：《增訂湖山類稿》，中華書局，1984年。

15. 謝枋得：《疊山集》，十六卷，《四部叢刊》續編景明刊本。

16. 謝翱：《晞髮集》十卷，明萬曆四十六年郭鳴林刻本。

17. 汪夢斗：《北遊集》，二卷，《文淵閣四庫全書》本。

18. 任士林《松鄉先生文集》，明永樂三年任勉重刻本。

19. 戴表元：《剡源戴先生文集》，三十卷，《四部叢刊》本（據明本影印）。

20. 戴表元著、李軍、辛夢霞點校：《戴表元集》，吉林文史出版社，2008 年。

21. 趙孟頫：《松雪齋文集》，十卷外集一卷，《四部叢刊》本（上海涵芬樓影印元沈伯玉刻本）。

22. 趙孟頫著、任道斌點校：《趙孟頫集》，浙江古籍出版社，1986 年。

23. 吳澄：《草廬吳文正公全集》，四十九卷卷首一卷外集三卷，清乾隆五十一年萬氏刻本。

24. 釋英：《白雲集》三卷，武林往哲遺著本。

25. 楊弘道：《小亨集》，六卷，《文淵閣四庫全書》本（《永樂大典》輯本）。

26. 楊奐：《還山遺稿》，二卷補遺一卷附錄一卷，《北京圖書館古籍珍本叢刊》本（明嘉靖元年宋廷佐刻本）。

27. 許衡：《魯齋遺書》，十四卷，《北京圖書館古籍珍本叢刊》本（明萬曆二十四年怡愉、江學詩刻本）。

28. 劉因：《靜修先生文集》，二十二卷，《四部叢刊》本（上海涵芬樓據元宗文堂刊本影印）。

29. 劉因《靜修集》，三十卷，《文淵閣四庫全書》本。

30. 盧摯著、李修生輯箋：《盧疏齋集輯存》，四卷，北京師範大學出版社，1984 年。

31. 魏初：《青崖集》，五卷，《文淵閣四庫全書》本（《永樂大典》輯本）。

32. 劉將孫：《養吾齋集》，三十二卷，《文淵閣四庫全書》本（《永樂大典》輯本）。

33. 耶律鑄：《雙溪醉隱集》，六卷，《文淵閣四庫全書》本（《永樂大典》輯本）。

34. 滕安上：《東菴集》，四卷，《文淵閣四庫全書》本（《永樂大典》輯本）。

35. 王惲：《秋澗先生大全集》，一百卷，《四部叢刊》本（上海涵芬樓借江南圖書館藏明弘治翻元本影印）。

36. 王惲：《秋澗先生大全文集》，一百卷，《元人文集珍本叢刊》本，新文豐出版公司印行，1985 年。

37. 姚燧：《牧菴集》，三十六卷，附錄劉致撰《牧菴年譜》一卷，《四部叢刊》本（上海涵芬樓藏武英殿聚珍板本）。

38. 程文海：《雪樓程先生文集》，三十卷，《元代珍本文集彙刊》（清宣統二年陶氏涉園刻本），臺灣中央圖書館編印。

39. 袁桷：《清容居士集》，五十卷，《四部叢刊》本（上海涵芬樓影印元刊本）。

40. 張之翰：《西巖集》，二十卷，《文淵閣四庫全書》本（《永樂大典》輯本）。

41. 貢奎：《貢文靖公雲林集》，十卷附錄一卷，《北京圖書館古籍珍本叢刊》本（明貢靖國刻本）。

42. 元明善：《清河集》，七卷附錄一卷，藕香零拾本。

43. 劉敏中：《中菴先生劉文簡公文集》，二十五卷，北京圖書館藏清抄本。

44. 劉敏中：《中菴集》，二十卷，《文淵閣四庫全書》本（《永樂大典》輯本）。

45. 劉敏中著、鄧瑞全、謝輝點校：《劉敏中集》，吉林文史出版社，2008 年。

46. 馬祖常：《石田先生文集》，十五卷附錄一卷，《北京圖書館古籍珍本叢刊》本（元至元五年揚州路儒學刻本）。

47. 虞集：《道園學古錄》，五十卷，《四部叢刊》本（上海涵芬樓影印明景泰翻元小字本）。

48. 虞集：《雍虞先生道園類稿》，五十卷，北京圖書館藏元至正五年臨川郡學刻本。

49. 楊載：《翰林楊仲弘詩》，八卷，《四部叢刊》本（上海涵芬樓借江南圖書館藏明嘉靖丙申刊本影印）。

50. 范梈：《范德機詩集》，七卷，《四部叢刊》本（據景元鈔本影印）。

51. 揭傒斯：《揭文安公全集》，十四卷補遺一卷，《四部叢刊》本（上海涵芬樓借烏程蔣氏密韻樓藏孔荭谷鈔本影印）。

52. 揭傒斯著、李夢生點校：《揭傒斯全集》，上海古籍出版社，1985 年。

53. 黃溍：《金華黃先生文集》，四十三卷，《四部叢刊》本（上海涵芬樓借印常熟瞿氏上元宗氏日本岩崎氏藏元刊本）。

54. 歐陽玄：《圭齋文集》，十六卷，《四部叢刊》本（上海涵芬樓影印明成化刊本）。

55. 許有壬：《至正集》，八十一卷，《北京圖書館古籍珍本叢刊》本（清抄本）。

56. 許有壬：《圭塘小稿》，十三卷別集二卷續集一卷附錄一卷，三怡堂叢書本。

57. 吳師道：《吳禮部文集》，二十卷附錄一卷，《北京圖書館古籍珍本叢刊》本（清抄本）。

58. 吳師道著、邱居里、邢新欣點校：《吳師道集》，吉林文史出版社，2008 年。

59. 宋褧：《燕石集》，十五卷，《北京圖書館古籍珍本叢刊》本（清抄本）。

60. 吳萊：《淵穎吳先生集》，十二卷附錄一卷，《四部叢刊》本（據明嘉靖元年祝翻元本影印）。

61. 迺賢：《金臺集》，二卷，壬戌仲春武進董氏誦芬室刊本。

62. 劉壎:《隱居通議》,三十一卷,讀畫齋叢書丙集本。

63. 張炎撰、江昱疏證《山中白雲詞疏證》卷一,《續修四庫全書》,上海古籍出版社,1999 年。

64. 張埜:《古山樂府》,《續修四庫全書》,上海古籍出版社,2000 年。

65. 杜本:《清江碧嶂集》,一卷,南京圖書館藏清抄汲古閣本,《四庫全書存目叢書》,齊魯書社,1997 年。

66. 劉岳申:《申齋劉先生文集》,十五卷,北京圖書館藏清抄本。

67. 劉岳申:《申齋集》十五卷,《景印文淵閣四庫全書》本。

68. 王逢:《梧溪集》,知不足齋叢書本。

69. 蔣易:《皇元風雅》,《續修四庫全書》(據北京圖書館藏元建陽張氏梅溪書院刻本影印),上海古籍出版社,1997 年。

70. 蘇天爵編:《元文類》,七十卷,《國學基本叢書》本,商務印書館,1936 年初版,1958 年重印本。

71. 顧嗣立《元詩選·初集》,中華書局,1987 年。

72. 顧嗣立《元詩選·二集》,中華書局,1987 年。

73. 顧嗣立《元詩選·三集》,中華書局,1987 年。

74. 顧嗣立、席世臣編《元詩選·癸集》,吳申揚點校,中華書局,2001 年。

75. 楊士奇著,劉伯涵、朱海校點《東里文集》,中華書局,1998 年。

76. 袁中道:《珂雪齋集》,上海古籍出版社,1989 年。

77. 解縉:《解學士先生全集》,十二卷,北京師範大學圖書館藏三吳晏少溪刊本。

78. 何喬新《椒邱文集》,三十四卷,《景印文淵閣四庫全書》本。

79. 蘇天爵輯、姚景安點校《元朝名臣事略》,中華書局,1996 年。

80. 危素:《臨川吳文正公年譜》,清乾隆二十一年刻本。《四庫全書存目叢書》。

81. 王士點、商企翁著,高榮盛點校:《秘書監志》,浙江古籍出版社,1992 年。

82. 《廟學典禮》,王頲點校,浙江古籍出版社,1992 年。

83. 《通制條格校注》方齡貴校注,中華書局,2001 年。

84. 駱天驤著、黃永年點校:《類編長安志》,三秦出版社,2006 年。

85. 袁桷:《(延祐)四明志》,《景印文淵閣四庫全書》本。

86. 張鉉:《(至大)金陵新志》卷六,《景印文淵閣四庫全書》本。

87. 楊譓:《(至正)昆山郡志》卷二,元至正元年修咸豐元年據錢大昭藏本刻。

88. 俞希魯編纂,楊積慶、貫秀英等校點《(至順)鎮江志》,《江蘇地方文獻

叢書》，江蘇古籍出版社，1999 年。

89. 蔡美彪：《元代白話碑集錄》，北京科學出版社，1955 年。

90. 厲鶚：《宋詩紀事》，上海古籍出版社，2008 年。

91. 厲鶚：《宋詩紀事》一百卷，乾隆十一年刻本。

92. 錢鍾書：《宋詩紀事補正》，遼寧人民出版社遼海出版社，2003 年。

93. 陳衍輯撰，李夢生校點：《元詩紀事》，上海古籍出版社，1987 年。

94. 陳高華：《元代畫家史料彙編》，杭州出版社，2004 年。

95. 馬可波羅著、馮承鈞譯：《馬可波羅行紀》，上海書店出版社，2006 年。

96. 釋祥邁：《大元至元辨偽錄》，五卷，《北京圖書館古籍珍本叢刊》本（元刻本），書目文獻出版社，1998 年。

97. 釋念常：《佛祖歷代通載》，二十二卷，《北京圖書館古籍珍本叢刊》（元至正七年釋念常募刻本），書目文獻出版社，1998 年。

98. 孟珙：《蒙韃備錄》，《叢書集成初編》（據《古今說海》本排印），中華書局，1985 年。

99. 劉祁著、崔文印點校：《歸潛志》，中華書局出版，1983 年。

100. 耶律楚材：《玄風慶會錄》，明正統道藏本。

101. 耶律楚材著、向達校注：《西遊錄》，中華書局，2000 年。

102. 李志常：《長春真人西遊記》，二卷，上海中華書局於 1949 年據連筠簃本校刊本。

103. 李志常著、黨寶海譯注：《長春真人西遊記》，河北人民出版社，2001 年。

104. 李道謙：《甘水仙源錄》，十卷，《四庫全書存目叢書》，齊魯書社，1995 年。

105. 王惲著、楊曉春點校：《玉堂嘉話》，中華書局出版，2006 年。

106. 周密著、孔凡禮點校：《浩然齋雅談》，中華書局，2010 年。

107. 周密：《癸辛雜識》，中華書局，1988 年。

108. 鍾嗣成：《錄鬼簿》，上海古籍出版社，1978 年。

109. 鮮于樞：《困學齋雜錄》，《叢書集成初編》據知不足齋叢書本排印，中華書局，1985 年。

110. 陶宗儀：《書史會要》九卷，武進陶氏逸園景刊洪武本。

111. 陶宗儀：《書史會要》，《國家圖書館藏古籍藝術類編》，北京圖書館出版社，2004 年。

112. 蔣一葵：《堯山堂外紀》一百卷，明萬曆舒一泉刻本。

113. 夏文彥：《圖繪寶鑒》，六卷，《國學基本叢書簡編》，商務印書館，1936 年。

114. 夏庭芝撰、孫崇濤、徐宏圖箋注：《青樓集箋注》，中國戲劇出版社，1990
年。

115. 陸友仁：《研北雜誌》，《叢書集成初編》（據明寶顏堂秘笈本影印），中華
書局，1985 年。

116. 楊瑀：《山居新語》，中華書局，2006 年。

117. 鄭元祐《遂昌山人雜錄》，《叢書集成初編》（據讀畫齋叢書排印），中華
書局，1985 年。

118. 長谷眞逸：《農田餘話》，《叢書集成初編》（據明寶顏堂秘笈本影印），中
華書局，1985 年。

119. 楊儀《金姬傳》附《金姬傳別記》，《叢書集成初編》據借月山房會抄本
排印，中華書局，1985 年。

120. 李日華：《味水軒日記》，吳興劉氏嘉業堂刊本。

121. 劉一清：《錢塘遺事》，上海古籍出版社據謝國楨所藏嘉慶洞庭掃葉山房
席世臣校訂本影印，1985 年。

122. 瞿祐：《歸田詩話》，清知不足齋叢書本。

123. 田汝成：《西湖遊覽志餘》，《景印文淵閣四庫全書》本。

124. 吳升輯：《大觀錄》卷十五「南宋名賢諸畫」，《續修四庫全書》（據華東
師範大學圖書館藏民國九年武進李氏聖譯廎鉛印本影印），上海古籍出版
社。

125. 余之禎：《（萬曆）吉安府志》三十六卷，日本藏中國罕見地方志叢刊本
（影印明萬曆十三年刻本）。

126. 王家傑、唐先霖、汪綬之、周文鳳等編：《（同治）豐城縣志》，二十八卷，
豐城縣署。

127. 何東序、汪尚寧纂修《（嘉靖）徽州府志》卷十八，《北京圖書館古籍珍
本叢刊》（據明嘉靖刻本影印），書目文獻出版社，1998 年。

128. 陳桱：《通鑒續編》卷二十四，《景印文淵閣四庫全書》本。

129. 邵遠平：《元史類編》卷三十六，《遼金元傳記資料叢刊》（仁和邵遠平戒
山學、南沙席世臣郋客氏校刊），北京圖書館出版社，2006 年。

130. 程敏政輯撰、何善慶、於石點校：《新安文獻志》卷九十五，黃山書社，
2004 年。

131. 李賢：《明一統志》卷五十四，《景印文淵閣四庫全書》本。

132. 黃宗羲原著、全祖望補修、陳金生、梁運華點校《宋元學案》，中華書局，
1986 年。

133. 魏源：《元史新編》，文海出版社據光緒三十一年邵陽魏慎微堂刊影印，
1984 年。

134. 錢大昕撰、陳文和、張連生、曹明升校點：《廿二史考異》，鳳凰出版社，2008 年。

135. 趙翼著、王樹民校證《廿二史劄記校證》，中華書局，1984 年第一版，2005 年印。

136. 阮元輯：《山左金石志》（儀徵阮氏小琅嬛仙館刊版），《石刻史料新編》初輯，新文豐出版公司印行，1982 年。

137. 胡聘之輯：《山右石刻叢編》，《石刻史料新編》初輯，新文豐出版公司印行，1982 年。

138. 陳銘珪：《長春道教源流》，八卷，《續修四庫全書》（據復旦大學圖書館藏民國東莞陳氏刻聚德堂叢書本影印），上海古籍出版社。

139. 趙萬里輯校：《元一統志》，中華書局，1966 年。

140. 劉侗、於奕正：《帝京景物略》，北京古籍出版社，1980 年。

141. 沈榜：《宛署雜記》，北京古籍出版社，1980 年。

142. 于敏中：《欽定日下舊聞考》，北京古籍出版社，1981 年。

143. 孫承澤：《天府廣記》，北京古籍出版社，1982 年。

144. 蔣一葵：《長安客話》，北京古籍出版社，1982 年。

145. 《北京市崇文區地名錄》，北京市崇文區人民政府編內部資料，1982 年。

146. 熊夢祥著，北京圖書館善本組輯校：《析津志輯佚》，北京古籍出版社，1983 年。

147. 喜仁龍：《北京的城牆和城門》，北京燕山出版社，1985 年。

148. 周家楣、繆荃孫等編纂，左笑鴻等點校：《光緒順天府志》，北京古籍出版社，1987 年。

149. 陳宗蕃著，王燦熾、張宗平點校：《燕都叢考》，北京古籍出版社，1991 年。

150. 孫承澤《春明夢餘錄》卷六十七，王劍英點校，北京古籍出版社，1992 年。

151. 陳高華點校：《人海詩區》，北京古籍出版社，1994 年。

152. 曹子西主編《北京通史》於光度、常潤華撰著第四卷「金代卷」，中國書店，1994 年。

153. 曹子西主編《北京通史》王崗撰著第五卷「元代卷」，中國書店，1994 年。

154. 湯用彬等編纂：《舊都文物略》，北京古籍出版社，2000 年。

155. 《京城什剎海》，中國文史出版社，2001 年。

156. 《北京市崇文區志》，北京出版社，2004 年。

157. 北京門頭溝區政協文史資料委員會編《永定河史綜要》，香港銀河出版社，2004 年。

158. 《北京歷史地圖・元代北京城》，北京燕山出版社，2006 年。

159. 《北京歷史地圖・明代北京城》，北京燕山出版社，2006 年。

160. 《北京歷史地圖・清代北京城》，北京燕山出版社，2006 年。

二、研究著作

1. 陳銘珪：《長春道教源流》，民國東莞陳氏刻聚德堂叢書本。

2. 王國維：《王國維遺書》第三冊，上海古籍書店印行，1983 年。

3. 陳垣：《南宋初河北新道教考》，中華書局，1962 年。

4. 孫克寬：《元代漢文化之活動》，臺灣中華書局，1968 年。

5. 袁冀：《元史研究論集》，臺灣商務印書館發行，1974 年。

6. 楊樹藩：《元代中央政治制度》，（臺灣）商務印書館，1978 年。

7. 姜一涵：《元代奎章閣及奎章人物》，聯經出版事業公司，1981 年。

8. 孫楷第：《元曲家考略》，上海古籍出版社，1981 年。

9. 陳高華：《元大都》，北京出版社，1982 年 2 月。

10. 姚從吾：《姚從吾先生全集》，臺灣正中書局，1982 年。

11. 《中國大百科全書・中國歷史・元史》，中國大百科全書出版社，1985 年。

12. 《北京史研究》，北京燕山出版社，1986 年。

13. 許凡：《元代吏制研究》，勞動人事出版社，1987 年。

14. 周良霄、顧菊英：《元史》，上海人民出版社，2003 年。

15. 陳高華：《元史研究論稿》，中華書局，1991 年。

16. 蕭啓慶：《蒙元史新研》，允晨文化實業股份有限公司，1994 年。

17. 《康橋中國遼西夏金元史》，中國社會科學出版社，1998 年。

18. 蕭啓慶：《元朝史新論》，允晨文化實業股份有限公司，1999 年。

19. 劉曉：《耶律楚材評傳》，南京大學出版社，2001 年。

20. 陳高華、史衛民《中國風俗通史元代卷》，上海文藝出版社，2001 年。

21. 《蒙元的歷史與文化：蒙元史學術研討會論文集》，臺灣學生書局印行，2001 年。

22. 李治安：《元代政治制度研究》，人民出版社，2003 年。

23. 趙琦：《金元之際的儒士與漢文化》，人民出版社，2004 年。

24. 陳高華：《元史研究新論》，上海社會科學院出版社，2005 年。

25. 陳得芝：《蒙元史研究叢稿》，人民出版社，2005 年。

26. 劉曉：《元史研究》，福建人民出版社，2006 年。

27. 蒙思明：《元代社會階級制度》，上海人民出版社，2006 年。

28. 蕭啓慶：《内北國而外中國》，中華書局，2007 年。

29. 韓儒林：《元朝史》，人民出版社，2008 年第 2 版。

30. 蕭啓慶：《元代的族群文化與科舉》，臺灣聯經出版事業股份有限公司，2008 年。

31. 陳高華、張帆、劉曉：《元代文化史》，廣東出版集團，2009 年。

32. 程千帆：《文論十箋》，黑龍江人民出版社，1983 年。

33. 楊鐮師：《貫雲石評傳》，新疆人民出版社，1983 年。

34. 楊海明：《張炎詞研究》，齊魯書社，1989 年。

35. 張宏生：《感情的多元選擇——宋元之際作家的心靈活動》，現代出版社，1990 年。

36. 鄧紹基：《元代文學史》，人民文學出版社，1991 年

37. 歐陽光：《宋元詩社研究叢稿》，廣東高等教育出版社，1996 年。

38. 楊鐮師：《元西域詩人群體研究》，新疆人民出版社，1998 年。

39. 孔凡禮：《孔凡禮古典文學論集》，學苑出版社，1999 年。

40. 方勇：《南宋遺民詩人群體研究》，人民出版社，2000 年。

41. 李修生、查洪德：《遼金元文學研究》，北京出版社，2001 年。

42. 李修生：《元雜劇史》，江蘇古籍出版社，2002 年。

43. 查洪德、李軍老師：《元代文學文獻學》，中國社會科學出版社，2002 年。

44. 楊鐮師：《元詩史》，人民文學出版社，2003 年 8 月。

45. 劉明今：《遼金元文學史案》，上海古籍出版社，2004 年。

46. 楊鐮師：《元代文學編年史》，山西教育出版社，2005 年。

47. 查洪德：《理學背景下的元代文論與詩文》，中華書局，2005 年。

48. 戴偉華：《地域文化與唐代詩歌》，中華書局，2006 年。

49. 祝尚書：《宋代文學探討集》，大象出版社，2007 年。

50. 周祖譔：《周祖譔自選集》，首都師範大學出版社，2008 年。

51. 王樹林：《金元詩文與文獻研究》，中華書局，2008 年。

三、期刊論文

1. 唐蘭：《石鼓文時代考》，《故宮博物院院刊》1958 年一期。

2. 洛地：《「玉京書會」「元貞書會」疑辨》，《戲劇藝術》，1982 年第二期。

3. 姚大力：《元代科舉制度的行廢及其時代背景》,《元史及北方民族史研究集刊》,1982 年第六期。

4. 匡裕徹：《元代維吾爾族政治家廉希憲》,《元史論叢》第二輯,中華書局,1983 年。

5. 楊樹增：《汪元量祖籍、生卒、行實考辨》,《中華文史論叢》1983 年第四輯,上海古籍出版社,1983 年。

6. 丁國範：《元代的四等人制》,《文史知識》,1985 年第三期。

7. 張帆：《元代翰林國史院與漢族儒士》,《北京大學學報》,1985 年第五期。

8. 冉守祖：《從元朝四等級制看民族壓迫的階級實質》,《中南民族學院學報》,1986 年第一期。

9. 辛玉璞：《樊嚕樊川樊邑》,《陝西師範大學學報（哲學社會科學版）》1987 年二期。

10. 闕眞：《試論元代的書會》,《社會科學家》,1992 年第四期。

11. 王風雷：《元代的蒙古國子學和蒙古國子監》,《內蒙古師範大學學報（哲學社會科學版）》,1993 年第二期。

12. 王立平：《元代地方學官》,《固原師專學報》,1994 年第二期。

13. 眇工：《元人萬柳堂遺址應何在》,《京華園林叢考》,北京科學技術出版社,1996 年。

14. 李軍：《通惠河・海子風光・文人詩詠》,《中國典籍與文化》,1996 年第二期。

15. 楊鐮：《元佚詩研究》,《文學遺產》,1997 年第三期。

16. 蕭啓慶：《元朝多族士人的雅集》,《中國文化研究所學報》,1997 年第六期。

17. 郭順玉：《論元詩「四大家」與道教的關係》,《宗教學研究》,1998 年第三期。

18. 桂栖鵬：《楊弘道〈小亨集〉誤收詩辨正》,《浙江師大學報》,1998 年第六期。

19. 王梅堂：《元代內遷畏兀兒族世家——廉氏家族考述》,《元史論叢》第七輯,江西教育出版社,1999 年。

20. 李勤璞：《瀛國公史事再考——兼與王堯〈宋少帝趙㬎遺事考辨〉一文商榷》,《西藏研究》,1999 年第一期。

21. 徐子方：《元代詩歌的分期及其評價問題》,《淮陰師範學院學報》,1999 年第二期。

22. 門巋：《關於評價元代詩歌的若干問題》,《淮陰師範學院學報》,1999 年第四期。

23. 張晶：《元代正統文學思想與理學的因緣》，《文學遺產》，1999 年第六期。

24. 劉達科：《遼金元詩經緯》，《太原師範學院學報》，2005 年 12 月第四卷第四期。

25. 徐子方：《再論元詩分期標準及有關問題兼答門巋先生》，《淮陰師範學院學報》，2000 年第一期。

26. 王忠閣：《論至元、大德間詩風之轉變》，《文學評論》，2000 年第三期。

27. 張晶：《「四大家」：元代詩風的主要體現者》，《文史知識》，2000 年第四期。

28. 王春庭：《論元詩四大家》，《閩江學院學報》，2003 年第三期。

29. 彭茵：《元末文人雅集論略》，《南京政治學院學報》，2004 年第六期。

30. 葉愛欣：《「雪堂雅集」與元初館閣詩人文學活動考》，《平頂山學院學報》，2006 年 12 月第二十一卷第六期。

31. 周泓：《北京魏公村史顧（待續）》，《遼寧大學學報（哲學社會科學版）》，2004 年 1 月第三十二卷第一期。

32. 周泓：《北京魏公村史顧（續完）》，《遼寧大學學報（哲學社會科學版）》，2004 年 3 月第三十二卷第二期。

33. 楊鐮師：《元代文學的終結：最後的大都文壇》，《文學遺產》，2004 年第六期。

34. 劉曉：《金元之際詩僧性英事迹考略》，《中國社會科學院歷史研究所學刊》第三輯，2004 年 10 月。

35. 魏崇武：《光明俊偉尚新求變——簡論金末元初楊奐的散文》，《殷都學刊》，2005 年第三期。

36. 張晶：《元代詩歌發展的歷史進程》，《吉林大學社會科學學報》，2005 年 9 月第四十五卷第五期。

37. 孫冬虎：《元清兩代北京萬柳堂園林的變遷》，《中國歷史地理論叢》，2006 年第二期。

38. 王忠閣：《延祐天曆間雅正詩風及其形成》，《文學評論》，2006 年第六期，第 110～117 頁。

39. 谷春俠：《元末玉山雅集研究綜述》，《昆明理工大學學報》，2007 年 8 月第七卷四期。

40. 傅海波《元代西夏僧人沙羅巴事輯》，楊富學、樊麗沙譯，《隴右文博》2008 年第一期。

41. 唐朝暉：《元末吳中的經濟繁榮與頻繁的文人集會》，《湖南商學院學報》，2008 年 2 月第十五卷第一期。

42. 劉明：《多元文化背景下的不忽木——解讀〔仙呂·點絳唇〕〈辭朝〉》，《湖

北民族學院學報》，2008 年第四期。

43. 查洪德：《元詩四大家》，《文史知識》，2008 年第四期。

44. 申萬里：《元代江南儒士遊京師考述》，《史學月刊》，2008 年第十期。

45. 劉曉：《萬松行秀新考——以〈萬松舍利塔銘〉爲中心》，《中國史研究》，2009 年第一期。

46. 孟繁清：《元大都廉園主人考述》，《元史論叢》第十一輯，天津古籍出版社，2009 年 6 月。

附錄：元大都前期詩文活動年表

說明：

1、時事部分主要參照《元史》（中華書局）「紀」，故不特別標明出處。

2、年表參考王國維《耶律文正公年譜》、繆鉞《元遺山年譜彙纂》、陳高華《元
   大都大事年表》、李修生《盧摯年譜》、楊鐮師《元代文學編年史》、劉曉《耶
   律楚材年譜》、夏令偉《王惲年譜簡編》等諸多研究成果，在此基礎上進一
   步搜集資料。

蒙古太祖成吉思汗十年（金宣宗貞祐三年，乙亥，1215）

　　五月，蒙古軍攻克中都。都元帥完顏承暉自殺殉國，左副元帥抹撚盡忠
棄城逃走。石抹明安率蒙古軍進入中都城。耶律楚材二十六歲，任行省左右
司員外郎，留守中都。圍城期間，曾斷糧六十日，並於此時拜見萬松行秀老
人，開始了交往。禪學對耶律楚材的詩歌創作有較大影響。

　　文獻出處：《金史·蒲察七斤傳》、《金史·完顏承暉傳》、《金史·抹撚盡
忠傳》、《元史·石抹明安傳》、行秀《湛然居士集序》、《湛然居士集》卷八《萬
松老人評唱天童覺和尚頌古從容菴錄序》。

蒙古太祖成吉思汗十一年（金宣宗貞祐四年，丙子，1216）

　　耶律楚材作《貧樂菴記》。

蒙古太祖成吉思汗十二年（金宣宗貞祐五年，丁丑，1217）

　　木華黎爲太師、國王，建行省於燕京，進取中原。

蒙古太祖成吉思汗十三年（金宣宗興定二年，戊寅，1218）

　　春三月，耶律楚材受成吉思汗徵詣行在。從燕京啓行，約三月後，到達

漠北。

　　文獻出處：耶律楚材《西遊錄》。

蒙古太祖成吉思汗十五年（金宣宗興定四年，庚辰，1220）

　　丘處機受成吉思汗侍臣劉仲祿敦請，於二月二十二日至盧溝橋，由麗澤門入燕京。燕京行省石抹咸得不邀其住宿玉虛觀。期間，丘處機結交大批文人，彼此唱和，其中有孫周（字楚卿）、楊彪（字仲文）、師諿（字才卿）、李士謙（字子進）、劉中（字用之）、陳時可（字秀玉）、吳章（字德明）、趙中立（字正卿）、王銳（字威卿）、趙昉（字德輝）、孫錫（字天錫）、王覿（字逢辰）、王眞哉（字清甫）。丘處機於四月十五日在天長觀設壇念經做法事，時群鶴翔舞，張天度（號南塘老人）作賦，諸人作詩。法事完畢，丘處機一行出居庸關。

　　文獻出處：《長春眞人西遊記》卷上。

蒙古太祖成吉思汗十八年（金宣宗元光二年，癸未，1223）

　　劉敏被授安撫使，便宜行事，兼燕京路征收稅課、漕運、鹽場、僧道、司天等事，並給西域工匠千餘戶，及山東、山西兵士，立兩軍戍守燕京。劉敏與兩位侄兒一同任職燕京總管府。

　　文獻出處：《元史‧劉敏傳》。

蒙古太祖成吉思汗十九年（金哀宗正大元年，甲申，1224）

　　丘處機回燕京，受到京城人士歡迎。赴大天長觀住持。每次齋戒完後，丘處機即率眾遊覽金故苑瓊華島。石抹咸得不與札八將北宮園池及附近田地作爲全眞道院，丘處機常常往來其間，作詩唱和。

　　文獻出處：《長春眞人西遊記》卷上。

蒙古太祖成吉思汗二十年（金哀宗正大二年，乙酉，1225）

　　三月，丘處機作《寒食詩》二首。五月末，丘處機登壽樂山頂（北海瓊華島最高峰），賦五言詩。作七言詩，與陳時可交流詩歌。九月初九，遠方道眾聚集，有人獻菊花，作《恨歡遲》。後又作《鳳棲梧》及頌。

　　文獻出處：《長春眞人西遊記》卷下。

蒙古太祖成吉思汗二十一年（金哀宗正大三年，丙戌，1226）

　　五月，京師大旱，丘處機作祈雨法事三日兩夜。這年豐收，名公碩儒都

寫詩慶賀。丘處機與吳章唱和四首。

　　文獻出處：《長春眞人西遊記》卷下。

蒙古太祖成吉思汗二十二年（金哀宗正大四年，丁亥，1227）

　　秋七月，元太祖成吉思汗崩於靈州。皇四子拖雷監國。

　　張資允請丘處機遊西山，過東山菴，有詩。五月二十五日，成吉思汗旨，改北宮仙島爲萬安宮，天長觀爲長春宮，丘處機掌管天下道教。小暑後，丘處機作七言詩。七月七日，丘處機去世，享年七十九歲。尹志平接掌教務。弟子料理後世，奔喪道士眾多。七月十五日，孫周等人祭祀丘處機，吳章作《祭長春眞人文》。

　　冬，耶律楚材奉詔來燕京搜索經籍。與陳時可唱和，且在披雲樓與燕京士大夫唱和。

　　文獻出處：《長春眞人西遊記》卷下、《甘水仙源錄》卷二吳章《祭文》、《湛然居士集》卷三《過燕京和陳秀玉韻五首》、《還燕京題披雲樓和諸士大夫韻》。

蒙古睿宗拖雷監國元年（金哀宗正大五年，戊子，1228）

　　春三月初一，尹志平建議爲丘處機在白雲觀構建廟堂，各地道士相助，四十天後落成。七月九日，大葬丘處機，王楫爲主盟。八月，陳時可自山東清安來燕京，居住在長春宮六十天。受尹志平請，作《長春眞人本行碑》《燕京白雲觀處順堂會葬記》。三十九歲的耶律楚材隨中使塔察兒往燕京治理盜賊。在燕京，耶律楚材與吳章作詩唱和。

　　文獻出處：《長春眞人西遊記》卷下、《湛然居士集》卷四《還燕和美德明一首》。

蒙古太宗窩闊台元年（金哀宗正大六年，宋理宗紹定二年，己丑，1229）

　　元日，耶律楚材作《西遊錄》。二月八日，王楫在宣聖廟舉行釋奠之禮，耶律楚材參與其中。這一日還舉行逢迎釋迦牟尼遺像行城儀式。

　　文獻出處：《湛然居士集》卷三《釋奠》、卷八《西遊錄序》。

蒙古太宗窩闊台汗二年（金哀宗正大七年，宋理宗紹定三年，庚寅，1230）

　　行秀奉詔住萬壽寺。

冬十一月，始置十路征收課稅使，以陳時可、趙昉使燕京。

蒙古太宗窩闊台汗三年（金哀宗正大八年，宋理宗紹定四年，辛卯，1231）

冬十一月，蒙古兵由襄漢東下。金平章政事完顏合打退保鈞州（陽翟，今河南禹州）。

文獻出處：劉祁《歸潛志》卷十一《錄大梁事》。

蒙古太宗窩闊台汗四年（金哀宗天興元年，宋理宗紹定五年，壬辰，1232）

二月，拖雷及金師戰於鈞州（陽翟，河南禹州）之三峰。金軍大敗，鈞州、許州、陳州相繼失陷，居民大多被驅迫北上，是爲「壬辰北渡」。

蒙古太宗窩闊台汗五年（金哀宗天興二年，宋理宗紹定六年，癸巳，1233）

汴京城內崔立兵變。使者發三教醫匠人出城，蒙古軍進城，大肆剽掠。

四月二十二日，元好問寫信給耶律楚材，推薦汴京北還士人五十四人：孔元措、馮璧、梁陟、高唐卿、王若虛、王綱、王鶚、王賁、李浩、張徽、楊奐、李庭訓、李獻卿、樂夔、李天翼、劉汝翼、謝良弼、呂大鵬、魏璠、李恒簡、李禹益、張聖俞、張緯、李謙、冀致君、張德輝、高鳴、李蔚、李治、胡德珪、敬鉉、李微、楊果、李彥（李昶）、徐世隆、張輔之、曹居一、王鑄、劉祁、劉郁、李全、賈庭揚、楊恕、杜仁傑、張澄（仲經）、麻革、商挺、趙著、趙觀（維道）、楊鴻、張肅、句龍瀛、程思溫、程思忠。

六月，金主奔蔡（河南上蔡、新蔡）。耶律楚材遣使入汴京城索取孔元措襲封衍聖公。收拾散亡禮樂人等，及取名儒梁陟等數人。

窩闊台始諭燕京官員朵羅臺、石抹咸得不及十投下管匠官員，拈選蒙古子弟十八人，漢人子弟二十二人，在燕京設「四教讀」學校。負責人爲宣授蒙古必闍赤四牌子總教馮志亨，提舉國子學事、中書楊惟中，宣議國子學事、仙孔八合識李志常。

文獻出處：劉祁《歸潛志》卷十一《錄大梁事》。卷十二《錄崔立碑事》。元好問《遺山集》卷三十九《癸巳歲寄中書耶律公書》、《欽定國子監志》卷六十一。

蒙古太宗窩闊台汗六年（金哀宗天興三年，金亡。宋理宗端平元年，甲午，1234）

春正月，金亡。

南宋跨越邊界，率軍收復原金國的歸德府（即北宋南京應天府），又收復汴京（即北宋東京開封府），進而西進洛陽（北宋西京），史稱「端平入洛」。

十一月初一，萬松野老行秀爲耶律楚材《湛然居士集》作序。耶律楚材得到了李純甫的《鳴道集》，並作《屛山居士〈鳴道集〉序》。

文獻出處：《湛然居士集》卷十四《屛山居士〈鳴道集〉序》。

蒙古太宗窩闊台汗七年（宋理宗端平二年，乙未，1235）

皇子闊出伐宋，楊惟中爲軍前行中書省事，姚樞跟隨楊惟中，奉詔在軍中求儒、道、釋、醫、卜、酒工、樂人等。

劉祁北渡，經由銅臺（河北大名銅臺驛）、燕山、武川（河北宣化）返鄉渾源（山西），路上費時近一年。後重建故居，命名爲「歸潛堂」，並寫信邀請陳時可作《歸潛堂銘並序》，吳章、李獻卿、白華、呂大鵬、元好問、麻革、性英、李微、李惟寅、薛玄、蘭光庭、趙著、張緯、高鳴、劉德淵、劉肅、張仲經、張師魯、張特立、瀛英孺紛紛投贈詩歌。

文獻出處：劉祁《歸潛志》卷十四《歸潛堂記》。

蒙古太宗窩闊台汗八年（宋理宗端平三年，丙申，1236）

於燕京置編修所，平陽置經籍所。召儒士梁陟充長官，王萬慶、趙著爲副官。

蒙古太宗窩闊台汗九年（宋理宗嘉熙元年，丁酉，1237）

秋八月，命尤虎乃、劉中舉行諸路儒士考試，中選者授予當地議事官，共有四千三十人中選。

文獻出處：歐陽玄《圭齋文集》卷九《曲阜重修宣聖廟碑》。

蒙古太宗窩闊台汗十年（宋理宗嘉熙二年，戊戌，1238）

考試中原各道僧、道、儒，其中以對儒者的「校試」最爲著名，史稱「戊戌選試」。楊奐、許衡、張文謙、趙良弼、孟攀鱗、砚彌堅、雷膺等知名文人脫穎而出。

尹志平年七十，將教中事務託付李志常。

蒙古太宗窩闊台汗十二年（宋理宗嘉熙四年，庚子，1240）

正月，奧都剌合蠻充提領諸路課稅所官，貴由克西域。張柔等八萬戶伐宋。楊惟中建太極書院，請趙復、王粹主持，程朱理學得以傳至北方。

文獻出處：郝經《陵川集》卷二十六《太極書院記》。

蒙古太宗窩闊台汗十三年（宋理宗淳祐元年，辛丑，1241）

春，燕京建立行尚書省，授予劉敏以專權。牙魯瓦赤奉命與劉敏同治漢民。賜姚樞金符，以郎中佐牙魯瓦赤行臺於燕，後棄官離京。

十一月，窩闊台崩於行殿，壽五十有六。

蒙古乃馬真後稱制二年（宋理宗淳祐三年，癸卯，1243）

春，耶律楚材夫人蘇氏去世，其子耶律鑄護送靈柩於八月初抵達燕京。時年元好問五十四歲，自金亡後，於八月首次到燕京，與呂鯤、趙著、耶律鑄一同祭祀香山寺。九日又同登瓊華島賦詩。自此，耶律鑄進入了燕京文壇，受到認可。元好問在京期間，還曾與趙復有往來。並於臨錦堂雅集，後離京。冬，受耶律楚材請，來京作耶律楚材父母碑文。

文獻出處：趙著《雙溪小稿序》、元好問《遺山先生文集》卷四十《中令耶律公祭先妣國夫人文》、卷三十二《臨錦堂記》、卷三十九《答中書令成仲書》、卷五《贈答趙仁甫仁甫名復，雲夢人，江表奇士也。》、卷九《出都》、卷十三《燕省掾屬張彥通舉釋菜之廢典仁卿以詩美之賦二首》、《遺山樂府》《南鄉子·九日同燕中諸名勝登瓊華故基》。（據施國祁注補充，本集中沒有）。

蒙古乃馬真後稱制三年（宋理宗淳祐四年，甲辰，1244）

五月十四日，中書令耶律楚材去世，年五十五歲。耶律鑄嗣中書省事。

忽必烈在潛邸，延藩府舊臣及四方文學之士問以治道。

元好問與陳時可唱和。

三月初三，呂鯤受耶律鑄學生李暐所請，為耶律鑄《雙溪小稿》（五卷）作序。同時趙著、麻革亦先後為序。

文獻出處：元好問《過寂通菴別陳丈》、呂鯤《雙溪小稿序》、趙著《雙溪小稿序》、麻革《雙溪小稿序》

蒙古定宗貴由汗二年（宋理宗淳祐七年，丁未，1247）

夏六月初一，忽必烈在潛邸金蓮川，張德輝赴召北上，由鎮陽（山西）

出發，經中山（山西）、保塞（清苑縣）、定興（河北）、良鄉入盧溝橋，抵達燕京，逗留十日。

趙復刻《伊洛發揮》南遊，與郝經有交往。

文獻出處：《元史・張德輝傳》、郝經《聽角行（贈漢上趙丈仁甫）》。

蒙古定宗貴由汗三年（宋理宗淳祐八年，戊申，1248）

春，釋奠，致胙於忽必烈。夏六月十五日，張德輝返回，臨行前薦白華、高鳴、李槃、李濤數人。將北上經歷記錄下來，作《嶺北行紀》。

蒙古海迷失後稱制二年（宋理宗淳祐九年，己酉、1249）

元好問六十歲。九月往燕京，冬還家。

程文海生。

文獻出處：《遺山集》卷二十九《信武曹君阡表》、卷四十《毛氏家訓後跋語》。《元史・程鉅夫傳》。

蒙古海迷失後稱制三年（宋理宗淳祐十年，庚戌，1250）

許衡舉家遷居衛輝，依姚樞而居，共同探討學問。

忽必烈居潛邸，魏璠被召至和林，後病死當地。

文獻出處：《元史・許衡傳》、《元史・魏初傳》。

蒙古憲宗蒙哥汗元年（宋理宗淳祐十一年，辛亥，1251）

劉敏與牙魯瓦赤同掌燕京。

楊奐自洛入燕，與趙復有交往。

以僧海雲掌釋教事，以道士李眞常掌道教事。馮志亨退出國子學。

文獻出處：《元史・劉敏傳》、趙復《程夫人墓碑》。

蒙古憲宗蒙哥二年（後理天定賢王利正元年，宋理宗淳祐十二年，壬子，1252）

元好問六十三歲，與張德輝北上金蓮川朝見忽必烈。請忽必烈爲儒教大宗師，並免除儒戶兵賦，任命張德輝提調眞定學校。

楊奐拜見忽必烈於潛邸，受詔參議京兆宣撫司事，後辭歸返鄉。忽必烈在潛邸召見徐世隆。

楊惟中任關中宣撫使。

忽必烈傳旨增修文廟。

文獻出處：《元史·張德輝傳》、元好問《楊公神道碑》。

蒙古憲宗蒙哥汗三年（宋理宗寶祐元年，癸丑，1253）

廉希憲接替楊惟中任京兆宣撫使，商挺爲副使。

六月，元好問六十四歲。客居燕京，與王惇甫、張無咎、王萬慶等，均有往來。作《致樂堂記》，並受王萬慶請求爲其父王庭筠作《王黃華墓碑》。

文獻出處：《元史·商挺傳》、《遺山集》卷三十三《致樂堂記》、卷十六《王黃華墓碑》。

蒙古憲宗蒙哥汗四年（宋理宗寶祐二年，甲寅，1254）

劉世亨接替父親劉敏行省燕京。

忽必烈在潛邸，徵召許衡。

八月，耶律鑄將自己少年詩作寄給趙著，希望他作序。趙著刊行，詩僧性英於十二月二十五日爲此稿作跋，王萬慶亦作跋。

文獻出處：《元史·劉敏傳》、《元史·許衡傳》、性英《雙溪醉飲集跋》、王萬慶《雙溪醉飲集跋》。

蒙古憲宗蒙哥汗五年（宋理宗寶祐三年，乙卯，1255）

元好問六十六歲。夏居燕京，與聖壽寺住持萬壽長老僧洪有往來，作《壽聖禪寺功德記》。

楊奐去世。

佛道大辯論。

授許衡京兆提學，辭不受。

文獻出處：《遺山集》卷三十五《壽聖禪寺功德記》、元好問《楊公神道碑》、釋祥邁《至元辨僞錄》、《元史·許衡傳》。

蒙古憲宗蒙哥六年（宋理宗寶祐四年，丙辰，1256）

春三月，忽必烈命僧子聰卜地於桓州東、灤水北，城開平府，經營宮室。

元好問去世。

耶律鑄重刊《李賀歌詩編》，趙衍作《重刊李長吉詩集序》，趙復作《楊紫陽文集序》。

蒙古憲宗蒙哥汗九年（宋理宗開慶元年，己未，1259）

蒙古攻宋，夏五月，蒙哥崩於釣魚山，年五十二歲。

劉敏病逝燕京，年五十九。

楊惟中去世，年五十五。

忽必烈駐蹕燕京近郊。

元世祖忽必烈汗中統元年（宋理宗景定元年，庚申，1260）

春三月，忽必烈至開平，即皇帝位。

立中書省處理政務，在燕京設立行中書省。立十路宣撫司，包括燕京路宣撫司，徐世隆任燕京等路宣撫使。

五月，許衡五十一歲，應詔北上。

十月，王惲三十四歲，至燕京。任中書省詳定官。《中堂事記》中列舉當時燕京行省人員名單，其中大部分是金士人。闞舉與王惲交往。

十二月，忽必烈駐蹕燕京近郊。以梵僧八思巴爲帝師，統釋教。

文獻出處：《元史·許衡傳》王惲《秋澗先生大全集》卷八十《中堂事記》、卷四十九《員先生傳》、鮮于樞《困學齋雜錄》、施國祁《元遺山詩集箋注》卷十四《爲橄子釀金二首》。

元世祖忽必烈汗中統二年（宋理宗景定二年，辛酉，1261）

正月，中書省官員遊南園。

（耶律鑄爲中書左丞相。胡祗遹入爲中書詳定官。）

秋七月，立翰林國史院，王鶚請修《遼》《金》二史。翰林承旨王鶚、王磐舉薦雷膺任翰林修撰、同知制誥、兼國史院編修官。

詔許衡教懷孟生徒。命煉師王道婦於眞定築道觀，賜名玉華。

八月，以許衡爲國子祭酒，九月辭歸。

以姚樞爲大司農。竇默任翰林侍講學士。賜慶壽寺、海雲寺等陸地五百頃。

冬十月，修燕京舊城。十月二十日，耶律鑄將耶律楚材與夫人合葬於玉泉東甕山之陽。李微撰墓誌銘，宋子貞撰神道碑。

十二月，封皇子眞金爲燕王，領中書省事。

文獻出處：《元史·耶律鑄傳》、《元史·商挺傳》、《元史·胡祗遹傳》、王惲《秋澗集》卷八十《中堂事記》、宋子貞《中書令耶律公神道碑》、《元史·雷膺傳》。

元世祖忽必烈汗中統三年（宋理宗景定三年，壬戌，1262）

李璮叛亂。

王磐脫身奔赴京師投奔忽必烈。後召拜翰林直學士，同修國史。

九月，許衡應詔北上。

文獻出處：《元史·王磐傳》、《元史·許衡傳》。

元世祖忽必烈汗至元元年（宋理宗景定五年，甲子，1264）

正月，許衡辭歸。

二月，敕選儒士編修國史，譯寫經書，起館舍，給俸以贍之。

商挺入中書省，與姚樞、竇默、王鶚、楊果纂《五經要語》進呈忽必烈。與劉秉忠奏太子燕王真金為中書令，行遷轉法。

重建瓊華島。

徐世隆任翰林侍講學士，兼太常卿，製定祭祀禮儀。

雷膺外調陝西西蜀四川按察司參議。

劉好禮受廉希逸推薦，面見忽必烈。

八月，改燕京為中都。十月，於萬壽山會見高麗國王。

文獻出處：《元史·許衡傳》、《元史·商挺傳》、《元史·徐世隆傳》、《元史·劉好禮傳》。

元世祖忽必烈汗至元二年（宋度宗咸淳元年，乙丑，1265）

十月，許衡應詔北上，詔入中書省議事。

十二月，召張德輝於真定，徙單公履於衛州。「瀆山大玉海」成，置於廣寒殿。

雷膺任陝西五路轉運司諮議。

文獻出處：《元史·許衡傳》、《元史·雷膺傳》。

元世祖忽必烈汗至元四年（宋度宗咸淳三年，丁卯，1267）

正月，立提點宮城所。以瓊華島大寧宮為中心修建新城。

許衡辭歸。

三月，復以耶律鑄為中書左丞相。耶律鑄製宮縣樂成，賜名大成。

四月，始築宮城。

八月，阿朮略地至襄陽，由襄陽之戰開啓了南下滅宋的戰爭。雷膺參與

四川地區對宋戰爭，後入爲監察御史。

九月，作玉殿於廣寒殿中。任命許衡爲國子祭酒，十一月，許衡應詔北上。

文獻出處：《元史・許衡傳》、《元史・雷膺傳》。

元世祖忽必烈汗至元五年（宋度宗咸淳四年，戊辰，1268）

七月，設御史臺。

十月，宮城竣工。王惲四十二歲，應召，拜監察御史。

元世祖忽必烈汗至元六年（宋度宗咸淳五年，己巳，1269）

許衡奏定官制。

元世祖忽必烈汗至元七年（宋度宗咸淳六年，庚午，1270）

正月，拜許衡爲中書左丞，辭不受。

四月二十一日，王惲等十人共遊玉泉山。七月二十七日，雷膺、王惲同授翰林修撰。

徐世隆任吏部尚書，撰《選曹八議》。

文獻出處：《元史・許衡傳》、王惲《秋澗集》卷三十六《遊玉泉山記》，卷八十二《中堂事記》、《元史・徐世隆傳》。

元世祖忽必烈汗至元八年（宋度宗咸淳七年，辛未，1271）

三月，許衡辭去中書事務，授予集賢大學士、國子祭酒。設立國子學，增置司業、博士、助教各一名，選隨朝百官近侍蒙古、漢人子孫及俊秀的子弟充當學生。許衡弟子王梓、韓思永、蘇鬱、耶律有尚、孫安、高凝、姚燧，姚燉、劉季偉、呂端善、劉安中、白棟被召至京師。

不忽木年十六，從許衡學，獨書《貞觀政要》數十事以進。

六月，王惲監察御史秩滿，編《烏臺筆補》五卷。

魏初任國史院編修官。閻復因王磐舉薦，入翰林爲應奉文字。

十一月，建國號曰大元。

十二月，詔天下興起國字學。

文獻出處：《元史・許衡傳》、《元史・不忽木傳》、王惲《烏臺筆補》序、《元史・魏初傳》、《元史・閻復傳》。

元世祖忽必烈汗至元九年（宋度宗咸淳八年，壬申，1272）

二月，改中都爲大都。建中書省署於大都。

三月，宮城成。改瓊華島爲萬壽山，又名萬歲山。

五月，宮城初建東西華、左右掖門。

王惲授承直郎、平陽路總管府判官。面辭史天澤、王磐。三月，離京師。

徐世隆出爲東昌路總管。

文獻出處：《元史‧王惲傳》、《元史‧徐世隆傳》。

元世祖忽必烈汗至元十年（宋度宗咸淳九年，癸酉，1273）

九月，劉秉忠、姚樞、王磐、竇默、徒單公履等上言，許衡病歸，由太子贊善王恂主持國學。詔令會同館專門接待歸降等待入覲的人員，有翰林學士承旨和禮霍孫主持會同館事務。

元世祖忽必烈汗至元十一年（宋度宗咸淳十年，甲戌，1274）

正月，宮闕告成。元世祖御正殿受皇太子及諸王百官朝賀。

三月，帝師八思巴歸土番，弟亦鄰眞襲位。大護國仁王寺建成。

四月，初建東宮。

十一月，起閣南直大殿及東西殿。

王構任翰林國史院編修官。

雷膺任河東山西道提刑按察司事。

文獻出處：《元史‧王構傳》、《元史‧雷膺傳》。

元世祖忽必烈汗至元十二年（宋恭帝德祐元年，乙亥，1275）

二月，史天澤卒。段祐送國信使郝經、劉人傑等來歸，樞密院迎接郝經。

三月，王磐、竇默等請分置翰林院，專掌蒙古文字，由翰林學士承旨撒的迷底里負責。

六月，青陽夢炎、李湜等留大都。

劉宣入爲中書戶部郎中，改行省郎中。從伯顔、阿朮平江南。

元世祖忽必烈汗至元十三年（宋端宗景炎元年，丙子，1276）

正月，南宋首都臨安降。

程文海入覲忽必烈，留宿衛。

二月，南宋皇帝皇太后、太皇太后、宋隨朝文士、三學諸生被押送大都。

五月，宋末帝至上都封瀛國公，宋三學諸生四十六人至京師。

六月，詔許衡赴京師商定造新曆。

九月，命姚燧、王磐選宋三學諸生中有實學的人留京師，其他放還。

十月，王構與李槃同至杭州，取三館圖籍、太常天章禮器儀仗歸大都。兩浙宣撫使焦友直將臨安經籍、圖畫、陰陽秘書運往京師。

劉宣淘汰江淮冗官，出任松江知府。

王惲觀覽宋室圖籍書畫，並著錄書畫名目。

不忽木二十一歲，與同舍生堅童、太答、禿魯等上疏，勸忽必烈興學校、倡儒學、育人才。

張宗演、張留孫入覲。

文獻出處：《元史・程鉅夫傳》、《元史・王構傳》、王惲《玉堂嘉話》卷二、《元史・不忽木傳》。

元世祖忽必烈汗至元十四年（宋端宗景炎二年，丁丑，1277）

王惲授翰林待制、奉訓大夫。

徐世隆任山東提刑按察使。

雷膺進列朝大夫、山南湖北道提刑按察副使。

文獻出處：《元史・徐世隆傳》、《元史・雷膺傳》。

元世祖忽必烈汗至元十五年（宋帝昺祥興元年，戊寅，1278）

二月，置太史院於大都。始修《授時曆》，至元十七年完成。

王惲會趙德明於京師。秋，王惲授朝列大夫、河北河南道提刑按察副使。王惲授趙良弼請託作《大都復虞帝廟碑》。

忽必烈召見程文海。

徐世隆任淮東提刑按察使。

元世祖忽必烈汗至元十六年（宋帝昺祥興二年，宋亡。己卯，1279）

春，汪夢斗至大都，期間與謝昌等人詩歌往來，十月離京。

崖山之戰。文天祥被執大都。

二月，大都建司天台。

程文海授翰林應奉。

十二月，建大聖壽萬安寺（白塔寺）於京城，至元二十五年乃建成。

文獻出處：汪夢斗《北遊集原序》、《宋史·文天祥傳》、《元史·程鉅夫傳》。

元世祖忽必烈汗至元十七年（庚辰，1280）

太廟成。

關漢卿出遊南方。姚樞去世，張弘範去世。

八月十五，文天祥與汪元量因所唱和。十月，汪元量復訪文天祥。

徐世隆召為翰林學士、集賢學士，皆因病辭。

文獻出處：文天祥《胡笳詩》。

元世祖忽必烈汗至元十八年（辛巳，1281）

十月，在南城憫忠寺焚道家偽經雜書。

魏初作《觀象詩》。

許衡去世。

雷膺轉淮西江北道提刑按察副使，以母老辭。

元世祖忽必烈汗至元十九年（壬午，1282）

三月，王著殺阿合馬。

平原郡公趙與芮、瀛國公趙顯、翰林直學士趙與懔居上都。

十二月，造帝師八思巴舍利塔於京中。

初九日，文天祥就義於大都柴市，作《正氣歌》。

大都雜劇演員朱簾秀與文人的交往。

劉因第一次受詔進京。

劉好禮入為刑、禮、吏三部尚書。

王惲至京師。天慶寺雪堂雅集。

文獻出處：文天祥《正氣歌》、王惲《大元國大都創建天慶寺碑銘並序》。

元世祖忽必烈汗至元二十年（癸未，1283）

九月，大都基本建成，舊城市肆、局院、稅務徙入大都。

王磐致仕，離京時，皇太子賜宴聖安寺，百官送出麗澤門。

耶律鑄被罷免官職。

董文用任通議大夫、禮部尚書、翰林集賢學士，知祕書監。

雷膺遷江南行御史臺侍御史。

文獻出處：《元史‧耶律鑄傳》、《元史‧董文用傳》、《元史‧雷膺傳》。

元世祖忽必烈汗至元二十一年（甲申，1284）

四月，立大都路總管府（後改大都路都總管府）；又立大都留守司兼少府監。

不忽木參議中書省事。

九月，京師地震。

文獻出處：《元史‧不忽木傳》。

元世祖忽必烈汗至元二十二年（乙酉，1285）

二月，遣舊城居民入新城。

安童入相，舉薦徐世隆、張孔孫。

陳孚應詔出仕。

耶律鑄去世。

趙良弼去世。

徐世隆去世。

雷膺丁母憂去官。

元世祖忽必烈汗至元二十三年（丙戌，1286）

程文海南下訪賢。

陳允平至京。

雷膺授中議大夫、江南浙西道提刑按察使。

王博文遷南臺御史中丞。

劉宣入爲禮部郎中、遷吏部。

元世祖忽必烈汗至元二十四年（丁亥，1287）

閏二月，設國子監、學於大都，隸於集賢院。三月，開汶、泗水以通京師運道，兩年後乃成，爲大都至江南的重要水路運輸線。

姚燧入爲翰林直學士。

雷膺年六十二，致仕歸鄉。

程文海還朝，舉薦江南「遺佚」，趙孟頫、吳澄、萬一鶚、余恁、張伯淳、凌時中、胡夢魁、曾衝子、孔洙、包鑄、何夢桂、曾晞顏、方逢振、楊必大、范晞文、謝枋得、袁洪、白珽、蔣松魁、王泰來等進京。

六月，趙孟頫授奉訓大夫、兵部郎中。

吳全節從張留孫入覲。

文獻出處：《元史·姚燧傳》、《元史·程鉅夫傳》、《元史·趙孟頫傳》、《元史·吳全節傳》。

元世祖忽必烈汗至元二十五年（戊子，1288）

汪元量南歸，宮人送別餞行。

董文用任御史中丞，舉薦胡祗遹、王惲、雷膺等人為按察使。

王博文卒，年六十六。

劉宣由集賢學士任行臺御史中丞。九月，因誣告自剄。

文獻出處：宋汪元量《水雲集》附錄下、《元史·董文用傳》、《元史·王博文傳》。

元世祖忽必烈汗至元二十六年（己丑，1289）

五月，設回回國子學於大都。八月，大都水災。

謝枋得至大都絕食而死。

元世祖忽必烈汗至元二十七年（庚寅，1290）

正月，升大都路總管府為都總管府。

張大經寓舍牡丹唱和。

五月，趙孟頫遷集賢直學士、奉議大夫。

六月，元朝徵召人員繕寫金字藏經，張炎、曾遇、沈欽、劉沆等北遊大都，因溫日觀所贈《墨葡萄》而題詞唱和。

不忽木拜翰林學士承旨、知制誥兼修國史。

董文用向皇孫教授經書。

文獻出處：劉敏中《張御史牡丹唱和詞卷序》、《元史·趙孟頫傳》、曾遇《溫日觀葡萄並序》、張炎《甘州》、《元史·不忽木傳》。

元世祖忽必烈汗至元二十八年（辛卯，1291）

正月，罷漕運，併入海運。

五月，不忽木拜中書平章政事。劉因受詔。

七月，雨壞大都城牆，發兵二萬人修復。此後歲以為常。

送閻復。

暢師文入爲國子司業。

文獻出處：張之翰《送翰林學士閻公浙西道廉訪使序》。

元世祖忽必烈汗至元二十九年（壬辰，1292）

正月，趙孟頫進朝列大夫、同知濟南路總管府事，兼管本路諸軍，離開大都。

二月，葉李去世。馮子振遭陳孚告發。三月，召胡祗遹等十人入京。王惲六十六歲，同程文海、胡祗遹、姚燧等人被召至京師，面見元世祖。胡祗遹不赴。

雷膺拜爲集賢學士。

魏初去世。

忽必烈命梁曾出使安南，陳孚隨行，調翰林國史院編修官，攝禮部郎中。送陳孚使安南。

張養浩二十二歲，遊京師，獻書平章不忽木，闢爲禮部令史。

文獻出處：《元史‧趙孟頫傳》、《安南志略》、《元史‧雷膺傳》、《元史‧張養浩傳》。

元世祖忽必烈汗至元三十年（癸巳，1293）

七月，通惠河成。

八月，梁曾、陳孚還朝。

王磐卒，年九十二。

文獻出處：《元史‧陳孚傳》、《元史‧王磐傳》。

宗仲亨刊行耶律楚材集，十二月初一，襄山孟攀鱗爲《湛然居士集》作序；十二月十五日，平水冰岩老人王鄰爲《湛然居士集》作序。

文獻出處：孟攀鱗《湛然居士集序》、王鄰《湛然居士集序》。

元世祖忽必烈汗至元三十一年（甲午，1294）

正月，忽必烈於大都紫檀殿去世。詔董文用、王構修《世祖實錄》。書成，王構參議中書省事。

四月，成宗鐵穆耳即位。建天壇於大都。

六月，家鉉翁召至大都，放歸江南。

張養浩二十四歲，拜見姚燧，

王惲六十八歲，與翰林諸公燕集玉淵潭。

文獻出處：王惲《玉淵潭燕集詩序》、張養浩《牧菴姚文公文集序》。

元成宗鐵木耳元貞元年（乙未，1295）

三月，京師地震，滕安上上疏。

王惲六十九歲，加通議制誥、同修國史，纂修《世祖實錄》。

王惲等人與逐初亭送忠翁南歸。

胡祗遹去世。

沙羅巴任江浙等處釋教總統。

文獻出處：天一閣本《錄鬼簿》，王惲《送忠翁南歸》。

元成宗鐵木耳元貞二年（丙申，1296）

王惲等重遊玉泉山。

沙羅巴率眾入覲。

文獻出處：王惲《重遊玉泉並序》。

元成宗鐵木耳大德元年（丁酉，1297）

盧摯五十六歲，拜集賢學士。

王惲等人於沙羅巴禪室舉辦清香詩會。

閻復、程文海、王構舉薦袁桷，授袁桷翰林國史院檢閱官。

許有壬年二十，由暢師文薦入翰林，不報。

六月，雷膺病死京師，年七十三。

文獻出處：王惲《清香詩會序》、《元史‧袁桷傳》、《元史‧許有壬傳》。

元成宗鐵木耳大德二年（戊戌，1298）

褒獎翰林集賢兩院。徐琰入翰林。

正月十五，張埜客居京師。

王惲、楊桓等聚會梁德珪別墅。

商挺去世。

文獻出處：張埜《青玉案》、王惲《與梁總判楊少監武子劉總管叔謙會梁都運高舍別墅夜話帳中樂怡怡也梁君索詩因書此以答雅意元貞三年二月十八

日也》。

元成宗鐵木耳大德三年（己亥，1299）

王德淵出任翰林直學士。

元成宗鐵木耳大德四年（庚子，1300）

六月，不忽木去世。

盧摯離京前，贈張怡雲詞《蝶戀花》，程文海戲和。張怡雲與趙孟頫、商挺、高克恭、姚燧、閻復等文士均有交往。

虞集跟隨董士選入京。

程文海任江南湖北道肅政廉訪使，提拔揭傒斯。

文獻出處：夏庭芝《青樓集》張怡雲條、盧摯《蝶戀花》、程文海《雪樓集》卷三十《蝶戀花·戲題疎齋怡雲詞後》、王逢《梧溪集》卷三《趙待制木石為張怡雲題》、《元史·揭傒斯傳》。

元成宗鐵木耳大德五年（辛丑，1301）

春，京畿大旱。五月連雨近兩個月。是歲，京城大饑，設米肆三十六所以賑災民。

塞金口。

馬臻赴上都觀禮，途經大都。

沙羅巴由杭州至大都，劉敏中、程文海贈詩。

元成宗鐵木耳大德六年（壬寅，1302）

正月，築渾河堤八十里。四月，修石徑山河堤。入夏，大都近畿蝗災。

虞集授大都路儒學教授。

馮子振作《鸚鵡曲序》。

范居中隨妹赴大都。

鮮于樞回大都，當年去世。

貢奎任太常奉禮郎兼檢討。

元成宗鐵木耳大德七年（癸卯，1303）

大都新建孔廟成。《大元一統志》再次修成。

虞集《田氏先友翰墨》。

鄧剡去世。張伯淳去世。

元成宗鐵木耳大德八年（甲辰，1304）

辛文房《唐才子傳》成書。虞集袁桷交往。王惲去世，年七十八歲。

廉野雲、盧摯、趙孟頫、解語花萬柳堂雅集。席間，解語花歌《驟雨打新荷》曲。

虞集、周天鳳、袁桷、貢奎、曾德裕、劉光遊長春宮，賦詩紀遊。

文獻出處：夏庭芝《青樓集》、吳澄《送盧廉使還朝爲翰林學士序》、姚燧《讀史管見序》、蘇天爵《元故尚醫竇君墓銘》、虞集《遊長春宮詩序》。

元成宗鐵木耳大德九年（乙巳，1305）

十一月，置大都南城警巡院。

貢奎遷翰林國史院編修官。

元成宗鐵木耳大德十年（丙午，1306）

正月，建國子學於大都新城孔廟西側，八月成。

送王敬甫。

文獻出處：程文海《送王敬甫都事歸省詩序》。

元成宗鐵木耳大德十一年（丁未，1307）

正月，成宗鐵木耳於大都玉德殿去世。二月，仁宗愛育黎拔力八達與太后至京師，宮廷政變。五月，武宗海山即位，賑大都迤北六十二驛。

以纂修國史召王構進京，拜翰林學士承旨。

六月，立愛育黎拔力八達爲皇太子，置詹事院。

虞集任國子助教。

張養浩爲太子司經，階奉訓大夫，後改爲太子文學，往來於姚燧門下。

張孔孫去世。

文獻出處：《元史·王構傳》、張養浩《送李溉之序》、《元史·張孔孫傳》。

元武宗海山至大元年（戊申，1308）

七月，李京奉使安南，程文海等撰文送行。吳澄任國子監丞。

貫雲石以爵位讓弟，入京師從姚燧游學。

許有壬、貫雲石雅集廉野雲清露堂。

貢奎轉應奉翰林文字，階將仕郎，預修《成廟實錄》。

元明善任承直郎太子文學。

范梈三十六歲，客遊京師。

文獻出處：許有壬《木蘭花慢》、《元史·貫雲石傳》、《元史·元明善傳》、《元史·范梈傳》。

元武宗海山至大二年（己酉，1309）

元武宗海山至大三年（庚戌，1310）

正月乙酉，特授李孟榮祿大夫、平章政事、集賢大學士、同知徽政院事。

三月，虞集與諸生賞梨花。

十月，趙孟頫拜翰林侍讀學士、知制誥、同修國史。

周馳任南臺御史。

王構去世。

高克恭去世。

文獻出處：虞集《國子監後圃賞梨花樂府序》、《元史·趙孟頫傳》。

元武宗海山至大四三年（辛亥，1311）仁宗愛育黎拔力八達

愛育黎拔力八達登基。

五月，趙孟頫升集賢侍講學士、中奉大夫。

元明善任翰林待制承直郎，兼國史院編修官，修《成廟實錄》。

虞集任將仕郎國子博士。

元仁宗愛育黎拔力八達皇慶元年（壬子，1312）

調整翰林院國史院人選。

貫雲石拜翰林侍讀學士。

李溥光還俗。

閻復去世。

三月，武當山道士張守清進京禱雨靈驗，眾文士贈詩送行。

元明善、楊載、范梈等都參與修纂《武宗實錄》。

元仁宗愛育黎拔力八達皇慶二年（癸丑，1313）

正月，程文海作《遺音堂記》。

六月己未，京師地震。丙辰，又震。七月壬寅，京師地震。范椁作《己未詩》。

九月，京師大旱，年底，居民大疫。

王執謙去世。

議恢復科舉。

姚燧去世。

郝天挺去世。

暢師文召爲翰林侍讀，升翰林學士。

元仁宗愛育黎拔力八達延祐元年（甲寅，1314）

恢復科舉。

趙孟頫「元日朝會」作詩。

程文海送白雲平章。《送白雲平章序》

熊太古離京。

趙孟頫離京。

鄧文原離京。

十二月，趙孟頫升集賢學士、資德大夫。

揭傒斯被程文海、盧摯等人舉薦爲翰林國史院編修官、

文獻出處：虞集《送熊太古詩序》。吳澄《別趙子昂序》、吳澄《送鄧善之提舉江浙儒學詩序並詩》、《元史·揭傒斯傳》。

元仁宗愛育黎拔力八達延祐二年（乙卯，1315）

二月，會試進士。

三月，廷試進士。

四月，賜進士恩榮宴於翰林院。

楊載登進士乙科。

文獻出處：《元史·楊載傳》。